回海洗心

阎雨◎著

知识产权出版社
全国百佳图书出版单位
—北京—

图书在版编目（CIP）数据

四海洗心/阎雨著. —北京：知识产权出版社，2021.1
ISBN 978-7-5130-7275-5

Ⅰ.①四… Ⅱ.①阎… Ⅲ.①随笔—作品集—中国—当代 Ⅳ.①I267.1

中国版本图书馆 CIP 数据核字（2020）第 208192 号

内容提要

本书主要为作者个人求学经历、哲学体悟、文学随笔及生活感悟，按一定主题编排，系统呈现了个人成长的心路历程。作者研究涉猎领域颇多，对延伸出来的学术问题进行思考和解读；直面求学、科研、生活的现实问题，观点简约而又中肯。作者对求学和理想的执着追求，激励青年学子不放弃求学目标，从容对待生活、学习中的困难和挫折。文章内容短小，文字活泼，寓意深刻，雅俗共赏，具有较强文学性和可读性。

责任编辑：石红华　　　　　　　责任校对：王　岩
封面设计：臧　磊　　　　　　　责任印制：刘译文

四海洗心

阎　雨　著

出版发行：知识产权出版社有限责任公司	网　　址：http://www.ipph.cn
社　　址：北京市海淀区气象路 50 号院	邮　　编：100081
责编电话：010-82000860 转 8130	责编邮箱：shihonghua@sina.com
发行电话：010-82000860 转 8101/8102	发行传真：010-82000893/82005070/82000270
印　　刷：北京中献拓方科技发展有限公司	经　　销：各大网上书店、新华书店及相关专业书店
开　　本：720mm×1000mm　1/16	印　　张：17.75
版　　次：2021 年 1 月第 1 版	印　　次：2021 年 1 月第 1 次印刷
字　　数：300 千字	定　　价：68.00 元
ISBN 978-7-5130-7275-5	

出版权专有　侵权必究
如有印装质量问题，本社负责调换。

序

庚子年就要过去了,这一年因为疫情而改变了人类的进程,互联网下行到生活的每一个角落,开启了信息文明的时代,我把庚子年称为"信息文明的元年"。

人类的文明从农耕文明到工业文明,继而到信息文明,短短40来年的时光,交错行进,交相辉映,精彩纷呈。

我们这一代人,注定是幸运的,见证了、亲历了这一伟大的文明迭代过程。

从某种意义上说,我的个人经历映射了时代变革。自幼在中原农村,童年时的农耕生活还是牛拉犁铧,这是西汉时期的耕作方式,历经两千余年,终于退出了历史舞台;80年代中期,县里兴办了很多小型企业,有化肥厂、造纸厂、机械厂,因为亏损和污染,现在也都被关停并转了;21世纪,家乡的文化产业蓬勃发展,华谊电影小镇、农博园、方特游乐园,还有奥特莱斯等。我本人也成长为学者,游历四方。在历史的光影里,一个县、一个人其实都是时代嬗变的缩影。

这个时代太过精彩,我想我们不应仅仅是赞叹,更关键的是要记录。

用文字记录下来,让历史凝固在文字之间,让我们的后代能看到我们所经历的时代,所生活的时代。

中国素有记录历史的优秀传统,这也是中华文明能生生不息的动因之一。

什么样的历史相对鲜活、生动?日常生活。一幅《清明上河图》就是一部北宋城市生活史,一册《红楼梦》就是一卷明末清初史。

见微知著,文脉赓续。一个人的社会交往、日常生活、感情波折、情绪起伏,只言片语都是时代的产物,也是时代的映射。

回望历史,历历在目。从《四海洗心》中"岁月无声""学海泛舟""风月词话""母兮鞠我"这些栏目就可以看出,记忆深处的日常琐碎,如涓涓细流汇聚成海,虽然仅仅是个人的"小生活",却折射了一个时代、一段历史。

从文明考察的学术研究而言，可能是性格因素，我更擅长宏大的叙事方式，所以《世界文明比较概论》与《全球文明体验日志》都是在考察、思索人类数千年文明时的纵横开阖，略微缺乏一点时下的历史记录，《四海洗心》这部书的出版聚焦一段个人史，如此，则宏观、中观与微观兼备，我把三册图书合称为"文明三部曲"。

就文化随笔而言，从已出版的《心灵的河流》《心湖泛舟》，再到这部《四海洗心》，朋友们也都看到了，从河流到湖泊再到大海，三本书都有一个心字，这也是我想表达的，一切都是心的影射、体验与淬炼，是学术研究心路历程的真实记录，统筹文化的上行与下行。正如佛家所说"人生原本无常，心安即是归处"。

积沙成塔，熔于一炉。在庚子岁末，"文明三部曲"即将付梓出版，从历史走向现实。

2020年改写了很多人的生活轨迹，笔者在这个节点暂做一个小结。

再过一周就是新年了，历史又开启了下一个十年的纪元，我们都生活在岁月流变中，我们记录着，回忆着，守望着。

2020年12月22日晨曦于开封开元名都酒店

目 录

春风十里 ... 1
文化游学——人生的正能量 ... 2
借壶销魂酒 烂醉风与尘——泉城夜宴咏怀 ... 4
今宵为谁而醉 ... 5
人文中华 锦绣山河 ... 6

岁月无声 ... 7
又是一年冰封季 ... 8
半世归来已非少年 ... 9
上海滩的老笑话之五角场今昔 ... 10
人生二十年 ... 12
人生十年 ... 13
童蒙养正，人生汤泉 ... 16
沉痛悼念惟觉长老 ... 18
一心而已 ... 20
心灵的关乡 ... 21
老牛自知夕阳晚 ... 22
喜遇任彦申教授 ... 23
那碗浅水，那座砖塔 ... 25
三尺讲台小，天地大舞台 ... 26
致敬苏格拉底 ... 27
传道授业皆修行 ... 28

去国怀乡 ... 29
人生自是有情痴，此恨不关酒与棋 ... 30
感恩这片土地 ... 31

最忆是闽南 34
八千里路云和月——活出生命厚度与宽度 35
故乡，心灵沉睡之地 40
四十年来谁注史，经廿春秋写风流 43
汤阴岳庙感怀 45
小平，您好 46
又见江南 48
云在青天水在瓶 49
千祥云集庆有余，百福骈臻贺新春！——丁酉新春祝福与感言 51
将进酒，杯莫停 53
九万里则风斯在下矣 54
故乡还在心中向往的地方 60

陆离光影 61

枭雄龙云 62
我无事，而民自富——渴望幸福生活就是经济的动力 64
特朗普，上帝派你来美国搞笑的吗？ 66
梦想要大，丢人不怕——加油，老罗！ 68
"疯子"高迪 70

泱泱华夏 71

三星堆文化的样本意义 72
辅翼在人纲，艰难留庙祀——武侯祠游览有感 73
我本是卧龙岗散淡的人 74
周公庙游感 76
云冈，来自灵魂深处的大美 77
观长征展有感 78
革故鼎新，继往开来 80
心中梦着桃花源，人间处处云水间 82
凿穿时空的古堡 84
海上丝绸，从这里出发 85
顺道观瞻薄一波故居 87
阎锡山故居随思 89
禅文化与国民品格——禅与中国文化融合创新 91

丝绸之路，农耕文明时期的国际性大商贸 …………………… 103
儒学四海根深叶茂，中华文化生生不息 …………………… 105
客从何处来 …………………… 106

管理钩沉 …………………… 111
经世致用的儒学之政统与学统 …………………… 112
总部经济是经济形态的创新 …………………… 115
中国人品格变迁与文明发展 …………………… 117
思维模式认知的经典样本 …………………… 120
新媒体成就庶民的胜利 …………………… 121
信息文明时期的文化产业发展形态演进 …………………… 122
儒家与马克思主义结合将迎来儒家文化的再次创新 …………………… 129
中国管理哲学研究中存在的问题及对策探索 …………………… 131
美国高校创新能力与竞争力的培育对河南高校的启示
　　——以斯坦福大学为例 …………………… 134
国庆节路过天安门 …………………… 138
人性缺陷下的博弈与博傻 …………………… 140
疫情后中国产业的嬗变与管理升级 …………………… 143

学海泛舟 …………………… 151
一县之胥吏乾坤 …………………… 152
当阁雨遇上索达吉堪布 …………………… 155
创新与创业扭转经济颓势 …………………… 160
上可九天揽月，下可五洋捉鳖——为航天潜海英雄讲授国学真精神 … 161
羊城会讲 …………………… 162
吾师与真理——茅于轼先生88寿诞感言 …………………… 163
我干了，你随意 …………………… 166
治学修身，不忘初衷 …………………… 167
互联网金融，再造人类经济新奇迹！ …………………… 168
袁林谈袁 …………………… 172
殷墟观瞻 …………………… 174
给北大以宽容，北大方能从容 …………………… 175
西升东落的时间中轴点——贝利奥尔学院 …………………… 177
能量场——儿子毕业视频感言 …………………… 178

《世界文明比较概论》导言——人类文明与人生规划 …………… 179
活好剩下一百年 ……………………………………………………… 191
不为"良相",则求"上医"——北大经济学院西南分院的
　　北大第一课主持辞 ……………………………………………… 193

母兮鞠我　195

清明祭母文存序 ……………………………………………………… 196
我的小学时代 ………………………………………………………… 197
回家过年 ……………………………………………………………… 198
母亲的被子 …………………………………………………………… 199
娘亲老了 ……………………………………………………………… 202
母亲的灯盏 …………………………………………………………… 203
黄泉路上儿相伴 ……………………………………………………… 205
无家可归 ……………………………………………………………… 206
母亲的年轮,母亲的城 ……………………………………………… 208
母亲的天国 …………………………………………………………… 210

风月词话　213

凤凰花落 ……………………………………………………………… 214
归去来兮 ……………………………………………………………… 214
物　种 ………………………………………………………………… 214
喝　彩 ………………………………………………………………… 215
霉 ……………………………………………………………………… 216
秋 ……………………………………………………………………… 216
壳 ……………………………………………………………………… 217
诗家故园 ……………………………………………………………… 218
颓废的诗人 …………………………………………………………… 219
如果还能诗 …………………………………………………………… 219
诗人还活着 …………………………………………………………… 220
诗人冻死了 …………………………………………………………… 221
吟诗与淫诗 …………………………………………………………… 222
回归田园 ……………………………………………………………… 223
诗人的历史 …………………………………………………………… 223
CCTV 的诗意 ………………………………………………………… 224

错过了写诗的季节	225
走向远方（外一首）	226
走向远方	226
台北·除夕夜	227
春雪里的时光——北京大学120周年纪念	227
秋　意	229
故城孤心	229
红旗渠浇筑灵魂丰碑	230
童学时代	231
初中写生	232
懵懂时光	232
不声不响	233
倒春寒	234
奈何桥上诉衷肠	234
虫洞的时光	235
斟满2017年的期待	236
为人民服务	237
文明苦旅	238
修行从当下开始	239
净坛使者	240
命　运	240
归去来兮	241
醉·癫	242
在此处安歇	242
假　日	242
秋染燕园	243
雪落的声音	245

媒体传播　　247

大咖高端对话为晋江创客指路	248
2016年北京大学品牌论坛主持辞摘录	249
中国崛起，缘何离不开高效的政府管理	252
央视主持离职潮评析	255
中国管理C模式如何学以致用——"价值家"专访答复	259

警务协同，护航京津冀一体化 …………………………………… 263
防范电话诈骗需要"全流程"屏障 ……………………………… 265
生活中的佛学——讲座主持辞 …………………………………… 267
精进三生路，人生不相负 ………………………………………… 269
效法孔子　兴办书院 ……………………………………………… 271

安在当下　人生菩提（代跋） ………………………………… 273

春风十里

文化游学——人生的正能量

文化中国，古老文明，本是谦谦君子斯文遍地，但文化断层，儒雅不继，伦理失常。

叩问中西四大文明，领略世界三大宗教，求解儒道真精神，自觉进而觉他。

本年度我们先举办了佛学之旅，访问和平寺，了解佛家文化；继而走访了北京牛街清真寺，了解千年来伊斯兰文化历史变迁，感受文化交流融合。

本着问道、求学，精进学业，访问、交流，融会比较，调研、梳理，甄别贯通之目的，昨天上午，我在北大用三个小时为大家讲授了基督教、伊斯兰教、佛教世界三大宗教的教义比较和文化比较，下午我们特别访问了海淀基督教堂。

海淀基督教堂特别重视本次交流，由美国富勒神学院博士、海淀基督教堂负责人吴伟庆主任牧师亲自接待、会谈。

我们一行18人首次观礼了该教堂的礼拜活动，圣歌、献诗的唱诵柔顺、舒缓、优美，我仿若回到了童年时代，如此亲切，如此温暖。我很小的时候，就跟妈妈进乡村教堂，后来入学了，就很少进教堂了。

礼拜结束，我们在另一位牧师的热情带领下，参观了整个海淀基督教堂。母婴室、爱心室、老人团契室，没想到，一个小小教堂，竟有如此多的功能，周日正是礼拜天，当日竟有七八千人来此崇拜参礼，大家在这里都面色和悦，微笑颔首，宛若一个家风淳厚的大家庭。

会谈开始，吴牧师生动形象地给大家介绍基督教发展历程及基督教基本教义，基督教与天主教、东正教的渊源及区别，特别介绍了基督教管理模式、组织架构。

两个小时的交流，大家简明扼要地了解了基督教历史脉络和社会价值。

这就是我们文化之旅的特点：专题讲座、现场考察、参观游览、僧侣阿訇牧师会谈，这样就把单一的学习变成了丰富多彩的游学活动，寓教于乐，滋养心灵，培育慧命！正念，正见，正精进！正觉，正命，正能量！

按照计划，我们将于11月26~27日举办内圣外王之道——儒学心灵之旅，届时我们将访问国子监及孔庙；12月24~25日访问白云观，探索神秘的道家文化和玄学精髓。

  参加我们活动的人士，主要对修身治学有兴趣，不问行业、部门、学科背景，只要兴趣相投，爱好国学，进取向上，不拘一格，来之不拒！

  文化传承，思想导航，文化之旅，心灵之旅！

  民族复兴，终究思想鼎新；欲立天下，首当文化屹立；中国梦圆，精神自当昂扬。

  诚意正心，格物致知；努力向学，蔚为国用！

  同行路上，一路有你……

2018 年 5 月 20 日

借壶销魂酒　烂醉风与尘
——泉城夜宴咏怀

这是大唐芙蓉园，还是清明上河园？

是，神韵如一，颜色却又胜三分。

在这霓虹点缀的大明湖，梦幻与现实已模糊了边界。

珍珠泉、濯缨泉、芙蓉泉"众泉汇流"之大明湖，"一阁、三园、三楼、四祠、六岛、七桥、十亭"勾勒出流水、细柳、古寺、小桥、孤岛的经典画卷。以致蛇不现，蛙不鸣。美，惊诧了诸生灵。

人在山水，心在灵霄，如梦，如幻，亦如真。

泉城夜宴，何处为家？醉生与梦死，都因这湖光与水色。

夜宿古桥上，拥水自难眠，听春色几许，看夏夜撩人，人生多少缱绻？

借壶无忧销魂酒，倾尽这湖泊，多少不平事，失意男儿心，今宵无处去，烂醉风与尘。

趵突泉水琥珀色，仿若琼浆与玉液；

太白邀月与之饮，酒量我稍胜三分。

人间才情一百斗，大小李杜与阎均；

大明湖里洗笔墨，文章一篇惊天人！

戊戌年戊午月乙酉日子夜

2018年6月

今宵为谁而醉

这是一群"80""90"后,而立之年,负笈海外,满载而归。

在他们身上,稚气未脱,但已是教授、博导。

生命过程化学、环境古DNA、基因修饰……在这些学科他们引领国际前沿。

为他们鼓与呼,为这些"青千、青尖、青长、优青四青青年"!千人、万人、百人计划,看风流,当数今朝!

他们有治学精神,有学术天赋,勤勉向上、孜孜以求,在政通人和的大环境下,春风得意,平步青云,青春无悔,报国有门。

与他们相比,社会科学步履维艰。

同一世界,冰火两重。

纵有豪情万丈,难越无形高墙,固是坚守,亦是枉然。

当年不识曲中意,听懂已是局外人。

这个世界,从不少智者,但缺洞见。

To be, or not to be, that is a question.

今宵为你而醉,在这繁花似锦的春城。

2018年9月14日第一届博士后国际交流青年论坛　长春

人文中华　锦绣山河

　　这里是青海西宁，至此，中华大地34个省市区（含台湾省），我全部走遍了，儿时曾立下的"走遍中国"誓言，今日得以实现。

　　我从哪里来？今生价值几何？未来灵魂安放何处？

　　中华踏遍，苦苦追求的答案就在山川河岳，都市乡野，亿万民众之间。

　　华夏血脉，源远流长。人文焕彩，光耀千秋。山川锦绣，大河奔流。

　　我们是圣人之后。三皇五帝人文肇始，我们遵循孔孟之道依礼而行，我们因唐诗宋词的熏染而心灵澄澈，我们因佛道文化而万事洒脱超越，这是斯文的中国。

　　我们有卫青、霍去病、岳飞、文天祥、于谦、戚继光、史可法、郑成功、林则徐、王铭章、张自忠、谢晋元、李宗仁等，这些英烈，这是刚烈的中国！

　　山川河岳踏遍，血脉寻根求源，人文历史阅历，深掩在心中的呐喊——我爱你，中国！

　　生于斯，有着壮丽的河山，悠久厚重的历史，可爱勤劳的人民，生生不息的文化！

　　农耕文明的辉煌，工业文明的挫折，信息文明的崛起！

　　今日中华，凤凰涅槃，宏图大展，各族和衷共济，各界共襄盛举，再续盛世华章。

2020年7月24日于西宁

岁月无声

又是一年冰封季

2015年悄然而逝，几多惆怅，几多感慨。

有时不懈的努力，换来的可能是一尾浮荡的羽毛，也可能是五彩的泡沫。

待重整精神，再踏征程，才发现廉颇老矣，面对曾经的豪言，无能为力。

泪水，洒满衣襟，浸入苦涩心田。

阳光从户牖而入，照亮的是发霉的理想，泛着腐烂的气息，待一一收拾曾经梦想，仿若打理着理想的残骸，斑斑尸骨透着冷冷凄风，胡乱横在青春的战场。

斟上一杯酒，伴着月光饮下，满天的繁星，无人诉说心怀。

窗外是北国的严冬，树枝虬拢着身躯，鸟窝在枝头摇晃，每一个冬天的来临，就是一个生死场，无论你曾经笑傲苍穹，还是鹏程万里，今晚的夜风，也许就是祭奠你的哀乐。

湖面冰厚数尺，再也没有了波光粼粼，曾经的彩霞、落日、长天、秋水，都被冻结在毫无生机的冰层下，如同被冻僵的鱼儿，再不能吹泡，撒欢，跳跃，游弋，只剩下有出无进的喘息，静候着生命的终结。

在冰封的季节里，动物生存的本领就是忍耐。帝企鹅在凛冽寒风中不吃不喝站立数月，才能熬到阳光照耀，北极熊要在苦寒中等待半年后的冰雪融化。这些都是生命的极限，没有生的欲望和忍耐，绝不会活过冬季。

去日奔放，来日茫茫。这是创业者的寒冬，热情消解之后的倦怠，倦怠之后的些许颓废，些许无奈。在烟草、酒精中惶惶度日，在梦魇中些微放荡。

无数次的追问，无非是生命多样的可能，每一种模式的求索，都是在冰霜中洗礼，狂风中摇曳。花香不再，花儿飘零，枯叶飞舞，在荒芜原野，在北国雪原，光秃秃的枝干，伴着剑削刀割似的朔风。

半世归来已非少年

　　曾经无数次在家乡的瓜棚里遥望,夕阳西下如血,一如英雄鏖战疆场。这一画面无数次激荡着少年的情怀——仗剑走天涯,一醉度年华。

　　后来在县城的小录像厅里,看了香港出品的《上海滩》《笑傲江湖》《纵横四海》,更坚定了我磨刀霍霍闯天下、轰轰烈烈干一场的决心。人生苦短,要活得痛快,活得畅快,既然活着来到这个世界,就没想着再活着回去。

　　一心走向远方,踏遍万水千山,只为一个童话,一个传说,一个少年的幻想。

　　那一年我离家出走,去了古都开封。

　　清冷的宋都御街,厚实的古城墙,热闹的鼓楼夜市……这里沉淀着千古文人梦。寇宰相夜夜狂欢,李师师弄琴弹唱盛世繁华,还有龙亭那如天国般的宴席——猴头燕窝,海参鱿鱼,山珍海味,美酒佳肴,香飘都城。

　　而此时的我,饿得只能喝瓶廉价的啤酒。在酒精的刺激下,蒙蒙眬眬觉得梁山泊的兄弟已攻破东京,拉我一同落草,和我大碗喝酒,大秤分金。在风中猎猎的杏黄旗下,我和晁天王这一拜,黄河之水滚滚东流,滔滔不绝;这一拜,为家国天下肝脑涂地在所不惜;这一拜,荣辱与共,生死不改,至死不渝!

　　初冬的凉风,在子夜灯火昏暗的古城街上吹过,我一阵阵寒颤,差点从高高的铁塔上掉下来。饥寒交迫时最好不要喝酒,容易醉,醉得不知东西南北,醉得不知乡关何处!

　　最后,身无分文的我只得又回到老树昏鸦的村庄,一代侠客梦就此告一段落。

　　20年后,我再度出发,走出村庄,走出官渡,走出殷墟,走出轩辕故里……走向国王谷,走向马丘比丘,走向玛雅,走向罗马,走向耶路撒冷……

　　这条路,似乎没有尽头,曲折、漫长、艰险、多变、孤独……常常在天之涯海之角,举目四望,一人不识;走在悬崖峭壁上,生死命悬一线;作客他乡异国,一次次遭遇政变骚乱,山洪暴发、盗贼流寇也屡见不鲜。

　　风雨兼程,一路前行,不知不觉度过不惑,两鬓华发初染,已非少年。

　　今天恰逢六一,我为自己过节。从童真的渴望,到无邪的梦想,再到背井离乡、浪迹天涯寻根求道,踏遍青山人未老,少年情怀依旧浓!

　　半世归来虽非少年,但无怨无悔,继续向前,不负此行,精进三生!

2017年6月1日于中关新园

上海滩的老笑话之五角场今昔

出了地铁口，我一脸的茫然。

一栋栋漂亮时尚的大厦，宽阔的马路，封闭的高架桥，米字形地下商城，四通八达的地铁……这是我曾经混迹过的五角场吗？

我所熟悉的五角场是嘈杂的、凌乱的，房子是破旧的，小吃摊是随地摆设的，羊肉是露天烤的，烟头是随处丢的，街头的电线杆是可以随便用来张贴小广告的，上海的小女孩总是嗲嗲的，复旦的女生总是背着书包赶课的，酒吧里的男生常常是要喝傻的，胡同里的生煎汤汁是异常鲜浓的，食堂里的各类饭菜都是要加糖的，所有下水道的井盖处总是臭臭的……

这绝不是我记忆中的五角场，不是公元2000年前的五角场！

在读高中的时候，周末常去录像厅看录像，放映的除了生活片，就是香港拍的有关上海滩的各类传奇，所以逐渐就催生了闯荡大上海的梦想。

一到上海，我就去了南京路，去寻找影视剧里的十里洋场。首先一一查看那一幢幢各大帝国留下的装饰考究、风采依旧的大楼，希望能对应上影视剧里的某个镜头。然后坐在黄浦江边，想象着杜月笙与黄金荣的青衣长衫，想象着一往情深的冯程程正不约而至。最后花五毛钱乘大铁壳的轮船摆渡到浦东，独自屹立船头，默默望着流淌不息的黄浦江，置身几回梦里相见的上海滩，我醉了！大上海，我来了！

在东方明珠塔下，在世纪大道，在滨江路上，留下我铿锵有力的脚步和豪言壮语……直到夜幕降临，我才悻悻地坐上公交，返回已经落脚的杨浦区。

那时候，为了省钱，我住在江湾体育场附近的开鲁新村。那是一个两层复式阁楼，没有装修，是用水泥抹的地板，月租金500元。旁边有一个农贸市场，每到周末的时候，我也总是和上海的闲散男人一样，穿着睡衣，趿拉个棉拖鞋到市场买菜。那时候认识一对来自浙江宁波的夫妻，总是操着浓重的方言卖生腌的小花螺，海螃蟹才七八元一斤，买上四五斤，回家放锅里一蒸，配上芥末酱油一盅，偶尔外加一碗醉虾，一瓶绍兴花雕，在惺眼朦胧中设计着一个又一个创业计划，时而亢奋，时而烦躁，时而消沉，时而昏昏睡去……

有时一觉醒来已是夜色深沉，各色人等都安歇将息，只有弄堂里还有按摩女在坚守岗位："先生，敲背巴哈，老好老好咧！"

我当时也曾突发猛想，如果把按摩女组织起来培训，背背《羊皮卷》，喝点心灵鸡汤，激励激励她们创业，成功概率恐怕要比大学生高许多，因为她们更加专心、敬业、忍辱、直白、欲望强烈、锲而不舍，这些是成功的必备要素。如此这般，既挽救了这些女同胞，又成就了经济振兴的大业，何乐而不为呢！

想着想着，我竟然为自己的商业天赋而兴奋不已，天生我才，经天纬地，大有前途，其结果是辗转反侧，一夜无眠。

后来我也买了辆松花江牌小型面包车，为了寻找商机，在上海的大街小巷都留下排放的尾气。

在上海滩的三年，收获最大的就是培养了一副承载海鲜的胃，因为吃了太多的螃蟹、醉虾、生腌海螺等，从此与别的菜系行同路人。

最终告别上海，同时告别了26岁时的梦想！

回到北京之后，几乎京城所有的海鲜店都留下了我的身影，有钱没钱，海鲜过年！这些年来，仅我亲自见证而倒下的海鲜店就不下20家，真是应了那句老话："流水的饭店，铁打的吃货！"

后来再到上海，必拜见我的两位老师，复旦大学的胡教授和蔡教授。当年两位老教授退休之后再度创业，我们相见甚欢。两位教授发扬老教育家一贯的风格，手把手教我创业。

离开上海时，我身上就剩下购买一张车票的钱。挥泪告别上海时，我也狠狠地咬咬牙关，上海滩，你等着吧，胡汉三还会回来的！三年后老子还是一条好汉！

其实三年后我没有回来，五年后也没有回来，六年后我每年都来，来看看我的两位老师。每一次相见都要回顾往昔，每一次我们都笑得喘不过气！

这些年来，我们情同父子、母子！

这次来，还见到了陈姨。陈姨原名陈秋瑾，上海本地人。当年我创业时，陈姨并不富足，只是一名普通的会计师，但她不讲条件地支持我，全权负责公司的财务，遇到资金紧张，她就自己垫钱帮着公司运转，一直拿着最低的工资，干着最繁重的工作。她让我看到真正的上海人：侠肝义胆，赤诚忠信！想一想，满是亏欠，满腹愧疚！

相聚，飙泪！感恩，祝福！

为什么眼里总是满含泪水，因为这片土地，让我爱得深沉！

熟识的五角场，陌生的五角场，人生的五角场！在我记忆的深处，在我心灵的深处，永远定格，永不谢幕！

2016年9月24日于复宣酒店

人生二十年

自1996年大学毕业至今已经二十年了,是该做阶段性总结的时候了。

从前一个十年,到这一个十年,也就是从2006年至今,这十年,是学术精进的十年,是思想沉淀的十年,也是潜心悟道的十年。这十年,也有许多的不足和遗憾,但风雨依旧,情怀依旧,信念不灭!

下一个十年,已经正式启航!

思想系统,哲理深邃,便于应用的中国管理C模式,早日成为中国管理变革的晨阳,照耀中国大地,泽被千行百业。

登堂入室庙堂之高与淡泊明志学堂之远,庙堂学堂各归其类,心中自有一杆秤。

八大分院交相辉映,附属书院星罗棋布,弟子三千,贤者七十有二,长城内外,桃李芬芳,大江南北,花果飘香。

新家落成,厅阔室雅,书房亮堂,庭院花繁叶茂,读书、习字、品茗、水墨自成一章。

世界环游,走遍大洲大洋,文明科考告一段落,文明比较系列作品神州飘香,哈佛、耶鲁讲学布道,东方文化博大精深,华夏文明灿烂辉煌。

2016年元旦

人生十年

十年前，大学刚毕业，除了一颗蓬勃向上的心外几乎一无所有。当然，有的是一脸的稚气、一脸的无辜、一脸的无畏、一脸的粗野、一脸的浅薄、一脸的好奇。带着这个复杂的表情进了报社，做了一名法制报的记者。

作为政法类的记者，写的却大多是社会新闻，接触了千行百业三教九流，笔杆子有时像枪杆子一样，简直比包公还包公，似乎能解决所有的不平事、黑暗事、邪恶事……就这样迷迷糊糊干了将近两年。

离开省城到北京读书，主要还是因为省城的生活太杂乱、太混沌、太庸俗，整日吃酒行拳，交些社会闲杂、狐朋狗友。再不坐下来好好读书，何以坐而论道？何以大展宏图？何以出人头地？

其实，自幼心无旁骛，一直像个书虫，对这种浅薄世俗的生活十分厌倦，时间愈久就愈发崩溃。在死亡与更生面前，自然还是选择了逃亡式的更生。

在京城最高学府的一年，也是有生以来最快乐满足的一年，鸿学大儒的布道，图书馆里的静读，博雅塔下的沉思，未名湖边的踯躅，生活简单，心扉清新，心灵明净。

然而学业未成，却鬼使神差地杀进商界。经商对我而言是十分神奇而陌生的，也正是无知才会无畏，便无畏管理的经验与技术，无畏人性的贪婪与险恶，无畏生意场的艰险与善变，也无畏酷吏的蛮横与猖狂。

虽忐忑，虽如履薄冰，但复制扩张速度极快，不到四年的时间，便转战半个中国，遍及二十多个城市，但由于人性的贪婪与险恶，由于缺乏管理的经验与技术，结果是一败涂地，轰然坍塌，最终身无分文，重回原点。

痛定思痛，只得再返媒体混事。重操旧业，也算得上驾轻就熟，其间又进过企业，兼作咨询企划之事，倒也能赚个烟酒的外快。

一年后又入高校，执起教育的旗帜，迄今已两年余，其间还曾走出国门，读些无用的学位。

左冲右突，沉沉浮浮，屈指算来已是整整十年。十年漂泊不寻常，十年奋斗尽沧桑，十年心路也荒凉。

十年报恩

这十年也是对父母报恩的十年，是对家庭默默付出的十年。

大学毕业在报社取得的第一份薪水，恭恭敬敬地交给了母亲。自此年年月月不辍。我挣取的第一个十万元，便给父母盖了两层小楼，虽然比不上豪庭大宅，但也坚实温馨。院内卵石铺地，庭内建起小花果园，春天月季竞放、石榴开花，夏日葡萄蔓延、草木葳蕤，秋日柿子红满枝头，银杏金叶飘落，下雪的季节冬青翠绿，一年四季分明，倒也别有一番韵味。

家里没有大富大贵，却也和睦祥和，父母尽享天伦，也算是对苦难的善良者的回报。父亲早年有病，是那种乡下最为常见的痨病，也是危及生命的常见病之一。前些年颇为虚弱，走路时喘息不止，而后得到全面的医治，再加上生活改善，气顺神闲，年逾古稀倒也精神矍铄，打破了很多人断定父亲六六大限的妄言。

由于子女对父母争相孝敬，家里成了当地人羡慕和敬颂的对象，寒门出身的我也成了当地学子的榜样。我虽内心惴惴不安，父母却也甚是荣光。

十年间，兄姐常年琐事不断，我也极力应承帮衬，也算是早年他们对我学业帮助的回报吧。

回溯岁月的长河，对于友人学长，但凡我曾冒犯过的，我都一一示好道歉。凡有损失的，我都倍加补偿，但求问心无愧。

八年求学

自1998年入京始就从未离开学府，我的大学教育真真是在北京和海外完成的。以前所学实在微不足道，许多执教的老师不过点卯应差罢了，才智更是不敢恭维。

在京学府使我耳目一新，尽管教师中不乏学术平平者，但多有桀骜不驯的怪才和彬彬鸿儒，更为难得的是，这里有国内外各路大家粉墨登场，学术氛围极为浓郁。

其中的商学使我最受教益，在光华学院听的课最多，也最实用，这里的教授、游学大师、著名企业家让我完成了商学专业，成为更为务实的 MBA 肄业生，也是当之无愧的优等生。

在这里断断续续学了八年。这八年是我读书最多的时期，每周甚至每天读书不断,文史哲、财经政均有所涉猎,如饥似渴,总也是吃不饱的状态。

行思十年,得失参半

刚出校门时是个自闭偏执、呆头傻脑的家伙,历过十年的砥砺,而今可谓基本明辨本末,遇事稳重处之。

十年前,看待问题往往想当然,立场完全取决于个人的好恶,今日再看世界万态,已能洞悉根本,追根溯源,把握趋向。这是每个人都必经的人生过程。当然,成长也必然要经历心智磨炼和洗涤的种种阵痛。

这十年也有很多遗憾,很多过失。

反思这十年,勤奋不够,本应读更多的书;进取不够,本可做更多的事,写更多的文章;慎思不够,做事有时依然不够冷静沉着;韧性不够,很多事未能勤勉如一;自信不够,很多事处理不能胸有成竹,不能达观从容。

一切都过去了,无论得失成败,都无法改变,这就是历史。

付出了,也收获了!

十年过去了,我最大的资源依然还是青春;十年来我储存下的最大财富就是奋斗不止的激情,十年来我最大的成就就是娶了贤淑的太太,并孕育了可爱的孩子。

2006 年仲秋

童蒙养正，人生汤泉

小学即童年，童年即人生。

昨天家长会，通知出席，欣然参加。没啥想啥，吃啥补啥。

一个暖暖的童年，犹若汤泉，滋养心灵，受用不尽。

我的童年放牧在蓝天白云之下，小河流水，芳草萋萋，漫天的火烧云，天马行空，意象万千。当时除了大自然，似乎一切都是土土的。

上小学时，起初是茅草房，加土墙土坯桌凳，满目土色。吃的多是地瓜和毛豆，喘出的气也有浓重的土腥味。老家的话也是土土的，加上我们这些小土孩，一动不动时都会掉渣，稍一动则灰尘飞扬，犹若猪八戒下凡。当时我就想，如果把我们扔到秦始皇的兵马俑坑里，无须化妆，浑然天成，焉能看出真假？

小学的老师也都是民办土老师，边干农活边教书，满腿的泥巴，满手的老茧，满嘴的土话。我们稍有不听，就挥拳相向，感觉个个都是从梁山下来的好汉。至今想想这些个画面，都特真实，特接地气。

在这群土里土气的老师手里，却走出了一批又一批学生，五湖四海，天南海北，有的在为祖国建设加班加点，还有一些在为社会发展不遗余力地添乱。

我属于加班加点型的，因为我当时的班主任秦玉文老师，温和、亲切、公正，给了我童年足足的正能量和暖暖的回忆。

儿子这一代，与我恰恰相反，俨然两个完全不同的世界。

缤纷围墙，花草满院，彩色跑道，高档场馆，教学大楼，明窗亮几，多功能报告厅，多媒体教室……当然，还有那遮天蔽日的乳黄色的雾霾。

除了蓝天白云以外，他们似乎什么也不缺；而我除了蓝天白云，似乎什么都没有。

儿子的老师人人名校毕业，温文尔雅，谈吐不凡，寓教于乐，孩子们在这里开心快乐，他们"1+X课程"之外的活动就是分组讨论、拓展训练、野炊军训，课堂内外同学们亲如一家，玩得倒也不亦乐乎。

我小时候的主要业余活动就是打架，或对打或群殴，生龙活虎，兴致高昂，为此老师教训我们最常用的一句话，就是"把课文抄十遍""罚站一个上午"，可以说简单粗暴、实用有效。

儿子的班主任何老师，把个人的时间对学生全日开放，辅导作业，生活教育，矛盾协调，心理安抚。孩子们对何老师有着对母亲般的依赖，亲、敬、爱叠加，多么温馨的童年！孩子们将带着老师的爱，奔赴不同的中学、大学直至工作岗位，学习、领会、体验、践行"成志教育，照耀一生"！

　　"为聪慧与高尚的人生奠基"，我的秦玉文老师和儿子的何秀华老师，在不同的时空，履行着"雕刻灵魂"的职责，不同风格，一样品格。

　　经过30年奋斗，我们两代人，刚好一个轮回。

　　我不是不当小学老师，是当不了，耐心，热心，爱心，哪一样都不够！

　　所能做的就是念念不忘，就是钦佩和致敬！

　　向全天下无私奉献的小学老师们致敬！

2017年1月14日

沉痛悼念惟觉长老

见庸法师：吉祥！

惊悉上惟下觉大和尚圆寂，哀痛不已。

一年前的春节，在台湾中台禅寺打禅七日，大和尚不顾年迈，亲临开示。本人关于佛学的多年困惑一一获解。如摄心，老和尚开示：一念不生，一念不起；万花丛中过，片叶不沾身。还有关于加持，老和尚说世界上没有什么神秘的东西，外在的加持，这些都是妄念，只有安在当下，不起心动念，才能修成正果。聆听后茅塞顿开，受益终身。

当时老和尚虽已八十有七的高龄，但布道时气定神闲，法相庄严泰然，不成想一年刚过，就往生极乐了，真可谓万事无常啊！失去伟大的导师，失去大善知识，人天同悲，呜呼哀哉！

见庸师有幸得蒙老和尚点化，舍身为众生种福田，福报与发心何其大也！

人生就是一场修行，而我等依然在尘世为"事业"奔波，在子夜的汪洋大海上摇橹划行，没有灯塔，没有航标，没有同行者，只有风声和海浪声相伴。这样的修行，好孤独。

虽然在中台禅寺只是一周的时间，窗外就是熙熙攘攘的游客，而禅堂则是清静的圣地，一窗之隔，一个婆婆的尘世，一片寂寥的净土，好是受用！

我现在还在研究禅学，精进还很不够，主要是如何在各行各业的践行，所讲禅理还需进一步深究，目前所学尚是肤浅。拙作《禅与现代管理》的受众、学员越来越多，也算是为弘法利生尽了点绵薄之力，但愿没有误人子弟。

感恩见庸师不弃，这些年来不断点拨，使我不敢松懈，自是奋蹄，努力耕耘。

只要有机会，我会再到台湾，再到中台禅寺研修。上次结识很多学界、政界的朋友，特别是成功大学、淡江大学、台湾师大等的教授们，大家因缘相聚，相谈甚欢，相互砥砺，甚是难得。

近期我一直在改进《中国管理C模式》，心无旁骛，刚看到您的来信，回复晚了，敬请见谅。

期待见庸师早日到大陆来，到北京来，我们这边有很多佛学界的朋友，届时我安排大家相聚畅叙。

上惟下觉长老法门龙象，戒行精严，修正功深，慈悲大众，行化南北，其所倡导的佛法五化与中台四箴行使法流天下，对人间佛教有再造之德！痛失导师，悲不自胜。

愿上惟下觉长老不舍娑婆，乘愿再来！

愿见庸师节哀顺变，保重法体！

阎雨　合十
2016 年 5 月 12 日

附：

阿弥陀佛，阎博士：

本山导师，开山方丈上惟下觉老和尚上个月圆寂荼毗，失去大善知识是我们的损失与遗憾，幸有导师的心法、教诲已在中台世界中生根茁壮，行者仍有福报学习，增益自己的道业，向菩提涅槃迈进。

此次开山方丈圆寂追思硙颂法会，大陆宗教界有许多大和尚及团体代表前来致意，表达感恩与不舍，希望阎教授日后也有机会再来中台禅修，领略佛法殊胜与妙用。

祝福您学业、事业、道业增进，全家吉祥平安，健康如意

见庸合十

附惟觉长老圆寂新闻报道：

【大公报讯】据中通社、联合报报道：台湾中台禅寺开山方丈惟觉老和尚 4 月 8 日圆寂，享寿 90 岁，23 日上午举行追思赞颂法会，当天近 3 万信众送行，中国佛教协会会长学诚法师、中华宗教文化交流协会副秘书长赵建政等一行参加，台湾副"总统"吴敦义代表"总统"颁褒扬令，表彰其对佛教及教育的贡献。当日下午 4 时遗体送至台南白河大仙寺火化。

寺方 23 日 8 时 30 分举行圆寂追思赞颂法会，台湾"立法院长"苏嘉全、前"立法院长"王金平、国民党主席洪秀柱等台湾政要到场上香致意。追思赞颂大典上，学诚法师称赞惟觉长老是弘扬禅文化的自信、自觉者，推动两岸宗教文化交流的先觉、先行者，传承守护中华文化、担当指引人类命运的大悲大智者。他还指出，长老收集保护来自世界各地的中华佛教艺术及古代文化珍品，无偿归还山东、福建等地被盗佛教文物，推动两岸佛教交流。

一心而已

一觉醒来，茉莉花开。以前我从不养花，经不起期待的熬煎，也不愿沉溺于花开花败的感伤。

这两盆茉莉是前不久买来的，实在想点缀点缀寂寥的书斋。书斋的寂寥是因为每天的早出晚归，辜负了这些书。它们毕竟伴随了我20多年了，我们已默默地守望着对方的世界许久许久了，彼此承诺心灵的厮守。它们给我心灵的慰藉，我亦不负它笔墨传奇。

尘世的修行，就是与众生的苟且。我总是莫名其妙地奔波，两脚沾满灰尘，身上沾满风霜。

既然平日无法与书相依，便买来花与之相伴。自花到之日便尽心浇水，精心伺候，倒成了新的牵挂，毕竟这是鲜活的生命。

凡是生命，自当敬畏。茉莉是生命，花瓣也是生命，花开花落，也是生命的生生死死。

听花开的声音，赏花瓣的舒展，总想着在郁郁葱葱的草木间，深埋心灵，一醉不醒。

如今它已经悄然绽放，不刻意，不做作，不张扬。

而我要赶去郑州，待我出差回来，可能花期已过，想象着它来到我这里，真真是"孤芳让我赏"。花为悦己者开，而我不得已与之别离，冷落了它，辜负了它。寂寞开而无主，无悦己者，任由花瓣一片片坠地，此番无奈和凄凉，岂不是对人生的一种哀叹。

这真是：担心书之寂寥，买来花与相伴，花开花谢，惹得主人哀伤，三千世界所有，不过一心而已。

2016年4月9日于列车途中

心灵的关乡

回家,给心灵一次放荡;
回家,许心情一次沉醉。
关乡何处?
这片土地,承载了太多的诟病,而不解其背后的艰辛;
这片土地,承载了太多的信息,而不解其文明的厚重;
这片土地,承载着太多的隐忍,而不解其未来的期盼。
知我罪我,其惟春秋。
一切都在改变,富庶、祥和、现代……
一切都没有变,重情、厚义、诙谐……
在自嘲中解构,在承受中超越;
在黄土里绘图,在文化上着墨。
关乡何处?老家河南!
世间有人谤我、辱我、笑我、轻我,如何处置乎?
只要忍他、敬他、随他、不要理他,
再过几年,你且看他,他又能怎样?

老牛自知夕阳晚

近日刷牙，无意间发现两鬓白发些许。期待已久的事，果真来了，竟平添许多不安。

我真的老得白头了？我一直怀疑不信，甚至有些惊恐，所以凡进卫生间，便借机反复勘察，终得出结论：右鬓十余根，白如雪，坚如铁，呈半弧状排列，似彩虹卧波；左鬓五六根，与右鬓大致对称排列。

老了，看来真的老了。

就因为长着副娃娃脸，所以以前开会，往往会被误认为是新人，排列组合时自然按长幼次序，也曾对这种以貌取人的行为表示愤慨，但"众志成城"，改变偏见比建立新规难多了，所以只能忍气吞声，一度还曾想过染上几许白发。

而今，两鬓徒生白发，心情却五味杂陈，难以名状。我真的老了吗？我怎么就老了呢？我还没开始第二次创业呢，我的研究事业才刚刚开始啊，我的计划……我的规划……我的事业设计……这一切的一切，我可都是按照年轻人心态、年轻人体格、年轻人心智、年轻人的担当执行的。而今两鬓霜染，是偶然还是必然？是因为近日通宵熬夜所致？还是年龄所致？面对严酷的现实吧，这是人生的必然，生老病死，自是天道，天命所归，回天乏力，也就安然处之，泰然视之。

老牛自知夕阳晚，不用扬鞭自奋蹄。自古以来，谁人能逃脱岁月的魔爪？哪怕你是帝王将相，哪怕你是天地英雄！

喜遇任彦申教授

任彦申教授曾是我们北大的党委书记。听说老书记要参加我们在重庆举办的第七届国富论坛，真的是一个意外的惊喜，也是一个大大的惊喜。

12月9日晚10点半许，任教授赶到了宾馆，我们刚结束为其他教授们的接风，而且还饮了酒。接到任老已赶到宾馆的电话，我急急忙忙告知院领导，并与院领导一起匆匆忙忙赶到任老的房间。

72岁的任老，坐在沙发上边抽烟边与大家一起回顾北大的岁月。说到兴头上，笑声爽朗，底气十足，依然是20年前的风采。自觉刚才多喝了两杯酒，面红耳赤，颇不礼貌，内心惴惴不安，但任老一直谈笑风生，似乎并未介意。

20年前，我游学北大，当时恰好任老做学校的党委书记，经常在学校的新闻里看到任老讲话，无须任何准备，随口讲来，层次分明，逻辑清晰，又妙语连珠，印象极为深刻。但那时没有任何机会接触任老，更无法这样近距离聊天。2000年后，他从北大党委书记任上调任江苏省委副书记，之后就再没有机会听到他的高谈阔论了。

后来在书店买了一本任老的书《从清华园到未名湖》，该书翔实记录了他在清华、北大工作的感悟，特别是对清华、北大两校校风及文化的比较和分析，颇为深刻、透彻。后来有幸到清华读博士后，三年的清华生活，使我更深刻地认识到任老总结的精妙与到位。

这次相遇任老，倍感亲切，尤为惊喜。

说实话，与20年前相比，任老几乎没有什么变化，依旧精神矍铄，风度翩翩，让人不得不啧啧称赞。

第二天一早餐厅相见，任老竟一下子喊出了我的名字，其记忆力超常，又那么平易近人和蔼可亲，让人感佩不已。

10日下午4点是我们北大经济学院重庆校友会成立揭牌仪式，任老又及时赶到会场，亲自和孙祁祥院长共同揭牌。我有幸作为见证人，立在任老身后。

仪式结束后，我主持了北大经济国富论坛最后一场活动——校友与企业家论坛。主讲嘉宾都讲得很好，论坛取得了预期效果。任老一直端坐聆听，待论坛结束，任老竟还起身和我握手，以示祝贺。

论坛结束后,重庆市区两级领导举行答谢晚宴,任彦申老书记在晚宴上再次回顾了他在北大期间的风云岁月,很多事情甚是敏感,我以前也从未听说过。原来名声卓著的北大也是办学不易,为了学术的发展,为了创造和谐的科研环境,为了保护青年教师利益,许多校领导冒着极大的风险,不畏压力,不顾自身,直言犯上,敢于担当,使北大"思想自由,兼容并包"的学风得以代代传承。

任老讲述的往事历历在目,仿若昨日,时间、地点、人物、背景、事件、结果叙述得清楚、明白、确切,其大脑简直就是一部具有超大内存的计算机,让人惊奇感叹不已。

这些鲜活的历史也是北大珍贵的财富,我们都希望任老能写部回忆录,警示世人,教化后人。任老却说,写不得。为此我们深表遗憾,但仔细想想,也能理解,唯有尊重,唯有敬重。

2017 年 12 月 11 日子夜于渝州宾馆

那碗浅水，那座砖塔

我身处其中，却无暇顾及。

当落叶飘坠在我面前，我为这抹秋色而驻足。

无数琐事却又让我脚步匆匆，秋水与长天，那是曾经的记忆。

京华秋韵，燕园秋色，我年年写，却怎么也写不出其中的况味。

林荫小道，银杏金黄，长凳石阶，小岛画舫，小桥华表……这些都长满了我的脑袋。

未名湖，不是湖，不是浩瀚的海，而是我家的池塘；博雅塔，不是塔，不是珠穆朗玛，而是我村的土岗。

我在池塘边嬉戏，在土岗上打滚，滚掉的是诗词歌赋，留下的只有光溜溜的自己。

其实命中与之无缘，只是因为偶尔的一瞥，却再也没有离开。这不是缘定，而是宿命。

这些年，无论天涯还是海角，飞越五大洲，却从没有走出这片湖光与塔影。

我写不出，真的写不出你，那湾浅水，那座砖塔。

三尺讲台小，天地大舞台

连续两天的课，累得几乎全身发酸。

每一次上课，都是一次倾心的演绎，学生们来自天南海北，来京学习不易，如何让学员不虚此行、满载而归：心智启迪，知识贯通，思维升级，其乃为授课效果设计的基点，也是师者的良知。

把万卷的文明阅读，几十万里的田野考察，化作理性结晶，用一天的时间循序渐进、层层深入而又深入浅出完整地呈现出来，整个过程始终还要保持轻松欢快，寓教于乐，这是我对这门课程的要求。

通过三言两语把思想描述成画面，把抽象变成具象，只有如此才能将学生带入到学术丛林、思维的秘境，让他们参与进来，主动思考，共同推演、论证，进而得出结论。

灵魂的工程师，心灵的雕刻家，这是门妥妥的技术活，也是一门精湛的艺术。

三尺讲台小，天地大舞台，且行且珍惜！

致敬苏格拉底

因为连续出差讲课加上酒后浓茶，一夜失眠，整个晚上睡眠不足1小时，如何应付一天的讲课？

9点得上课，7点起床，8点钟赶到博雅会见客人，赶到教室恰好开课时间。

再饮一杯咖啡。

苏格拉底式开篇，由组织发展内在机理设问，从组织发展所需的四个自信层层展开，通过问题的抛出不断冲击学员固有的观念，压碎传统的错误思维模式，通过新理念让学生产生头脑风暴，进而把学生带入一个思辨的学术空间，而剥离现实所有世俗羁绊，让每个学生都能够做一次纯正学生，为真理、为困惑、为新知而读书，激发好奇，回归童年。

党政官员和企业家的成人教育不同于在校生，他们阅历深，眼界开阔，人生经验丰富，他们往往带着质疑的目光来看没有社会阅历的高校老师，如果没有真知灼见很难慑服。这就需要老师的知识结构完善，跨度要大，有跨学科分析现实问题的能力和方法，得出高瞻远瞩的对策方案，不如此，难以形成课堂氛围。

把课堂变成思想实验室，通过交流的化学反应，最后产生各方都认可的结论和总结，如此，一堂课则完成了其任务。成就彼此的价值，这就是教育这个行业的特质所在。

学生们的认真听讲，不断提问，相互辩论，时而沉思、时而激辩，时而醍醐灌顶，似有顿悟，如同一部话剧，人人都是演员。一天课程，靠着咖啡支撑身体，6小时教学时长，一气呵成，行云流水，圆满完成授课。

由此可知，照本宣科难以入心，腹有诗书才能化境，随着意识流推进演绎比按部就班宣讲效果更好。

2018年11月16日

传道授业皆修行

  受单位委派，奔赴杭州圆满完成《禅与现代管理》的授课任务。返京，平安到家，谢谢同学们的挂念。
  每次讲课，对我而言都是一次身心修行，尽管这门课我讲授上百遍，但我依然会全面备课，不断更新内容，补充新知，并让课程与时下社会最大限度融合，用管理哲学原理分析时政，让同学明白管理哲学可以为现实问题的解决找到思路和方法，是一门知行合一的学问。管理学就怕虚无缥缈，不接地气。有了这样的认识后，同学们就会精神抖擞来听课，继而我会把课程精髓深入浅出地呈现出来，让学生理解、领会、开悟，如此他们才能参与进来，进行互动。情景的代入很重要，把他们带入玄奥但多彩的管理哲学天地来，开阔其思维，增益其学识，教会其方法，辅导其应用，自然就会有思想的飞跃和能力的提升，还激发了他们的学习兴趣，让他们确实有收获。如此，才算完成这门课的教学。
  教学相长，互为师生，人生无处不道场；行走坐卧，劈柴担水，传道授业皆修行。

去國懷鄉

人生自是有情痴，此恨不关酒与棋

　　昨日驱车前往 Liberty Village Outlets，秋将至，人添衣服马长毛，该温暖下自己了。在茫茫尘世中，一个人漂泊在异国他乡，夜色来临，无论灯火何等灿烂辉煌，换来的只是一时的欢娱，无论如何难以驱散心中万千愁绪，正所谓："纵有千壶酒，亦难慰风尘。"

　　这些年孤身漂泊，辗转他乡，无论是在大洋彼岸，还是在玛雅丛林，无论是在大漠深处，还是在群山之间，深夜醒来，再无睡意，万年文明，千秋古城，百卷史册，一生快意，抵不过的是一席家常，一屋家人。当酒精已无法麻醉，只是守望着一个又一个难捱的黎明，明知路在前方，却难以迈出沉重的脚步。

　　天亮了，星斗兄从泰国赶来相聚，我和 JinMahr 开车去机场迎接，一路的陈年旧事，笑得前仰后合，在宾州小住之后，我才一路开车回到家里。

　　恰逢名律师胡知宇来访，聊起他竞选州议员事宜，便为他鼓劲砥砺。这些年看到华人在海外蓬勃发展，一扫二百年之衰，甚是欣慰，更何况是自家兄弟跃上政坛耕耘，更当摇旗呐喊，不遗余力。

　　因燃气已尽，BBQ 未果，改为烤箱，嫂夫人 Anni 回家小厨，然后小酌即醉，感觉甚佳，与兄弟同在，烂醉如泥才好！

　　迷迷糊糊与星斗兄下棋，五局全输。记得曾在局中小寐，似乎是星斗兄趁我倦怠之际，有点胜之不武。

　　一觉醒来，恰是深夜，万籁俱寂的新泽西，杨柳依依的京城湖畔书房，家国仿若眼前，云烟浩渺，一去千万里，归否情如絮！纵使千杯买醉，能醉的是身，不醉的是心。

　　心不醉，人最累！

　　人生自是有情痴，此恨不关酒与棋。

2017 年 8 月 12 日　NJ

感恩这片土地

我是从这片土地走出来的孩子,如果说取得了一丁点的成就,也归功于这片土地上的父老乡亲。

我的家是当时全村最贫困的家庭之一,物质极为困乏,我母亲说,饿死不做贼,人穷志不短;当每次遇到困难似乎过不下去的时候,我母亲又说,没有过不了的火焰山;我长得矮小又很低调谦虚,常受到歧视,我母亲就说,地上一个丁,天上一颗星,每一个人都有他的用处。是啊,每一个生命来到这个世界都有应当的意义!

正是母亲的三句话,使我一次次坚持下来,并获得自信,在绝望中一往无前。

当然,还有父老乡亲的帮助和鼓励,让我坚持上完了学。因为上学,我母亲常常要向街坊邻里借钱。尽管当时大家的日子都很苦,但没有哪位街坊让我母亲难堪过,没有失过面子!

我上小学时遇到一位好老师,他就是秦玉文老师。他虽然只教过我一年,但他公平公正,对我有着更多的同情和理解,从不歧视我,使我在最寒冷的童年,获得了些许的温情,让我对这个小学充满了怀念与感恩!也就是这一年,我从一名中等生变成了尖子生,并考上了当时的尖子班——中牟十中!

高考结束后,我天天住在景仁叔家等通知,一把花生,一瓶两块钱的仰韶酒,就是一个不眠的夜晚,当有一天收音机里播出我大学录取通知的时候,景仁叔高兴地跑到村子里一家一户通知,似乎比我还兴奋……就是这样的鼓励,就是这份恩情,使我无所畏惧:大不了还可以回乡当个农民!

虽然物质十分贫乏,但我的心灵是相当富足的。我知道,是这份乡情滋养了我的心灵,我的精神将永远是昂扬向上的,人格是一直独立的!不会被物质所奴役,不会因权势而弯腰!

正是这样的理念,也正是这样的砥砺,让我真的变得无所畏惧,这个世上真的没有什么大不了的,尽管往前走。

这一走,就走出了村庄,走进了乡镇,走进了县城,走进了省会,走进了首都……

现在国内只有哈尔滨和西宁我还没有去过,啥时候这两个地方走到了,我就走遍了我们的大中国，包括港澳台。

这一走，就走出了国门，走进了美国、英国、法国、意大利、加拿大、印度、土耳其、墨西哥等全球许许多多的国家与地区。

我真的没有想到我能走这么远，但事实上我真的已经走了这么远！

我也没想到以前课本里所讲的东西，我都能一一亲眼看到，埃及的金字塔、玛雅的太阳神庙、古罗马的斗兽场、巴黎的埃菲尔铁塔、英国的白金汉宫、马来西亚的马六甲、土耳其的欧亚大陆桥……

还有世界上最著名的博物馆，大英博物馆、法国卢浮宫、美国大都会博物馆等，我都全部走到了，四大古国、七大文明的发祥地，我都一一游走过了！

在巴黎卢浮宫博物馆，我看到传说中的汉谟拉比法典文物和维纳斯雕像时满含热泪。这原本是只能在书本上才能看到的，我却有幸看到了实物，我一下子觉得世上没有什么东西能让我感到遥不可及！

面对整个世界，只要我愿意去，就没有走不到的地方！我的自信一下子就完全树立起来了！

越过大山，漂过大洋，但让我最最牵挂的还是生我养我的村庄，因为这里有我的老母亲，有我的父老乡亲！

其实，这个世界上最远的距离，不是高山大海，而是我们的内心！只要你有这份自信和信念，世界上所有的地方你都能走到，只要你愿意！

世上任何事情，只要你努力就没有什么不可实现的。比如北大、清华，从前对我们而言，简直是高不可攀，但只要你付出足够的努力，你不仅可以在那里上学，而且可以在那里工作，成为一名光荣的教工！

这个世界，只有你想不到的，没有你做不到的。

我家里贫穷，长得又甚是谦卑，我觉得连我都能做到的事，大家也一定都能做到！因为你的条件肯定比我好！

我要告诉村里的孩子们，遇到任何难处都不可怕，可怕的是自己放弃自己，自己丢掉了信心。"有志者事竟成"这句话，不是用来说的，而是用来做的！

特别是家长们，再穷再难也不要让孩子辍学！只有坚持读书生活才有希望！

我是我们村第一个在高考中考上大学的，现在村里不仅考上大学的很多，更有考上南开大学、吉林大学等重点和名牌大学的，以后一定还会有考上北大和清华的。孩子们，你们多努力，要有信心，我们这个村是很有灵气的，村民们用品德滋养着一代代学子，我们一定不要辜负这片黄土地，不辜负这群厚道淳朴的父老乡亲!

  为了鼓励孩子们读书,我将以我母亲的名字成立一个教育基金,每年拿出一笔钱奖励村小学里品学兼优的孩子,帮助家里十分贫困的孩子完成学业。这笔钱一定要专款专用!虽然不多,聊表寸心了!感恩曾帮助我的父老乡亲!祝愿孩子们努力向学,蔚为国用!

  明天就是 2017 年了,在这里,我给大家提前拜个年,祝父老乡亲、老少爷们,吉祥如意,阖家幸福,小日子过得更加红红火火,孩子们读书更加发奋图强,个个成为家里未来的希望,成为国家的栋梁!

2016 年 12 月 31 日

最忆是闽南

晋江，五店市，唐宋风雅残垣。

雁塔地灵、樟井圣泉、阳山苍翠……

石鼓庙、虎帅爷、祖佛祖公……

老建筑、老习俗、老技艺……一切都是老的，如如不动，一如枯井，波澜不生。

一砖一瓦，沉淀的梦，一梦千年，千年一梦。

纤纤红酥手，轻盈如云，执书一卷，缱绻入怀。

点一支檀香，清香悠悠；煮一壶香茗，轻嗅香草的味道；摆一碟莲花酥，花蕊可以用来熏手，手留芳香。

香，充满味蕾，充满嗅觉，充满庭院、曲水、小桥。

阳光也有香味，透过窗棂，洋溢在摇椅上，茶几上，斑斑驳驳，满屋满地的味道。

就这样，从日出到日暮，从春夏到秋冬，任时光凝固，在这方寸之地。不求长安眠，不蹬天子船，温柔乡里浑然不觉，了此余生。

残生易了，知音不遇，酒醒过后，奔波依旧，K 歌未央，酒红灯绿。

黄粱一梦，尽在书中，书中尽是文人梦。

2016 年 12 月 28 日于晋江佰翔

八千里路云和月
——活出生命厚度与宽度

尊敬的吴校长、敬爱的各位老师，亲爱的学弟学妹们：大家上午好！

前日回乡，与吴校长茶叙，临时动议让我和同学们作场报告，校长要求，我只好领命而来。23年前，我就和各位同学们一样端坐在这里，聆听老师们的教诲，一晃数载，再回母校，看着曾经教过英语的周书剑老师等各位老师依然奉献在讲坛，不免感慨丛生，老师在上，诚惶诚恐，焉敢说作报告，只能是汇报下自己的人生感悟，谈谈20年来的心路历程。

1. 走出自卑的雾霾

上初中时我怀疑我的智商有问题，因为看到了赵元任、辜鸿铭简历。

民国奇人辜鸿铭精通英、法、德、拉丁、希腊、马来西亚等9种语言，通晓文、儒、法、工与土木等文理各科，获赠的博士学位达13个之多。国学造诣极深，才高八斗，学富五车，贯通中西，融合孔孟，名扬四海。他自称是"生在南洋，学在西洋，婚在东洋，仕在北洋"。他的思想影响跨越20世纪的东西方，是一位学贯中西、文理兼通的学者，又是近代中学西渐史上的先驱人物。他是北大的教授。

赵元任是清华国学研究院导师，是当时四大导师（王国维、陈寅恪、梁启超、赵元任）中最年轻的一位。赵元任十八岁进入康奈尔大学，主修数学，选修物理、音乐。23岁考入哈佛研究生，修哲学并且继续修音乐。27岁就又回到康奈尔大学任物理系讲师，31岁的他就升任哈佛大学中文系教授。

33岁回国，在清华同时讲授数学、物理学、中国音韵学、普通语言学、中国现代方言、中国乐谱乐调、西洋音乐欣赏等课程。这得多么逆天的才华，才能同时教授这么多课！而且有文有理，还有艺术！同时，他还担任了中央研究院历史语言研究所所长。

赵元任会说英、法、德、日、西班牙语等多种语言，一生会讲33种方言。

看完了赵元任、辜鸿铭的经历，我感到人生一片灰暗，想象着北大清华的老师和学子个个人中龙凤，才华绝代，而我当时每门课成绩都不好，看来今生今世与北大清华无缘了。

初三时大家有点情窦初开，长得帅的男生开始谈恋爱，给女生写条子：

上联：为你痴为你累为你受尽所有罪

下联：为你死为你狂为你咣咣撞大墙

女生回复横批：不作不死（NO 作 NO Die）。

为什么？回去照照镜子就知道。

我现在个子很低，初中时更低，这是我照镜子后发现的。

邓小平多高知道吗？1 米 57；拿破仑多高知道吗？1 米 56；我当时 1 米 55，我说你知道你应该变成什么样的人了吧。宇宙伟人！

身高与成就成反比！哦，天机都在身高里！擎天白玉柱，架海紫金梁！

越想越得意，以至于我彻夜失眠。

马云说：男人的长相往往和他的才华成反比。

一位网民调侃李肇星：说："李部长，您的才华我们很佩服，但您的长相我们不敢恭维。"

李肇星幽默地说："我妈不这样认为！"

天上一颗星，地上一颗丁。我的母亲和李肇星的母亲一样伟大。

我丑，我骄傲！

2. 一切都是最好的安排

我的人生注定不凡。

初中时同学打我一个耳光，我没有还手，因为如果有一条疯狗咬你一口，难道你也要趴下去反咬他一口吗？

如果我们不能改变周遭的世界，我们就只好改变自己，用慈悲心和智慧心来面对这一切。

正确看待自己的使命，就是在庄严你自己的生命。

曾子曰：士不可不弘毅，任重而道远。仁以为己任，不亦重乎？死而后已，不亦远乎？

自己的使命如此崇高，哪有时间与蝇营狗苟之辈计较！

《论语·宪问》："或曰：'以德报怨，何如？'子曰：'何以报德？以直报怨，以德报德。'"跟傻子较什么劲。

这是上苍对我的考验："天将降大任于斯人也，必先苦其心志，劳其筋骨，饿其体肤，空乏其身，行拂乱其所为，所以动心忍性，曾益其所不能。"

我开始读唐诗宋词，购买《古文观止》，发表了很多文章，后来就加入了省作家协会。

3. 在更高的平台上起舞

1917 年的北大，有一群教授：梁漱溟，25 岁；胡适，27 岁；刘半农，27

岁；刘文典，27 岁；林损，27 岁，北大最年轻的教授，是新闻学界的开山鼻祖徐宝璜，做教授的时候 23 岁。

毛泽东先后两次来北大旁听，第一次是 1918 年 8 月至 1919 年 3 月，第二次是 1919 年 12 月至 1920 年 4 月。

丁玲曾在北大旁听文学课，代表作：《莎菲女士的日记》《太阳照在桑干河上》。

瞿秋白（1899—1935）现代著名作家，当然，还是早期中共的领导人之一，曾在北大旁听。

金克木（1912—2000）著名散文家、梵语研究学者。小学学历，1935 年在北大旁听，后来成为北大著名教授。

沈从文（1902—1988）北大著名教授，也是北大旁听生。

机会一定会有，关键是你是否做好了准备！

清华国学四大导师之一的梁启超，上课的第一句话是："兄弟我是没什么学问的。"然后，稍微顿了顿，等大家的议论声小了点，眼睛往天花板上看着，又慢悠悠地补充一句："兄弟我还是有些学问的。"头一句话谦虚得很，后一句话又极自负，他用的是先抑后扬法。

人不可以傲气，但一定要有傲骨。因为每个人都有自己特有的价值，我们一生毫无成就，不是因为我们努力不够，可能就是因为我们没有找到坐标，找到自己的归宿。

4. 不要辜负时代与人生

把酒对月歌

我也不登天子船，我也不上长安眠。

姑苏城外一茅屋，万树梅花月满天。

唐伯虎 54 岁即病逝，他临终时写的绝笔诗表露了他刻骨铭心地留恋人间而又愤恨厌世的复杂心情："生在阳间有散场，死归地府又何妨。阳间地府俱相似，只当漂流在异乡。"

世界潮流浩浩荡荡，顺之则昌，逆之则亡。晏子说："识时务者为俊杰，通机变者为英豪。"红尘中修行是最好的修行。

这个世界不是有钱人的，也不是有权人的，而是有心人的！

早期的国家领袖都是猴王式的人物，后来的帝王都是武功赫赫的强人家族。革命时代的领袖是政治家、政客。工商业时代轮到了商业精英、企业家。总的来说，这与时代特征有关，盛世就是学者的天下。

愚蠢的人用嘴说话，聪明的人用脑袋说话，智慧的人用心说话。

以前的学科是分化，越分越精细，以后的学科要统合，哲学家不懂现代物理学，宗教学家不懂生命科学，理工科不懂智能科学都将被学术扫地出门了。大宗师的通经致用的年代再次开启，上次是董仲舒先生的天人三策，把刘小猪（刘彘）治得服服帖帖，肇始汉武大帝的光辉时代，大汉民族屹立天地之间，四海之中！一晃整整两千年过去了，两千年轮回经历农耕、工业两个文明时期，下一个两千年，文明何去何从？两千年来谁著史，苍茫大地写风流！

五百年必有圣人出，你可能就是五百年的圣人。

学习改变命运，行动创造奇迹。修行的路上，你我同行。

5. 精进不已不负人生

汤之《盘铭》曰："苟日新，日日新，又日新。"

《周易》曰："生生之谓易""刚健日新"。

"天行健，君子以自强不息。地势坤，君子以厚德载物。"

《周书·康诰》曰："作新民。"

《诗经·大雅·文王》曰："周虽旧邦，其命维新。"

康有为"公车上书"书后曰："阐旧邦以辅新命，余平生志事盖在斯矣。"

冯友兰曰："旧邦新命。"

《周易·系辞上》曰："形而上者谓之道，形而下者谓之器。"

人生取向要高远，体验要深刻，能量要充沛。

世界是一粒沙，一朵鲜花见天国。

> 人生就是一场修行
> 你见，或者不见我
> 北大就在那里
> 不悲不喜
> 你念，或者不念我
> 清华就在那
> 不来不去
> 你跟，或者不跟我
> 我的手就在你手里
> 不舍不弃
> 来北大的怀里
> 或者
> 住进清华的心里
> 默然 相爱

　　　　寂静 欢喜
一句话，我在北大、清华等你。

　　　　　　　　　2016 年 12 月 11 日　中牟一高演讲报告提纲

故乡，心灵沉睡之地

乡关何处？

老家官渡，心灵的故园，生于斯，长于斯。

一千八百多年前，这里发生了著名的以少胜多的战役，这场战役确定了曹操雄霸中原的地位——这就是官渡之战。这片曾经刀光剑影的古战场就是我的故乡——官渡镇。

这片土地，地处中原腹地，临六朝古都开封和商都郑州。这里是黄河流经之所，混浊的黄河水使这片土地土沃草肥，土地基本上使他们衣食无忧，人们世代躬耕，固守着这片土地，日出而作，日落而息。

明月黄河夜，寒沙似战场。黄河水带来富饶的同时，也带来过苦难、艰辛，但人们不会去流浪，也不知道什么是流浪。他们开垦家园，默默耕耘；他们在星光下秉烛夜读，与先贤对话，钩沉古今，就这样耕读传家，乐此不疲。

黄河奔流不息，不舍昼夜。这片土地，缺乏诗意，更无缘浪漫、幻想。土地赋予人们的是质朴、善良、厚道、本分。立志勤学、孝亲尊师、褒勤惩懒、诚实守信、律己宽人、家国情怀，这样的伦理故事代代相传。岂不知，它承载了太多的诟病，后人不解其背后的艰辛；承载了太多的信息，后人不解其文明的厚重；承载了太多的隐忍，后人不解其对未来的期盼。

流水泱泱，旷野茫茫，数千年层层沉淀的黄河泥土滋养了河南人的性格，不时地思索人生底蕴，无端地增加自己的忧思，不自觉地将一份厚重坚韧传递给后辈，崇学尚礼，从我的求学经历中可见一斑。小学老师中，最令我感念的是秦玉文老师，他为学严谨，对学生要求也极为严厉，待人亲切和善，话语真诚，从不伤害学生心灵，还时常做些家访。他很喜欢我，只教了我一年，却留给我对教师的启蒙：慈祥与智慧。

小学毕业，考上重点初中——中牟十中（今名官渡中学）。老师中，有个学识渊博、责任心强的老教师——吴好全老师，他当了我们的班主任，对我很好，经常没事给我找题做，激发了我的进取心，成绩再次提升。这是我对初中的美好记忆。

可能是受父母对文化崇拜的影响，我对文字感到十分亲切。初三那一年，我的第一篇作文《故乡》，发表在山西临汾的一家作文通讯上，算是处女作了。

故乡的一草一木牵动着我，故乡的往事，历历在目。

记得初三毕业的假期，母亲要我到县城买东西，我进城后一头扎进了书店，把所有的钱掏出来买了本《古文观止》，记得是 13 元 8 角。从此一有时间就翻看，书都看烂了，却没怎么看懂，但这可能是真正启蒙我读史从文的第一本书了，激励我探索未知的世界，思索文明的古往与今来。

吾生有涯，而知无涯。上了高中，我在县图书馆办了图书证，读了更多的书，如《三国演义》《红楼梦》《水浒》等一些古典名著，还读了《镀金时代》《三个火枪手》《茶花女》《战争与和平》《钢铁是怎样炼成的》《悲惨世界》等很多外国作品。读得最认真的是冯梦龙的"三言"，雨果的《巴黎圣母院》、莫泊桑的《羊脂球》等。当代作品中，印象最深的就是张承志的《黑骏马》《北方的河》，还有路遥的《人生》短篇集。就这样，读书成为我的一种生活方式，徘徊在古今中外的文学著作中，感受辉煌与衰落、繁华与悲凉，书中的人和事与故乡有几许相似，却又如此不同。丰富多彩的地域文明、国民性与人类文明，慢慢在脑海中建构起来，渐渐清晰，付之笔端；思想的碎片，从故乡发源，延至四海。

上了大学，竞选上校文学社主编。这时读书是很方便的，读了更多的书，也发表了很多文章，国内至少有六七十家报刊发表过我的文稿。自大二起，基本每月都会有散文或小小说见诸报刊，有的文章还被多家转载。我在《羊城晚报》的一篇随笔，仅我看到的就有七八家报刊转载。大学期间，总共发过多少字并没具体统计过，估计有十来万字。日复一日的笔耕砥砺心智，鞭策我向纵深挖掘，去联想、去比较、去感受、去领悟，不停地思索，解读故乡的情怀，了解更久远的历史。

1998 年，加入了中国作家协会河南分会，审查的是我的小说。上交的作品并不多，后来听说是位著名的老作家看过后感觉写的还可以，就通过了。这让我更加坚定了理想。

1998 年去北大学习，初入学校，北大博士生导师朱孝远教授的观点让我脑洞大开，他认为人的组成有三个部分：躯体、大脑、灵魂。躯体学的是知识，大脑学的理性，灵魂学的是体验，深以为然。勤能补拙，不屈不挠，故乡赋予我的思考力更加深刻，二十余年，读书求学，走过四海文明，在他乡回望故乡，亲历它的变迁。

而今，家乡一切都在改变，富庶、祥和、现代……似乎一切都没有变，重情、厚义、幽默……今日家乡在自嘲中解构，在承受中超越；在黄土里绘图，在文化上着墨。昔日四野逐鹿之地，今日在亚欧大陆桥上熠熠生辉，大河文明，历久弥新。

对于家乡，有着太多亏欠与眷恋，知我罪我，其惟春秋。故乡是我心灵的沉睡之地，浪迹天涯，漂泊异乡，都每每唤醒我的记忆，似乎回到生我养我的故土。

时常，我回到故乡，在父母居住过的村庄里看到新生、看到学子，一如当年的我，便感到温馨平安、从容而淡定。筚路蓝缕，以启山林。

蒋兄长青，是我多年挚友，虽谋面不多，但微信往来频频，出身相近，爱好相同，自是心有戚戚，友情深厚。

受长青兄委托，某虽不才，斗胆寄语乡梓学子。烦辞琐琐是为序。

2020 年 3 月 17 日为家乡《官渡文苑》杂志题序

四十年来谁注史，经廿春秋写风流

20年前，大学毕业成为了一名记者，当时因工作关系，首次进入越秀酒家用餐。当时出入这里的可谓非官即贵，不时还有王侯将相，给初出茅庐的我留下了极为深刻的印象，后来到京城读书、工作，就再也没有去过了。而今20年过去了，风物依旧，物是人非，今日再踏入酒楼，这里没有了当年富贵逼人的气场，而成为寻常酒舍。

晚上到大玉米（千玺大厦）就餐，这是新时代的郑州餐厅，在顶层俯瞰下去，新区一片灯火灿烂！郑州新近的崛起、腾飞与辉煌成就尽收眼底！其他饭店与此相较，可谓寒酸破落。

两家饭店，两个时代。沧海桑田20年来悄然变换。

20年在历史的长河里可谓弹指一瞬，甚至改革以来的近40年也不过一瞬间！但这一瞬间在中华民族的历史上却留下了浓墨重彩的一笔！

在历史的潮头之上，我们这一代人甚至是几代人就这样一直被时代推动着，也推动着时代，在中国有史以来最剧烈变迁中，寻找着个人的坐标。有主动也有被动，即便随波逐流，我们也浩荡行进了很远，这是我们的幸运，这份幸运虽然其他国家与地区也有分享，但最大蛋糕还是留给了中国，百年未有之幸运！

作为浩瀚大潮中一滴水，有幸见证了奇迹。这样的腾飞中，也曾隐忍着灼痛，少时被权贵欺压、被校园混混凌辱，求学过程的被人歧视，办理公务过程中遭受刁难；有时被制度搞得晕头转向，有时又被各类规章折磨得心烦意乱！

我曾想抱怨命途坎坷，似乎所有的挫折，我都要经历一遍，在我成长与发展过程中，每次飞跃都显得艰难无比，都要不懈努力方能有所进步，有时真的感觉好累！有时候又感觉自己满腹才华，浑身的能量却无处施展；有时候感觉自己好可悲；有时候自己有着凌云之志，却被一些小官僚和学痞百般刁难，心中气愤难平。

我们就在这样的一个世界：烦躁不安，浮躁苟且，冷漠麻木中度过了20年乃至40年的岁月。就是这样拧巴着，就是这样过了一年又一年，却也在这样的纠结中看到国家的发展！而今再去想想这些事，每一个人都可能遇到，换一个国家和社会，会不会更好？走过这么多国家，发现各有各的烦恼，而我们这些鸡毛蒜皮与战火纷飞、饥肠辘辘、居无定所相比，实在微不足道。

这就是一个国家的修行，也是个体的修行之道，烦恼不断才能前进不止。所以先贤教诲我们，格物致知、意诚正心，方能家国天下。

站在千玺大厦，繁华尽收眼帘，20年的饭店不过是夜幕下的一个小点点，而过往的烦恼今天再想想实在不值一提；再过20年，这里也可能是一个小点点，而今天的烦恼未来也自然不值一提。

烦恼即菩提，是我们成长的药引；心安天下安，静思冥想，万物自有乾坤归宿。

应时而动，顺势而为，修身养心，入世创业。

2016年7月29日

汤阴岳庙感怀

前些年应成都电视台邀请，讲授两宋治国，每每讲到岳飞抗金，内心扼腕悲愤。前日瞻仰汤阴岳庙，心潮起伏。

这位豫北的乡亲，文武兼备，洁白清忠，宋世南迁，用人之际，岳家军"冻死不拆屋，饿死不打掳"。金人流传有"撼山易，撼岳家军难"。岳飞被高举为大宋武官楷模，宋高宗赐御书"精忠岳飞"。

南宋初定，临安歌舞升平，飞上谏："夷狄不可信，和好不可恃，相臣谋国不臧，恐贻后世讥议。""直捣黄龙，迎回二圣"，高宗内心愤怒：你岳飞迎二圣，置我何地？

宋史卷三百六十五、列传第一百二十四《岳飞传》记载：帝初为飞营第，飞辞曰："敌未灭，何以家为？"或问天下何时太平，飞曰："文臣不爱钱，武臣不惜死，天下太平矣。"

一个对鲜花、佳酿、美眷、珠宝、金银丝毫不感兴趣的人，最让老板不放心：飞意欲何为？

后岳飞向高宗提议立其养子赵瑗（即宋孝宗）为皇储，又遭高宗呵斥：内臣不得干预皇室。

绍兴和议后，朝廷为安抚岳飞加封开府仪同三司官衔，虽三诏而不受，他在辞书中说：今日之事，可危而不可安，可忧而不可贺。

后金兵来犯，岳飞于朱仙镇打败金兀术。岳飞却在一天之内接连收到十二道用金字牌递发的班师诏，诏旨措辞严峻：命大军即刻班师，岳飞接到如此荒唐的命令，愤惋泣下："十年之力，废于一旦！"

飞鸟尽，良弓藏；狡兔死，走狗烹。

赵构主谋，秦桧马前卒"莫须有"罪责岳飞，下狱风波亭。

主审何铸良心发现："强敌未灭无故戮一大将，失士卒心，非社稷之长计。"

秦桧更换主审官，终成千古奇冤：风波亭之死。

岳飞死于耿直、清忠，赵构、秦桧却死于无耻！耻辱柱上（下跪谢罪者）当补赵构之名！

小平，您好

这里是一代变法大家的家乡，一位伟大政治家的少年故园。

他从这里上路，踏上征途，78 年再未回来。

上世纪之初，军阀混战，日寇环伺，国将不国。

从韶山冲到牌坊村，怀抱救国之志，走出无数农家子弟。

但那也是一场意志、信念、思想的血雨腥风大洗礼。

中共一大代表共 13 人，其中陈公博、周佛海、张国焘、刘仁静叛党反党，李汉俊、包惠僧脱党，近乎一半生变。

为什么？革命不是请客吃饭，革命是抛头颅洒热血，革命更是思想、路线的大考验！

辛亥革命之后，中国先后出现过数百个党派，共产党名不见经传；南昌起义失败，第五次反围剿失败，有人质疑红旗还能打多久，毛泽东在山沟回答说，农村包围城市，星星之火可以燎原。面对日本猖狂侵略，有人退缩，有人叛国，毛泽东提出抗战的三个阶段……

具有洞穿时空的战略眼光和韬略，马克思主义与中国实践结合，实现马克思主义中国化，这是毛泽东贡献给共产党的财富与精神。

一生三起三落，73 岁开始主导全球规模最大的变法运动。从 1977 年到 1997 年，给邓小平的时间只有 20 年，却改变了 13 亿人的生活和命运。

"解放生产力，发展生产力" "一国两制" ……

具有强烈的问题意识和务实精神，这是历史的自觉！而这笔精神财富和党产，是小平同志所贡献的，让共产党核心竞争力获得强有力的巩固。

《易经》说："见善则迁，有过则改。"

同样是改革派，邓小平与戈尔巴乔夫，不同的选择，天地殊别的命运！

苏联解体，工业生产总值下降一半，农业生产总值减少三分之一，几乎半数居民生活在贫困线以下。此外，民众的科学、文化、教育水平下降，国防体系被摧毁，大量国家财产通过私有化转到寡头手中，大笔资金外逃。

生产要素变迁，信息变为第一生产要素，打破了资源稀缺的假设，原有的管理学需要重构，信息时代呼唤全新的治理模式！

民主与集中，只是名相区别，没有优劣，关键看实质，看成本与收益比率。民主如果为了欲壑难填的福利绑架政府，政客为了选票而画饼充饥，这样的民主是成本，是阻碍生产力的成本！

别人看好美国，因为他的强大，经济、科技、军事、美金，国之利器无一不是全球第一！但我看到的却是危机。

一旦经济停摆，保守主义全面回流，一个缺乏民族凝聚力的国家，如果无法提供"美国梦"激励，必然一盘散沙。

中国梦则融入中华民族复兴，个人命运与国运相互交织，动力不竭。

"我们讲着春天的故事，改革开放富起来，继往开来的领路人带领我们走进那新时代……让我告诉世界，中国命运自己主宰……"

吴起人死而法灭，王安石人存而政息，商鞅变法惨遭五马分尸，戊戌变法更是六君子赴死……

邓公变法，藏富于民，国运昌盛，而其本人，寿终正寝，名垂千秋。一人千古，千古一人。

来到这里，太多的感慨，小平同志一贯话语朴实，万言千语凝成一句朴实的话：小平，您好！

2018年7月4日于广安小平故里

又见江南

太湖美呀太湖美

美就美在太湖水

水上有白帆哪

啊水下有红菱哪

啊水边芦苇青

水底鱼虾肥

湖水织出灌溉网

稻香果香绕湖飞

一曲苏州评弹《太湖美》开始周末两日的慢生活。

下了飞机,一路梅雨霏霏,行驶在 2015 年曾经来过的城市,是否容颜依旧?人面不知何处去,桃花依旧笑春风。

苏州,我来看你了!

来到了东林渡,来到了苏州湾湖滨的农渔小村。

白墙、青瓦,窄窄的街道,弯弯的河流,青青的稻田,浩渺的太湖水……这是我想象的江南!这是我眼前真实的江南。

应朋友宋总之邀,造访乡根文化村落。

晚饭后,小寐,聆听苏州评弹剧团演员演出,四位观众的小专场,在吴侬软语的感染下,演出变成研讨与展示。

《杨贵妃》《木兰辞》等俞调、沈调、周调名段欣赏之后,以一曲《苏州好风光》完美收场:

上有呀天堂　下呀有苏杭

城里有园林　城外有水乡

春季里杏花开　雨中采茶忙

夏日里荷花塘　琵琶叮咚响

摇起小船　轻弹柔唱　桥洞里面看月亮

桥洞里面看月亮　哎呀哎呀

秋天里桂花香　庭院书声朗

冬季里腊梅放　太湖连长江

推开门窗　青山绿水　巧手绣出新天堂

巧手绣出新天堂　哎呀哎呀

云在青天水在瓶

今晚无意中看了印度宝莱坞的《我的那个神啊》，这是继《三傻大闹宝莱坞》之后又一神作。

很小就看够了的三支歌两支舞的印度电影，近年却佳作不断，惊喜不断。

《三傻大闹宝莱坞》快捷的叙事节奏，深刻的批判精神，让人们在欢笑中淌着泪看完这部片子，其把枯燥呆板、扭曲人性、填鸭式应试教育的毒害更是通过诙谐的手法表现得淋漓尽致。

与《三傻大闹宝莱坞》相比，《我的那个神啊》主题更为深刻，话题更为敏感，手法更为辛辣，因为影片涉及宗教，近乎是教唆人们在灵魂深处闹革命。

PK来自外太空，一个没有谎言、欺骗的社会，人与人的交流是通过握手进行思维沟通——准确而简单。但一到地球就被抢走了"遥控器"，因为无法与外太空交流而流落印度街头。

这把我一下拉回到三四年前自己在印度的"文化之旅"与"心灵之旅"。我自踏上印度，直至离开，无时无刻不受坑骗之苦。

但我也看到了印度人的善良与热情，看到了印度人的乐观与幽默。

我在昏暗的小咖啡厅聆听了最纯正的印度歌曲，在大街路摊边看到了底层人的原生态生活，在新德里最好的大街看到了拥满街道的乞丐幼童。印度给我的印象好像是个神奇的万花筒，时刻变幻出千奇百怪与光怪陆离。

但我印象最深的还是印度人智商之高，抽象思维能力之强，仅印度教的神灵就有数万之多，竟能区分明晰，分毫无差！这一超强的思维能力也造就了印度各类宗教的繁盛，简直是宗教博物馆。

我的遭遇，PK一样不落全都遇到了。

从认识钞票开始，PK备受人间种种苦头，而这种种苦头最终竟归结于找"神"。PK要找回"遥控器"，需要神"助"，他虔诚地崇拜每一种宗教，但到头来都一无所获。最让他百思不得其解的是，各种宗教都有自己的神，每个宗教的神都宣告自己创造了世界，但世界是唯一的，这个世界究竟是哪个神创造的？各个宗教都要"护神""护法"，既然神那么强大，还需要人来"护"吗？既然我们都是神的儿女，为什么作为父亲的神看到这么多"儿女"遭难却不施以援手?

外星人PK终于想明白"神"有两个：造物主的"神"与人间偶像崇拜的"神"。造物主的"神"远离了人间，而人间偶像崇拜的"神"却冒用造物主的名义愚昧众生！（电影的名字也很好玩：《外星人P.K.》；Peekay，来自印度语，译为喝醉的地球的神）

这个逻辑思维之强悍，让PK终于明白了，不是"我们拨错号码"而是号码本身就是错的，没有人能真正拨对！

这使我想到了"禅"！当年我踏上印度大地，脚踩着佛陀的足迹，寻找其觉悟之路与佛教人生。

这种无上崇敬的心情很容易让人生出五体投地的膜拜，相信外在无所不能的神力，期待佛陀的加持与护佑。但我站在佛陀的故里——迦罗毗卫国，看着这里落后的建筑，破烂的街道，贫穷的农家，饥饿的孩子，苦难的民众，这里落后于中国至少50年！佛陀连他的子民都不护佑，他能护佑我这个素不相识、万里之遥的外国人吗？

外脱相为禅！

禅就是摆脱外在表象，直指问题本质：明心见性！

似乎所有的宗教都在讲"天堂"与"地狱"，外星人PK发现宗教利用了人们对地狱的恐惧而进行恫吓。

禅宗不以西方极乐"天堂"为诱惑，也不以"地狱"进行恫吓，只为开启人们的心智，宣教慈悲为怀。

有了慈悲与智慧，天堂无处不在；若多行不义，无论对神、佛何等虔诚，也必然深坠地狱。

2015年5月31日于云湖轩

千祥云集庆有余，百福骈臻贺新春！

——丁酉新春祝福与感言

爆竹声中一岁除，春风送暖入屠苏。

千门万户曈曈日，总把新桃换旧符。

今天是大年三十，正是贴春联、送福字的日子。花开花谢，云卷云舒，又是一年，转眼丙申将去，丁酉即至。

在过去的一年里，大家在群里相互切磋学术，精进学业，读书交流，思想分享，营造了一个和谐和睦的学术圈。在线下我们的公益游学活动不断，分别拜访佛家、伊斯兰、基督教、儒家文明的道场，春节后我们将游学白云观，我将与大家分享玄之又玄的道家文化，为我们国内宗教文化之旅完美收官。随后将开启我们国际游学之旅——三教圣地耶路撒冷，恒河沙数印度文明，金字塔下埃及图腾……走向远方，走向文明的现场！

很多人可能会问：研究学术，方寸书斋足矣，为何要到文明的现场？

自然科学立足实验室，人文学科也许可以立足图书馆，社会科学则需从实践中来，到实践中去，因为它是门实践的科学。

管理哲学就是一门古老而又前沿的交叉社会科学，立足现实，高于现实。多快好省的研究路径很简单，先文献梳理，然后用归纳法定性研究，得出了结论，从逻辑上似乎很自洽，实则有点坐而论道，似是而非，难以服务社会与生产。

管理立足于文化学，有生命力的文化都在鲜活的现实中，没有生命力的文化往往在故纸堆里，到文化现场去，那里有蓬勃的力量！提炼、萃取文化精华，为我所用。

要找到引领现实的管理学，必然知行合一，知与行是管理的双足，缺少任何一只都难以健步如飞！

民族复兴绝不是简单地拼GDP，更为重要的是我们为人类提供了何样的精神与思想，走过农耕与工业文明，人类进入到了信息文明阶段，世界需要新的启蒙与引航思想，正如百家争鸣之于春秋，文艺复兴之于工业革命。人类到了文明更新与精神再造的时代，中华文明是人类文明的集大成者，中国有责任、有能力承担这样的历史使命：话语体系重构，治理模式更新！

在这样一个伟大时代，我们秉承着使命与担当，光荣与梦想，参与宏大的时代叙事，是我辈的幸运，更是历史赐予的机遇！

我们的前辈在这个领域，孜孜以求，皓首穷经，为我们奠定了扎实的基础，我们站在他们肩膀之上再行攀登，我们的后辈再踩着我们肩膀登高，一代代砥砺前行，在并不遥远的未来，中国一定会实现伟大的民族复兴！

我们能成为民族复兴的大道上的一粒沙，中华高铁上的一颗钉，倍感荣耀，不负时代，不辱使命！

能与大家相识相知，是今生最美的缘，饮茶品酒，共话桑麻，身居陋室，家国天下！快哉！幸哉！

丙申年，我们同修学业，丁酉年，我们精进人生！

感谢各位一路相伴！在新春佳节来临之际，我在遥远的太平洋彼岸，印加文明的故都库斯科给大家拜年了，敬祝您欢喜自在，如意吉祥！

2017 年 1 月 27 日于秘鲁库斯克

将进酒，杯莫停

踏着青苔茵茵的台阶，沿着泉水淌过的山涧，拾步而上。
酒幌招摇，殷勤的店小二垂立迎候，这是一家曲径通幽的酒馆。

落魄的人，窖藏的陈酿，百年的孤独，万千愁绪，纠结成雨，洒落一地。
深爱不及相伴，只有酒不离不弃。
不喝怎好？

在春雨霏霏的山城，在四月的人间。
一杯，敬上苍，造化弄人，徒生多少离愁别绪；
二杯，敬国土，愿太平永驻，尽享桑麻；
三杯，敬自己，人生不易，岁月静好；
十杯，百杯，千杯万盏……
今晚的规则是：一直喝

小酌，微醺，醉，深醉，熟醉，烂醉成泥……

细雨飘落，汇流成溪。
而我这一壶酒倾洒江河湖海，
赠与天下惆怅客，
同醉，同醉！

这是一家幽静的酒馆，
酒陈，菜香，山幽，水秀，
能疏解百结愁肠，浇去千千愁绪，
却独独醉不了尘世的喧嚣？

2018 年 4 月 15 日于重庆彩云湖公寓

九万里则风斯在下矣

1. 往事已成追忆

此行中牟四高讲学是场计划外事件，一次玩笑促成了今日之行，说实话，我还没有做好心理准备，也说实话来中牟四高交流，我期待已久，因为这是我的母校！

我入读这一年四高刚被划为重点中学，与一高一对一分配，当时我们两个班，共一百人，教我们历史的田克和老师不仅课讲得极为精彩，而且对学生特别好，对我帮助最大，中间我曾经转学到一高读书。今天是我离开四高24年第一次回家！近乡情更怯，不敢问来人。

2. 求学之路

在北大，我选听中文系研究生所有的课程，但听完之后，我狂喜中也有失望，北大中文系是研究文学的，培养的是学者而不是作家，于是我开始旁听别的院系的课程，正是这时候我才开始接触经济学和管理学。当年有很多著名学者还都亲自上课，如厉以宁教授、晏智杰教授、林毅夫教授，像周其仁教授、张维迎的课几乎每周都可以听到。

于是我毅然决然地改学了管理学，考了管理学硕士和博士。

毕业以后，我到北大一所民办大学——北大资源学院工作，工资很低，由于要养家，必须挣外快，于是开始在一些民办大学和独立学院代课，我先后讲过管理学原理、战略管理、市场营销、组织管理、财务管理、企业文化、国际贸易等几乎所有管理学的课程。很多课学过和讲过根本是两回事，讲课必须要将各类知识烂熟于心，而且能够融会贯通，对学科的发展有真知灼见，结果因为课程太多，我常常备课到凌晨五六点，洗把脸就去赶校车，因为有些民办大学离北京很远，比如北京民族大学，就设在房山区的窦店，公交车要两个小时才能跑到。而一讲就是一天，讲完课几乎就要瘫倒了，这样的日子我坚持了五年，也正是这五年，使我打穿了管理学几乎所有学科，成为一个深受学生欢迎的管理学通才。当年辛苦一天我可以挣1000元，当年北京的房价是5000元一平方米，讲一周可以买一平方米房子，当时还是嫌贵舍不得买。

两年以后，很多媒体开始向我约稿，我写的房地产评论大受欢迎，管理学理论基础扎实，作家和记者出身，文字能力过硬，很多媒体争相转载，其中房地产领域最具影响力的《中国房地产报》还给我开设了专栏，凡是有我文章的报纸都很畅销，各大论坛和研讨会，我都是嘉宾，我的出场费也越来越高。但我很快就不再写房地产的文章了，也不再参加此类活动了，因为按照我的预判中国房价要降，所谓房价收入比＝住房总价/家庭可支配收入。

一般而言，在发达国家，房价收入比超过6就可视为泡沫区，深圳、北京、厦门、上海，均在30以上；中国房价不降无疑天理难容，所以我就天天写文章，预测房价必跌，鼓励大家不要买房，我自己率先表率，在北京不买一砖一瓦。

就这样房价从5000元一路攀升，几乎一年翻一番，2009年，北京城区的房价已经涨到了6万元。今天北大附近的房价涨到了15万，翻了30倍！

年少不懂李商隐，读懂已是伤心人。

我从此再也不写房地产文章了，因为不考虑国情，胡乱用经济学、管理学模型、公式去研究，误国误民更误己！

脚踏实地做学问，不人云亦云，坚持独立思考，坚持田野调查，成为我做学问的基本思路。

而当时的中国几乎所有的管理学、经济学都是西方教材，没有本土化教材，更没有本土化理论体系，经常出现一些企业家仰慕北大，花几十万元到管理学院学习管理，毕业之后，学以致用把管理学知识悉数用以实践，什么ERP、什么多元化、什么流程再造、什么长尾理论，企业很快就见到了效果了，一个本来很有竞争力的企业不到两年就倒闭了。

做本土化的管理理论，做知行合一的真学问，成为我的学术追求。于是我查遍了所有中国管理理论著作，才发现早有海外的学者在研究了，其中一篇论文就是：《建立一个现代化的中国管理模式：C理论的提出及应用》，这位学者就是成中英先生。

成先生早年师从一代哲学宗师方东美先生，后入哈佛大学，师从20世纪最重要的哲学家之一、分析哲学大师W. O. 蒯因。成先生是学跨中西的一代大师，他倡导动态和谐辩证管理。成氏的治学思路：深入西方哲学核心，弘扬中国哲学精华，中西兼治，古今互诠，重视方法，肯定本体，建立体系，是当代中国管理哲学的开创者。

《建立一个现代化的中国管理模式：C理论的提出及应用》这篇论文写于1993年，1995年他又出版了《C理论：易经管理哲学》，特别是1999年出版的《C理论：中国管理哲学》，该著作成为中国管理哲学理论的奠基之作！他还发表过很多学术论文，如《中国管理哲学与比较管理研究》《中国管理哲学的现代应用》等。

成中英先生 1963 年哈佛大学毕业获得哲学博士学位，回到台湾大学任哲学系主任和教授，后来去了美国夏威夷大学做教授。我通过朋友 Kate 教授联系上了成先生，于是飞到美国的夏威夷，成先生看我从大陆来，而且是 kate 教授引荐，答应和我谈一小时，结果我们越谈越投机，主要谈了中国管理学创立必要性、紧迫性和可行性，特别谈了《C 理论：中国管理哲学》的问题：理论有余，实践不足，定性研究有余，定量研究匮乏，以及完善该理论的对策和路径。我们谈了整整三天，然后成先生同意录取我为他的访问学者，从此我就追随成先生开始我们一同开创中国管理模式的治学之路！

成先生是世界著名哲学家、著名管理哲学家，被公认为"第三代新儒家"的代表人物，他对中华文化的自信和对西方文化的省思，使我的研究起步就建立在比较的视角进行逻辑分析和运用本体诠释的方法进行定性研究。

跟随成先生，我看到了管理哲学这座巍峨的高山，站在成先生的肩上，我的研究方向直接对标国际一流管理哲学学者。

为了进一步提升自己，我又进入清华大学马克思主义学院读了马克思主义理论博士后和北京大学经济学院应用经济学博士后。

3. 游学列国

为了研究明白管理学，必须深入人类学的研究：人类演进的逻辑和规律是什么？

必须研究文化，研究文化一般学者都做文献梳理。我不赞成仅是文献的梳理和逻辑推演。文化是人类社会化的结果，不同的地域特色形成了千姿百态的文化，离开地域环境，文化就完全成了抽象符号，而文化的本质是生活方式，不到文明现场，没有文明的体验，很难对文化有深刻的认知。陆游说"纸上得来终觉浅，绝知此事要躬行"，同样适合于文明比较研究，所以我选择了田野调查的方式考察世界文明。

于是我到了埃及的金字塔、玛雅的羽蛇神殿、古罗马的斗兽场、巴黎的凯旋门、英国的白金汉宫、耶路撒冷的哭墙、约旦的佩特拉、马来西亚的马六甲、土耳其的蓝色清真寺。可以这么说，四大文明古国、七大文明圣地我几乎一一走到了。这些以前都是在书本上看到的，而我已看到了实物。我这一走，就走了将近 70 个国家，行程 60 万公里，仅海外的唐人街我就去了 109 个，用去了这 15 年几乎所有的寒暑假。

所以，我现在认为，没有什么地方能够让我再感到遥不可及，这个世界距离最远的不是高山、大海，而是我们自己的心。只要有了这份自信，世界上就没有你到不了的地方。

在考察过程中，遇到了很多有趣的故事，在河内被越南人所骗买了假沉香，在埃及沙漠里与可爱的导游大虎激辩埃及民主进程，在安卡托利亚被邀与当地人喝土制的咖啡，在番红花见到美丽的卖糖姑娘，在新德里与印度旅游公司经理斗智斗勇，在古巴买私贩的雪茄，在日本被来自大连的导游诈骗，在联合国遇见热情非洲女孩……当然，其间也经历了埃及的大骚乱，土耳其政变，泰国红衫军黄衫军大决战，台湾大台风……

看了很多文化故地，体验、发现文化间相异的特质，恰是这种差异决定了文化的生命力，甚至决定了这个地区的个人、民族乃至国家的命运。而文化的集合凝结就是文明，文明不仅是废墟、遗址、游览胜地、文化产业，更是过去、现在和未来，大到国家、民族，小到个人的命途，皆隐含其中。

废墟是凝固的历史，废墟里的每一块石，每一片瓦，每一方砖，每一种图案，每一纹路，每一刀雕刻，都是历史的碎片，排列组合以后，就是一部浩瀚史册，其间汇编了无数的故事，无数人的命运。

站在金字塔旁，我看到法老的雄心壮志，看到对太阳神的膜拜，看到数以万计的工匠挥汗如雨，看到堆堆累死的奴隶白骨；

站在羽蛇神殿，我看到巫师那诡异的萨满舞姿，听到古老谶语回荡在山谷，看到了活人祭祀，看到玛雅人的颤栗与不安；

在耶路撒冷的哭墙，我看到大卫王的六芒星，看到马萨达血流成河，看到了无数的犹太人被迫逃离故土，流亡世界各地；

在吴哥窟，我看到了传说中的须弥山，看到湿婆神，看到苏耶跋摩二世国王雄韬伟略，看到高棉人对神的虔诚与惊恐……这里有欢笑，有哭泣，有诅咒，有杀戮，有撕心裂肺的呐喊，也有歇斯底里的狂欢！

一幅幅画面，一幕幕演出，鲜活的图景，在座座废墟之上，活灵活现！

这些文明的体验，这些观察与分析的训练，使我摆脱文本的束缚，培养了明辨、慎思、笃行的治学态度。

通过抽丝剥茧探寻，我初步得出如下结论或推论：

人类进化方向是：双手解放——身体解放——心灵解放，虚拟生活是未来个人价值实现的主体，也是其主要的生活方式，这也是人类历史的演进逻辑和轨迹。

抽象思维成就了人类进化与发展，人类从茹毛饮血走到今天的互联网、区块链、引力波、比特币……恍若科幻，又若黄粱一梦，但科幻正在一步步变成现实，大梦想已成真！

将世界观打破重组的过程，是每一次对世界的重新认识！

即使对生命的重新认知，终了一生，其实我们只在做一件事，那就是——了解生命，认识自己。

我们应当致敬为此所做出贡献的彪炳史册的先贤圣哲，是他们点亮智慧之火，照亮人类前行的路！

我们致敬孔子、老子、佛陀、耶稣、苏格拉底、柏拉图、亚里士多德、康德、黑格尔、卡尔·马克思……

我们致敬亚当·斯密、大卫·李嘉图、米尔顿·弗里德曼、约翰·梅纳德·凯恩斯、弗里德里希·哈耶克、阿尔弗雷德·马歇尔……

我们更应该感谢牛顿、爱因斯坦、韦纳·海森堡、埃尔温·薛定谔……

物理学界有了广义相对论，有了量子力学，使科学发展海阔天空，越来越接近真实的宇宙与事物的本相。

在人类文明史中，农耕文明和工业文明是完全不同的剧情、结构和台词，其本质是因为生产要素变迁而导致的生产力嬗变引发生产关系全面变革。在农耕文明的数千年中，人类故事的版本几乎雷同，不同的时期，变换的只是演员、道具和服装，其他的没什么变化，就像话剧《雷雨》，演出上千场，换了几代演员而已。然而工业文明是完全不同的剧本演绎，是《雷雨》的后传，故事完全不同了，但数百年演绎的也是后传的同一版本，只是声光电舞美技术更为成熟和先进而已。

人类历史表明：绝大部分的个人、组织、社会、国家模式不断重复！人类的历史就是不断地重复，其中包括错误，人类常从一个错误走向另一个错误！

比如战争，从历史上看，绝大部分的战争都是人类的自残行为；从地球发展的角度看人类的战争，就如同两只为头领位置而拼得你死我活的羚羊，浑然不觉旁边狮群的窥视。

泰戈尔曾说过：你所受的苦，吃的亏，担的责，扛的罪，忍的痛，到最后都会变成光，照亮你的路。

这些错误铺就了人类成长的路，但成本过高。

我的这一门融合经济学、管理学、文化学、历史学、社会学等学科的学问，已经不再是管理学或管理哲学，由于这门学科完全属于新创，我把它称为"文明发展比较学"。可谓无心插柳柳成荫，这些学术成就也是我的老师成中英先生所没有想到的。

故九万里，则风斯在下矣，而后乃今培风；背负青天，而莫之夭阏者，而后乃今将图南。

大千世界，万法归一，一归何处？

生命不息，精进不止。

尽其道而死者，正命也。

2018 年 9 月 23 日据中牟四高之演讲稿整理

故乡还在心中向往的地方

昨晚乡聚，朋友从老家带来一些沾着泥土的花生。

推杯换盏中，我就着花生下酒。

时下正是家乡秋收的季节，白嫩的花生，金黄色的玉米，满地肥硕的大红薯……还有田下的小河，河中五彩的小鱼。

这个季节我会躺在青草之上，任小羊在河滩散步、吃草。中午饿了，随地拔上两块红薯几把花生，生火一烤，香气四溢，我吃红薯的肉，小羊吃红薯的皮，渴了就去西瓜地捡个西瓜啃一啃，或者把嘴放在河里，冲个水饱。

吃累了，就躺着晒太阳，有时小羊枕着我酣睡，有时我枕小羊入眠。那个时候，只有小羊明白我虽身困瓜棚，但心怀远方。

那个季节满眼金色，淌着希望与未来，那个季节满地都是香香的红薯和花生。

这个季节也应是瓜果飘香……回不去的故乡，还在心中向往的地方。

陆离光影

枭雄龙云

站在龙氏家祠,面对这位复杂而传奇的枭雄,思绪难平。

他兼备文韬,统治云南18年,他治下的云南经济发展,社会安定,民主日盛,生机盎然,欣欣向荣,为抗战创建了一片坚固的大后方。

他武功显赫,在军阀混战中左右逢源,坐定大西南,在抗日中血战台儿庄、修通滇缅公路,至功至伟。

他为人,拥唐(唐继尧)反唐,拥蒋反蒋,"剿"共通共……

在那个纷乱的年代,一边是家国情仇,一边是军阀混战,一边是派系纷争、生灵涂炭、民心凋敝,他竟能自保云南,创建模范省。

这就是龙云,军阀中的翘楚,乱世的英雄,抗日名将。

龙云,彝族,祖父纳吉灼足,曾任部落酋长,后封土司。

12岁受蒙,习四书五经,15岁练武,28岁入云南讲武学堂。

如果就此来看,龙云似乎起步和起点都晚了点。

30岁大败法国拳师名扬西南,得唐继尧赏识,自此人生开挂。

在统一云南后,龙云提出了建设"新云南"的目标。他从政治、军事、经济、文化、教育等诸方面实行了一系列的整顿和改革,对东南亚各国亦采取开放政策。致使云南一派大好局面。

"西安事变"爆发,龙云通电拥护国民党中央,指责张学良"狂悖至此,危害国本,罪不容诛,自当尽法惩治,用伸国纪"。

十四年抗战,龙云血战台儿庄,共向抗日前线派出20多万大军,滇军经历各种大战役20余次,并动员和组织全省军民投入滇西大抗战,共伤亡官兵10余万。

抗日物资经过龙云修建的滇缅公路,成了抗战时期至关重要的运输通道,有"抗日输血管"之称。

汪精卫"以赴滇讲学"为名自重庆逃出,到云南时龙云与之密谈"和平运动",19日汪到越南,龙云为之送行。5月6日龙云通电讨伐叛逆汪精卫。

1949年8月13日,龙云等44人在港发表《我们对于现阶段中国的认识与主张》,声明脱离国民政府,与蒋介石决裂,蒋9月14日下令通缉龙云,并派人暗杀未遂。

1954年9月任国防委员会副主席。

1957年春,龙云被错划为"右派"。

1962年6月27日,龙云因急性心肌梗死在北京逝世,享年78岁,7月2日周总理亲来吊唁,是唯一骨灰被安放在八宝山革命公墓的军阀。

我无事，而民自富

——渴望幸福生活就是经济的动力

这是一个苦难之邦，一百年来先后被法国、日本、越南所统治，整日炮火四起，民不聊生。

这是一个孱弱的小国，成为美苏争霸的棋子，任人摆布，所谓的外交，就是在列强中寻找缝隙，以求苟延残喘。

这是一个柔和的民族，绝大部分国民信奉佛教，呵护生命、爱好和平是其基本的准则，然而这里却发生过人类有史以来最为悲惨的大屠杀。红色高棉统治的三年时间里，饿死、病死、被屠杀者达200万之多，占全国人口的三分之一，人性全面塌陷。

暹粒——曾经的红色高棉的根据地，这里有闻名世界的吴哥窟，更有着苦难的历程。

这个国家从1992年联合国进驻并被托管的时间不足26年。1998年，原红色高棉第一号人物波尔布特在柬埔寨北部的丛林里去世，其真正和平到来不足20年，一旦安定到来，民众的创造和发展的动力就显现了出来，这个曾经赤贫的国家于2016年7月1日起，正式脱离最不发达国家身份，近几年经济增速平均超过6.9%，成为亚洲经济增速最快的国家之一。

"安居乐业，快乐幸福"是全人类所有民族最朴实、最直接的追求，一旦和平到来，人们就会追求美好的生活，从吃得好到穿得好进而玩得好，这就是社会发展的动力。

当然如果政府战略精准，措施得力，阳光高效，经济更是会一日千里。

"我无为，而民自化；我好静，而民自正；我无事，而民自富；我无欲，而民自朴。"

治国其实并不难，只要没有政客作祟，没有所谓的空洞"主义"，抑制好腐败问题，即便没有太大作为，民众也会为生活而忙碌奔波，经济自会生生不息。

这是暹粒的夜市，虽然简陋许多，依然活色生香。

扎啤每大杯0.5美元，火锅（鳄鱼、虾、牛羊肉及各种蔬菜搭配）每份18美金，足底按摩每半小时1美元……

各国人等在此享受平静而安详的生活，幸福指数不低于国内。这里的价格只有国内的三成不到，这些欠发达国家通过这些比较优势将获得世界各地的资金、技术、产业转移，从而起飞，此乃经济规律使然！

我无事，而民自富。渴望幸福生活就是经济的动力。

2018 年 2 月 13 日于暹粒

特朗普，上帝派你来美国搞笑的吗？

作为世界最强大国家的领袖——美国的总统不像华盛顿、杰弗逊、林肯、罗斯福那样杰出伟大，起码也要像奥巴马一样懂得左右逢源，融和彼此，求同存异，但很不幸，美利坚出了个特朗普。

特朗普改变了全球对整个美国乃至世界政治人物认知的惯性，在人们的认知中政治人物的政治、思想、道德、心理等素养及素质代表着一个国家的整体风貌，政治领袖应当谦和忍让、谨言慎行，即有远大的理想、胸怀前瞻性的战略和引导舆论导向的能力等。

很遗憾，这些特朗普都很成功地回避掉了，他的信口开河、口无遮拦、出尔反尔、语言粗俗、词不达意，被美国媒体以 Trumpspeak、Trumpese 来描述。特朗普还创造了两个新词：bigly 和 unpresidented。行为怪异、我行我素，似应不是一个大国领袖所为，比如他主张在美墨边界筑高墙，严禁穆斯林入境，对全球发动贸易战……

特朗普上台，则意味着美国模式已衰退：政治、经济、文化的自由主义已被放弃，美国已非比昔日，世界格局将出现新变化。

以美国为首的西方国家及全盘西化的国家为此颇为尴尬，甚至很狼狈，这样的国家元首让西方政治斯文扫地。

管理与治理本质上是一种文化行为，不同的文化特质，自是决定了各个国家的治理模式，因地制宜，适者为宜，没有任何一种模式放之四海皆准，普世通用。

人类的发展与进化不断加速，文化的形态不断演绎，自然也要求管理与治理升级更新，故管理创新永远在路上。所谓"历史的终结"之类皆为荒谬之言。

西方模式绝非人类社会的唯一模板，人类社会的治理模式绝不能一概而论，东方国家的文化决定了其治理特质，中国的国家治理模式为人类社会发展做出了积极探索，值得鼓励。

近期从美国学者对华态度来看，中西学者在中共十九大前后产生了重大分歧，主要涉及中国宪法修改、中美贸易纠纷等，这些问题有文化背景解读问题，也是国家间利益的站位问题。

中国国家治理还在探索中,目前的问题和困难确实很多,甚至存在制度层面深层次症结,但中美两国的共识大于其分歧,战略利益大于经济纠纷,中美携手同行,是两国之福,也是世界共同的意愿。

费孝通曾言:各美其美,美人之美,美美与共,天下大同。人类需要的是合作共赢,共同繁荣,对抗冷战思维当休矣。

2018 年 8 月 18 日于曼哈顿

梦想要大，丢人不怕
——加油，老罗！

罗永浩宣布要跨界直播带货行业，目标是"带货一哥"。这个行业一下很紧张，因为大家都知道老罗有个特点"干一行，毁一行"，同行们担心将来大家没饭吃了。

老罗这样的人，各个时代都有，但只有在互联网的时代，才会特别引人关注，因为互联网上有很多吃瓜群众，看热闹不怕事大，所以老罗的价值才能得到充分彰显。

老罗可以说半生坎坷，高中辍学，曾经摆过地摊，串过羊肉串，倒卖过药材，做过期货，倒腾过电脑配件，当过英语老师，再到如今即将跨入直播带货行业。罗永浩一直身上都有一个鲜明的特性：俗名"折腾"，学名是"理想主义者"。

我认为老罗真的是个奋斗者，有理想，有情怀，而且还有故事，这样的人艺术创作底子很扎实，和郭德纲有一拼。郭德纲为什么相声说得好？有生活，有专业素质，与时代结合。老罗比郭德纲相比还多了一项：传销。有了这一经历就具备了"洗脑"与"吹牛"两项吸星大法功力，就凭这两点就可以横趟"脱口秀"的江湖，比如大家都很熟悉的江湖讲师"翟鸿某""刘一某"都曾做过传销。

说来说去，老罗的优势是口才，用经济学的话说有比较优势，用管理学可以说是价值蓝海。

有人说老罗：手机界相声说得最好，相声界最懂手机。这样的人成功概率并不高，持续的成功还是需要：手机界最懂手机，相声界相声说得最好。这才是工匠精神。

老罗的工匠精神，终究是嘴皮子上的功夫。

还好，罗永浩韧性很够，特立独行：梦想要大，丢人不怕。

但梦想要与自己禀赋结合，加上不懈努力，成功概率就高。反过来梦想就变成了幻想。

外界宣布其跨界入直播带货行业，这个说法其实是错误的，这是老罗回归脱口秀的老本行。

专业的事，让专业的人干！我很看好老罗的回归，浪子回头金不换，好马也能吃回头草。

加油，老罗！大家都很心疼你！

2020 年 3 月 8 日于石屋

"疯子"高迪

似乎天下的孤独人都是一样的寂寥，物以稀而难聚，大多的知音都是千年的守望。

还好，我与安东尼奥·高迪，就在"圣家堂"（神圣家族大教堂）。

圣家堂不是教堂，而是安睡灵魂的摇篮。

我从外观瞻，已是震撼，走进去，我已融化，变成了这座圣堂的一砖一瓦，一钉一卯。

圣家堂于1882年动工，由年仅31岁的安东尼奥·高迪接手设计，圣家堂的设计带有强烈的自然和超自然的色彩和效果，吸收了当地各种各样的动植物的造型，例如蜥蜴、鸽子、仙人掌、棕榈等，将其作为蓝本来设计教堂。

他是一位绝对的自然主义者，高迪在日记中这样写道："只有疯子才会试图去描绘世界上不存在的东西！"

高迪说："直线属于人类，而曲线归于上帝。"圣家堂的设计完全没有直线和平面，而是以螺旋、锥形、双曲线、抛物线各种变化组合成的充满韵律动感的建筑。

1926年，高迪遭遇车祸过世，他被安葬在圣家堂的地下墓室，和他献给上帝的最杰出礼物在一起，去世时教堂才建了四分之一。高迪说："我的客户并不急。"他所说的客户，其实指的是"上帝"。

2026年，也就是高迪逝世100周年纪念日之时教堂将完工，届时我会再过去，缅怀这位旷世天才。

高迪终生未娶，他与女人似乎是无缘的。他曾经说过："为避免陷于失望，不应受幻觉的诱惑。"

他衣衫褴褛、沉默孤僻，无绯闻无情史，几乎不享受任何俗世乐趣，包括音乐、运动、社交、女人……他一生只沉迷两件事情：观察自然，以建筑为载体重现自然。

正常人往往没有什么才气，而天才却常常像个疯子。

泱泱华夏

三星堆文化的样本意义

公元前2800年至公元前2000年，在四川广汉地区存在一个辉煌灿烂的古蜀文明，这个文明具有完备的礼制、明确的社会分工、神巫合一的社会形态以及丰富的社会生活。

三星堆出土文物坐实了古蜀国的历史，证实了长江流域与黄河流域一样同是中华民族的发祥地，证明了长江流域存在过比肩于黄河流域的古文明。

为什么人们会长期认为中华民族的发祥地是黄河流域，然后渐渐地传播到全中国这样的偏见呢？因为中原政权是强势政权，具有绝对话语权，所以历史记载和文献比较完整，而长江流域或其他的古文明被刻意淡化，甚至在战争中被摧毁，历史记载中自然也就刻意被回避。

在古代的征伐中，毁灭其文化是一种心灵的征服，文化灭掉以后，族群的图腾、信仰不存在了，族群也就没有了精神力量，这种现象很普遍。"欲知大道，必先为史。灭人之国，必先去其史。"比如蒙古大军毁灭西夏的文化，烧掉了西夏的史书，导致二十四部史独缺西夏史，西夏文化至今成谜。

三星堆考古证明古蜀国神巫合一，巫文化是主流，这与玛雅文明、阿兹克特文明、印加文明、埃及文明等如出一辙，说明萨满教是人类起初所有民族的信仰形式，巫文化融汇了天文地理，人文数理、医卜星相、祭礼祭祀等，这是人类面对大自然神奇力量的膜拜与窥视，并由此产生了文字、舞蹈、音乐，甚至是文学。

巫文化的盛行与萨满的世界普及，说明人类在文明的初期所经历的启蒙与求索是类似的，真正的分道扬镳起始于工业革命，这是人类抽象思维第一次全面而彻底地在生产领域的应用与展示——思维变成了生产力！由于巫文化逻辑性、严谨性、深邃性、系统性不足，其被超验性的宗教取代亦是必然，神的超验性发展到极致，就是人类被奴役，这就是黑暗千年的中世纪！物极必反，哪里有压迫哪里就必然会有反抗。宗教改革与人本主义的文艺复兴就是人类的精神革命，工业革命仅是其附属品，抽象思维终于适得其所，由精神下行到物质生产！这是人类的伟大胜利！

在信息文明时代，工业文明也将被迫退出历史舞台，这就是文明演绎的逻辑！

三星堆文化具有样本意义，所谓非主流与主流文明，只是话语权的问题。

2018年1月3日于成都

辅翼在人纲，艰难留庙祀
——武侯祠游览有感

11月14日，成都考察，参观武侯祠。这是我第三次游览了，但依然兴趣不减，因为这里边供奉着一位圣人，一位大儒！

诸葛亮，一代男神。

来蜀地，不祭拜，岂不遗憾！

他才华横溢、儒雅倜傥，这样的人往往会不食人间烟火，茕茕孑立，踽踽独行，而他却礼贤下士，温良谦恭。

前后出师表，用词典雅，用情真挚，用理明澈，用心殷殷。我自幼熟背，慢吟轻诵，心潮不已，如心灵甘泉，滋养着一代代士人。

他本一介书生，耕读南阳，但隆中对策，羽扇轻摇，乾坤可定；创连弩，造木牛流马，巧夺天工。

他力促民族和睦，采取"西和、南抚"的政策，夷汉一家。

白帝城，"君子可取"，他本可以"顺天承运""禅让受位"，但他却为了一个傻后主而鞠躬尽瘁。蜀国城破，儿子诸葛瞻和孙子诸葛尚战死，三代人以身殉国！

这就是儒家，格物致知，诚意正心，仁义忠勇。

这就是儒家，家国天下，入世担当，无论大夫或匹夫，皆以国家兴亡为己任。

这就是儒家，立心、立命！继绝学，开太平！

儒学就是砥砺人生的哲学，男儿当自强，人生向高远，体验要深刻，能量要充沛。

我本是卧龙岗散淡的人

我是从小听着申凤梅大师的越调长大的,其《诸葛亮吊孝》百听不厌,诸葛孔明智谋双全,忠贞兼备,是我们儿时高山仰止的大英雄。

凡路过其遗迹、故址,我都参拜,成都武侯祠、襄阳隆中,前天出差游逛南阳,自然不能错过卧龙岗。

南阳卧龙岗位于城西四公里处,南濒白水,北障紫峰,遥连嵩岳,山水相依,岗峦起伏,曲折回旋,势如卧龙。诸葛庐在其内,为躬耕隐居地,"三顾茅庐"处,"三分天下"的策源地,时人以孔明为卧龙,因号其岗。

诸葛亮日理万机,"受命以来,夙夜忧叹,恐托付不效,以伤先帝之明",积劳成疾,最后以身殉国。蜀国城破,儿子诸葛瞻和孙子诸葛尚战死不降,为国尽忠,一家三代服务蜀汉,满门忠烈!

蜀国当时最弱,全国有28万户、94万人,军队人数约10万,地区仅巴蜀汉中等地;而当时的魏国,有人口440万,军队约60万,国土面积广大;吴亡时(280年),也有户53万,兵23万,人口230万。蜀汉的人口大概是魏国的五分之一,是吴国的二分之一,吴国和蜀国加起来是魏国的三分之二。

连年战争,"益州疲弊",诸葛亮在刘备白帝城托孤之后所面临的是一个危机四伏、经济凋敝、民心不安、社会动荡的局面。

诸葛亮追求养精蓄锐,韬光养晦,但其为完成汉室江山一统,为"北定中原,兴复汉室,还于旧都",多次率师北伐,结果耗尽国力,城破灭国。

蜀国虽然亡了,但给世人留下了极其宝贵的精神财富。

刘备、诸葛亮彼此谨守承诺,肝胆相照,信任贯穿始终,君臣一体,休戚与共,演绎千古佳话,与前世的刘邦、后世的朱元璋简直是天地悬殊!陈寿也说:"及其举国托孤于诸葛亮,而心神无二,诚君臣之至公,古今之盛轨也。"

蜀国另一大软实力,也是强大的德性资源,就是"义"。

"这一拜,春风得意遇知音,桃花也含笑映祭台……

这一拜,忠肝义胆,患难相随誓不分开!

这一拜,生死不改,天地日月壮我情怀……"

这首《桃园结义》,我每每听来都心潮澎湃!

兄弟三人盟誓:"不求同年同月同日生,只愿同年同月同日死。皇天后土，实鉴此心。背义忘恩，天人共戮！"这就是彪炳千古的桃园义气。为实践这种义气，在关羽被害后，刘备宁舍弃江山社稷，也要为关羽报仇。最终，刘备、张飞双双为报仇而死。"义"伴随了刘、关、张的一生，以结义始，以死义结。

这种为了兄弟不惜江山社稷的行为固然莽撞，但与后世兄弟背信弃义、手足相残的厚黑相较，不知让人宽慰多少倍。

好了，还是说说诸葛孔明吧！

"我本是卧龙岗散淡的人，

凭阴阳如反掌保定乾坤。

闲无事在敌楼我亮一亮琴音，

我面前缺少个知音的人。"

2017年1月4日

周公庙游感

周公吐哺，周公之礼，周公解梦，中国文化与政治如果离开此人将会如何？国将不国！

宗法制度、分封制、嫡长子继承法和井田制都出自其手。

"官礼功成宗国馨香传永世""图书象演尼山统绪本先型"，伏羲画卦，文王演卦辞，周公演爻辞，自周公之后，《周易》成为传世书。周公是周易的集大成者，也是中华文化的重要奠基人。"明德慎罚""敬德保民"可能是孔夫子的"仁"之渊薮。

周公一生的功绩被《尚书·大传》概括为："一年救乱，二年克殷，三年践奄，四年建侯卫，五年营成周，六年制礼乐，七年致政成王。"

贾谊评价周公：孔子之前，黄帝之后，于中国有大关系者，周公一人而已。韩愈的"道统"就是：尧、舜、禹、汤、文、武、周公、孔子、孟子的统序。

周公，姓姬名旦，是周文王姬昌第四子，周武王姬发之弟，曾两次辅佐周武王东伐纣王，辅佐成王一统天下，并制作礼乐。因其采邑在周，爵为上公，故称周公。

这里是曲阜的故城遗址，这里是鲁国的太庙，这里祭祀着中华文化精神之父——周公！

也是在这里，贫穷的孔丘演习周礼，求知文化，成为了千秋名宿，开辟儒学宗风，自此斯文遍地，文明沐浴，中华由此生生不息！

这里即便是十一黄金季节，也是门前罗雀，安静肃穆。

周公庙，一册凝固的民族文化史、民族心灵史！

云冈，来自灵魂深处的大美

云冈石窟，站在 5 号窟、6 号窟、20 号窟，我有点不知所措。

她的美让人震撼，应和而又超出了我的想象。

站在这里，我知道，我来晚了，还好我来了。

有生之年，看看云冈石窟，这是一个文化学者和人文爱好人生必经的一站。

云冈石窟经过保护性修复，再现《水经注》中"山堂水殿，烟寺相望，林渊锦镜，缀目新眺"佛教圣境，不虚此行，我不负大同，大同亦不负我。

云冈石窟是佛教东传关键性一站，在这里佛教开始中国化，证据确凿，不容置疑，云冈石窟处处都在展示着中国化的审美与解读。这里有希腊的头像，罗马的廊柱，波斯的花纹，印度的服饰……但这些都围绕在中国文化周围，形成这一蔚为壮观的云冈奇观！

以往我从没到过云冈石窟，来之前我有许多想象，实地考察其雕刻内容、表现手法和画面设计，都印证了我的推论。我把这些推论在大同博物馆给大家做了分享，特别交代同行的学者注意观察雕像细节，果然——契合。

这一印证，说明文化传承脉络不仅有迹可循，演进路线清晰，而且逻辑严谨，规律显著，所以我所做的世界文明比较研究是从废墟中找历史真相，在真相中寻求文化机理，在机理中找发展规律，依照规律把握趋势，赢取未来！

我研究佛学十余年，特别是佛教传播的水陆两线，走过多地，唯独缺少佛教中国化雕像实物观察及印度、希腊、罗马、波斯融合实证，而今在大同这一知识结构的断层得以弥补，形成了一个完整的链条，证明了科研的思路，坚定了治学信念和信心！

三言两语说不尽你的美，万语千言难表你的意。

云冈，你不能缺席！感受佛像意象之美，我在云冈等你。

观长征展有感

昨天在军事博物馆主任、清华博士后学弟保华君的带领下，参观长征展，感慨颇多，晚餐痛饮。

20世纪下半叶，以美国为首的西方国家为进行发展模式输出，提出所谓"华盛顿共识"，其核心是"市场化""自由化"和"私有化"。在他们看来，发展中国家的现代化如果偏离西方模式就没有成功的可能性。然而，"中国道路"成就了中国的和平发展，"中国方案"对国际社会越来越具有吸引力，实现了对西方发展模式的超越，正在并将继续改变西方发展模式主导全球发展的垄断局面。

习近平主席《在新进中央委员会的委员、候补委员学习贯彻党的十八大精神研讨班上的讲话》明确指出："所谓的'中国模式'是中国人民在自己的奋斗实践中创造的中国特色社会主义道路。"多次提出"中国思想文化传承的世界观、人生观、价值观、审美观等是中华民族最基本的文化基因，只有不断发掘和利用人类创造的一切优秀思想文化和丰富知识，我们才能更好认识世界、认识社会、认识自己，才能更好开创人类社会的未来"。

1945年黄炎培先生在延安向毛泽东提问，中国共产党能不能跳出历史上"其兴也勃焉，其亡也忽焉"的历史周期律，毛泽东回答说，我们能跳出这个周期律，这条新路，就是民主……

2012年习近平走访民主党派中央和全国工商联，重提毛泽东和黄炎培关于历史周期律的谈话，习近平重提"毛泽东历史周期律谈话"，其深意：第一，共产党人必须高度警惕跳不出兴亡周期率；第二，共产党人必须高度自信能够跳出兴亡周期率。

福山的《历史的终结》不是终结！

欧洲资本主义竞争力全面衰退，世界需要新的发展模式！

2016年7月1日，中国共产党成立95周年。在习近平总书记的讲话中，有这样一句让人印象深刻的话："中国共产党人和中国人民完全有信心为人类对更好社会制度的探索提供中国方案。"

但中国方案并不容易！

建国后，共产党由革命党到执政党角色转变并不顺利，一次次政治运动，特别是"文化大革命",使政权合法性受到质疑。

改革开放38年,为共产党执政的合法性作了最好的背书。

当下,我国在经济增速趋缓、资源环境双重约束日益加深、人口红利消耗殆尽的背景下,供给侧的改革势在必行,而当下所有的问题都最终不约而同地汇集到体制方面,体制改革迫在眉睫!

而今,我们又站在了历史的关口,共产党人面临着新时代、新使命、新任务的新长征!长征,为了民族,为了国家!新长征,更是为民族,为国家!

从人民中来,到人民中去!只要有全心全意为人民服务的初衷和决心,改革的长征一定会取得决定性的胜利!

革命尚未成功,改革仍需努力!

中国模式必将照耀全球!

2016年10月6日

革故鼎新，继往开来

今日访厦门中华教育园，感叹民族发展之命运多舛，五千年兴潜谁主定？天耶？地耶？命耶？运耶？《大学》二章："苟日新，日日新，又日新。"

《易经》洋洋洒洒，无非在讲：易，不易，简易。其实三者间都是在围绕着"和易"而动，自强不息，厚德载物就是"和易"的外在表现。

周虽旧邦，其命维新。任何体制随着时间的推移，其惰性会越来越大，只有不断反省，革故鼎新，继往开来，方能成就未来。

改革决定命运！融合方能强大！

感于此，于是信手敲下如下闲言碎语，时间所限，无暇梳理，姑且一写，姑妄一读，切勿较真：不学术，不文学，不史观，不骂街，不拍砖。

中华伟大，既有与生，更在融合。

三山五岳，长江黄河，土沃水肥，五谷丰登，物产充盈，钟灵毓秀，仓实民安。

三皇五帝，肇始文明。大夏国统，殷商兴盛，"命于下国，封建厥福"。周邦礼乐，国祚八百，人文中华，蔚蔚于世。

春秋争鸣，文化鼎盛，各美其美，美美与共。焚书坑儒，始于嬴政，一统天下，中央集权，功高寰宇，依法为名，施暴于民，二世而终。

大汉威武，横扫四夷，独尊儒术，汉学道统。名士风流，魏晋风度，隋文开科，文官制成。

大唐盛世，万国来朝，不夜长安，车水马龙，各国语言，人声鼎沸，丝绸之路，唐人威名。

军强马壮，都护西域，伏加尔河，安曼高丽，长城内外，天山南北，文明泽被，礼仪教化。

生于中亚，学于华夏，西域奔放，中原典雅，成东继西，融会贯通，颠破格律，自成一家，天纵李白，一鸣天下。

大宋富庶，无以复加，贩夫走卒，尽着丝缕，宋词声声，市井文雅，风流所在，斯文遍地。

靖康之难，崖山海战，古典中国，浸没海底。

元之残暴，荼毒文化，以明代元，七下南洋，传播文明，南洋红海，非洲西亚，郑和出使，汉学成风。终因海禁，八股量才，由盛而衰，清朝闭关，文化锁国，自此以后，夜郎自大，所谓康乾，实为笑话。

民国开元，中山先生，三民主义，五权宪法。中西合璧，古今融通，文化绽放，精神自新，大师辈出，灿若星辰。

"文化革命"，愚昧逆袭，国内动荡，文物尽毁，父子反目，师生成仇，纲常崩殂，斯文扫地。

邓公复出，改革开放，中西交流，加入WTO，经济腾飞，思想解放。

革新四十，国运昌盛，跨日超欧，力拔群雄，世界第一，尽可指日。文化复苏，国学乍起，饮水思源，民族自信。纲常重构，大兴道统，伦理复兴，自觉觉他，中国圆梦，天下大同！

天地人和，道法自然，万事万物，相行不悖。

阴阳太极，能量交换，一生为二，二生为三，三生万物，基数裂变，自此始焉。太极两仪，四象八卦，八八六四，三八二爻，整体创生，阴阳分化，多元发展，冲击补充，推陈出新，宇宙繁盛。今天银河，明日倍增，世界广阔，数列难穷。

量变质变，重在流通，互通有无，取长补短。

玉米红薯，南瓜花生，葡萄石榴，皆为舶来；电视电话，汽车电脑，全为洋货。行走坐卧，衣食住行，哪般可舍，如何离得？

由此及彼，以此类推，家国天下，常新为是。

抱残守缺，不思进取，误国误民，罪数不轻，某些国家，故步自封，欲让其亡，必先疯狂。

所谓制度，岁月推移，利益所系，帮派丛生，边际递减，惰性必成，新生力量，难以形成，社会受阻，经济下行，如不革故，何以鼎新。

天下体制，永无定法，福山所言，历史终结，无知无畏，纯粹鸟话。

兰之猗猗，扬扬其香；不采而佩，于兰何伤。

以日以年，我行四方；文王梦熊，渭水泱泱。

中华文明，浩浩汤汤；君子之守，子孙之昌。

2016年3月12日

心中梦着桃花源，人间处处云水间

挥别神州半岛的蓝天白云，作别乐涛湾的碧海嫩沙，七天了，临别才察觉时光如梭，仿佛刚刚 Check in 后，而又不得不 Check out。

的确还没做好思想准备，连收拾行装都显得匆忙不堪。

万宁，也许只是生命中一个小小的驿站，是漂泊中一个小小的落脚，一次美丽的邂逅。烙下一双脚印之后，又要开始新的跋涉。

无数的印迹，见证着岁月的蹉跎，渐渐送别生命到无穷的永恒处，人生银幕然后就投射出"Game is over"，谢幕，安息，长眠，兑现"生下来，老子就没有想活着回去"的豪迈誓言。

说是豪言，其实胆怯，不愿与苍穹、星辰、大地、清风永别。

地球能成为蔚蓝色是宇宙的奇迹，人类能够从无机到有机更是奇迹中的奇迹。

每一个生命都是天地的杰作，每一个人都是乾坤之钟灵毓秀。

天地玄黄，宇宙沧桑，无论东方西方，哲学、神学、科学洋洋洒洒著书立说，汗牛充栋，讲来讲去，无非"好自珍惜"四字真言。

相见时难别亦难，别了云水间。

再回北京，仿若永别桃花源。

12月1日奔赴机场，堪比末日逃难，似烟似沙似尘，灰蒙蒙，雾昭昭，遮天蔽日，鸟绝虫蛰，万籁死寂。小名烟尘，学名雾霾。来了，不约而至。

雾霾闻似无味，但入喉如北京二锅头，浓郁甘醇，肝胆灼热，心慌气闷，望天不见天，看地不见地。

逃难！缘自对生命的热爱和赞美！

海南要搞世界冲浪赛观赏，附带论坛邀请演讲，仿若飘然而至的诺亚方舟的船票，只能是别无选择，然后是仰天长叹，老天开眼！

潮州两日走访企业，然后就是目的地——多彩多情，万福万宁。

来自世界的美女酷男在浪潮上尽显风流，浪尖之上，宛若出海蛟龙，波涛涌来，潜龙在渊。冲浪原来如此赏心悦目，真想浪遏飞舟，不惧风流，只可惜游泳尚处于扫盲阶段，何来踏浪而行乎。

假如时光倒流，冲浪、击剑、骑马定样样精修，垂暮之年天天数着奖杯玩，相看两不厌，奖杯英雄两相欢！左手握着右手，抖上三抖，由衷而言"老英雄！想想当年长坂坡你有名上将，征渭南您可是一马当先！""哪里哪里，彼此彼此！"呼呼哈哈！

墨镜一副，泳裤一件，清水一杯，阳伞一张，开始梦游太虚仙境。

从女娲补天残砖断垣处，捡些废石璞玉，到琉璃厂换些黄白之物，置深宅大院，建亭台楼阁，邀约鸿学大儒，谈论看似黄钟大吕，实在一地鸡毛的玄幻之学；或与十二钗聊人情达练、锦绣文章；或与柳永侃侃烟花酒巷的市井风情；或与鱼玄机炼丹修身……

Sheraton 的 SPA 不错，桑拿蒸过，稍事休息，漫步在宁静的林间，柔和的草地灯，舒缓的轻音乐，不远处的涛声，深邃的夜空，静逸淡泊，物我两忘；阳台上对弈两局，啤酒斟酌，无关风月。

儿子放雾霾假，自京都来投，父子相见，相拥而眠。

阳光，沙滩，长天，碧浪，就这样不知不觉销蚀一周时光。

酣梦初醒，还是惺忪睡眼，就要回程，心情不免忐忑。

北京，燕园雪落，水木熙春，未名落叶，青塔轩榭，曾经沉淀着少年的梦，青年的激情，中年的耕耘，而今这一切都在雾霾的掩映下，影影绰绰，朦朦胧胧，看起来似是而非，想起来大梦一笼。

京华烟云，而今已成云烟。

破碎的梦，冷却的心。

回来是想喊一嗓子：

我真的还想再活五百年！

热爱生命，远离雾霾！

2015 年 12 月 10 日于航行途中

凿穿时空的古堡

得胜堡是明长城边界的大同镇的重要关隘,与镇羌堡、四城堡两个城堡及其北面的长城和得胜口关组成严密的防御体系。

战时为军事设施,和平期间则为茶马互市,交易市场的开辟是明王朝与蒙古鞑靼部落由战争到和平的转折点,蒙汉民族文化由此走向融合。

从其建筑可知,当年既有金戈铁马的雄风,也有商贾此起彼伏的吆喝声,总之这里曾是晋北一带的边防战略要冲、交通枢纽、经济中心,而今时过境迁,这里只剩下破败的村舍和装满回忆的老人。

这里不再重要,因为文明更替,曾经的农耕文明与游牧文化一去不返,而这些厮守的老人,却依然滞留在消失了的文明里。

阳光依旧,却恍若隔世。

海上丝绸，从这里出发

以前，丝绸之路对于我是个抽象的概念，认为不过是奢侈品贸易而已。

当我站在塞尔柱帝国古驿站时，丝绸之路于我是鲜活的、生动的。从长安到伊斯坦布尔的漫漫长路，每四十里左右就有这样一座大小与县衙规模相当的驿站，在这里可以免费吃住三天。如此政府不就亏了吗？其实，政府通过征税，赚得盆满钵满，而商人也个个因此而富甲天下。

钱从何来？丝绸自中国至罗马，利润至少百倍！

中国出口的丝绸、瓷器、茶叶是西方贵族神往的天物，使用中国货是地位、品味、财富的象征，崇中媚中是基本审美，几乎达到了痴迷的程度，这一迷恋自西汉直至明清。

后来我的脚步行至比什凯克、阿什哈巴德、塔什干，这些被荒漠包围的城市，竟然个个也写满丝绸之路的故事。

与陆上丝绸之路的凶险相比，海运要安全一些。

海上丝绸之路形成于汉武帝之时，《汉书·地理志》记载，自徐闻、合浦船行五月，可达越南、马来西亚、泰国、印度、斯里兰卡等国，这是目前为止中外史籍对中国"海上丝绸之路"的最早记载。

而这里就是合浦。

在合浦博物馆，我看到西汉地中海地区的罗马玻璃碗、东汉时期的波斯陶壶，可见当年的合浦已是国际贸易的商埠之一。

在丝绸之路之前，中国对于西方是偏远的、模糊的，因为世界文明的中心一直在地中海周围，自两河流域到埃及、希腊、罗马、拜占庭，世界海拔最低的地区却是世界文明的高地！

因为丝绸之路，西方才知道遥远的东方还有一个富庶的国家，因太远太东，故名远东！

财富所在，虽远而近！

到东方去，这是西方人的梦想！或淘金，或膜拜，或好奇，或投机……到东方去！

你以为丝绸之路只是一条贸易通道吗？

丝、茶、丝织、造纸、印刷、医药、铁、漆等技术提升，丰富了西方；中国政治制度，一种全新的文明版本，照亮了西域、中亚，吸引了整个西方！

　　葡萄、核桃、胡萝卜、胡椒、胡豆、菠菜、黄瓜、石榴等蔬果；马匹、稀有动物和鸟类、皮货、药材、香料、珠宝、玻璃制品传入中国，没有这些，饭菜何味？

　　佛教（石窟寺）、袄教、景教、伊斯兰教传入中国，融合成就中华文化活力四射！琵琶、箜篌、狮子舞、胡旋舞、胡腾舞，让我们的生活活色生香！

　　因为丝绸之路，黄河流域文化、恒河流域文化、波斯文化、中亚文化以及希腊文化相融相通、互补互利！

2016 年 6 月 18 日于北海

顺道观瞻薄一波故居

去阎锡山故居，王志成先生建议我去薄一波故居看看，问路时收费站职员说现在已经关闭了，但我们还是想碰碰运气。

七绕八转，终于找到了这个普通得不能再普通的小村——蒋村。

走过一个土路胡同，终于找到了这个不大的小院。

果然大门紧闭，问前院一户人家，主人是一60来岁的农民，朴实得很，聊起来才知其是薄一波的亲侄子，与薄一波的六个儿子是亲叔伯堂兄弟，而且薄一波在世时他们每年都到北京去看望老人。也可能只有这几天，他们才感觉得到与这位政治家是至亲。

1996年薄一波将此院无偿捐献给国家，现在属于国有资产，免费对外开放。

看门的是东院的邻居，县政府每年划拨2000元工资。他的主要工作是看门，打扫庭院。2012年以来，来的人少了，他也懒得开门了，我们叫了半天，他才悻悻而来，但聊起来还是挺好说话的。

他说，他和薄家是姑表远亲，当年薄家是从外边迁过来的，可能就是投奔他们家。薄一波解放后只有两次返乡省亲经历：1962年与1982年。他就见过一次薄一波，是在1982年。

薄一波的父亲薄昌福是一个以种庄稼和手工造纸为业的农民，母亲胡秀清是个农村妇女。1908年2月6日，薄一波出生于山西省定襄县蒋村，原名薄书存。薄一波姐弟三人，他排行老小。1922年薄一波从定襄第一高小毕业，考进山西省立国民师范学校，开始接受五四运动新思想和马列主义的影响。由于长期在白区工作，他先后四次被捕，两次入狱。

抗战前，薄一波被国民党捕关在北平草岚子监狱。南京曾拟立即枪毙薄一波等十二重犯。可是华北的国民党当局不干，理由非常有趣——这个大才子太厉害了，碰到内政外交经济等解决不了的问题，华北的国民党当局就要去监狱求教薄一波！而薄一波也很有趣，把话说到关键的时候，告诉这些国民党大员——是否给你们出主意，需要我党同意。

国民党那边没办法，只好替他去找组织。就这样薄一波和中共华北局取得了稳定的联系，同意有限度地给国民党"支招"，同时给监狱中的同志争取政治学习的条件。像中共瓦窑堡会议的文件，这些人就是在监狱里看到的。

抗日战争期间，薄一波创造性地与阎锡山形成统一战线，对全国抗战产生了积极的战略影响。建国后，薄一波历任华北局第一书记，军区政委，财政部部长，国务院第三办公室主任，国家建设委员会主任，国家经济委员会主任，国务院副总理等要职。1982年开始任中顾委常务副主任，时间长达十年。

"文化大革命"中，薄一波被关12年，被批斗136次，提审206次，但他始终不屈不挠。他说："关键时刻我挺住了，没有乱说！"

他曾感慨地说："'文化大革命'中捡了条命，别说别人要整死咱们，江青一宣布我是叛徒，连我儿子也给我一顿铁拳，把我打得眼前一黑摔倒在地上，这个狠小子，又照我前胸踏了几脚，当时就有三根肋骨被踹断，真是个六亲不认的主。"

蒋村虽地处偏僻，但村后山形龙盘虎踞，很有气势，只是被开山炸石炼成了白石灰，山形早已不整了。

阎锡山故居随思

这是一个血性的汉子，留日期间，参加同盟会，与孙中山一起"驱逐鞑虏，恢复中华"，回到国内，积极筹划起义，响应辛亥革命。

这是一代枭雄，辛亥革命前后，他反袁继而又拥袁，从而获得山西的统治权；在军阀混战中左右逢源，他反蒋组织中原大战，继而拥蒋和共共同抗日。

这是一位曾经深受山西民众爱戴的地方大员，他保境安民治下的山西成为那个时期的模范省，在兵荒马乱、贫穷饥饿的年代，他推行水利、蚕桑、植树、禁烟、剪发（男人剪辫子），后来又增加种棉、造林、畜牧，合称"六政三事"，山西安居乐业，衣食无虞。

这是一位爱国将军，在1938年日记里写下了："抗战到底，死而后已。"他血战娘子关，决战忻口，痛击日寇。

他历任山西省都督、督军、省长、北方国民革命军总司令、国民党中央政治委员、军事委员会副委员长、太原绥靖公署主任、第二战区司令长官、山西省政府主席、行政院院长兼国防部长。他奉行"中庸哲学"，从辛亥革命开始统治山西长达38年。

他反清、反袁、反蒋、反共，他投袁、投段（段祺瑞）、投蒋、投共，都是为了自留地，打的都是小算盘；他抗日，则是共赴国难，彰显民族之大义。

站在阎锡山的故居山西省定襄县河边村，看着这坚实的深宅大院，我细读他留下的人生格言：

读书应防迷，做事应防浮，前进应防颠，后退应防馁。

有大需要时来，始能成大事业；无大把握而去，终难得大机缘。

有方法会做，有爱心肯做，有胆量敢做，为处事三大要素。

这位读过私塾、当过柜台伙计、搞过金融投机、留学东洋，继而成为统治家乡的豪强，他精算一生，终究追随蒋介石苟且台湾，在台北市菁山之麓结庐耕读十余年。

1960年5月，阎锡山病逝于台北，终年77岁，葬于阳明山，与蒋介石的石林官邸近在咫尺。

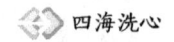

他留给山西的是这座坚实的大院及诸多传说、趣闻；留给台湾的是退居期间的一系列著作：《阎伯川先生言论辑要》《阎伯川先生抗战复兴言论集》《三百年的中国》《大同世界》《大同之路》。

而最终他留给中国的则是：任人评说！

禅文化与国民品格

——禅与中国文化融合创新

一、中国哲学的传统取向是禅文化的土壤

西方哲学的重要任务之一在于发现造物主设下的宇宙秩序的规律,主要通过外求的方法。西方人文主义的传统注重人本身的价值,以分析的、物质的、实用的方法力求客观研究人的主观经验,这种实证主义的研究方法,促进了科学技术的大发展。

中国哲学的传统注重人的内求,实现天人合一,寻求系统的、伦理的、世俗政权合法化与共融性的文化。太虚大师说:"中国佛教的特质在禅。"

在中国思想和信仰传统中,自然观占据主导地位,这是一种有机宇宙论:认为天道内涵着宇宙运行的基本物质、动力、法则和生命力,宇宙万物可以自然而然地自我运转、演化发展,所以,在中国哲学中不存在超越性的人格化的上帝。天具有神圣性,天主要是"义理之天""德性之天""道德之天"。从春秋至宋明理学认为,天在中国伦理文化中的主导意义就是作为道德的本体。天是至善的化身,人性是天命所赋予的,天的德性与人的心性是相通的,人的德性秉受于天德。故《中庸》曰:"天命之谓性。""天人合一"是中国古人所追求的最高理想境界,即人在现实生活中进行道德实践的同时获得一种与天道合一的高尚感,主张现实性与超越性的统一。

"子不语怪、力、乱、神",孔子主张不要在人之外寻求一个最高的超越的宗教神,作为信仰的对象,而是从人的内心中去寻找,通过个人艰苦的努力和实践才能成就道德。孟子提出尽心知性而知天的思维理路,认为"尽其心者,知其性也。知其性,则知天矣。存其心,养其性,所以事天也"。"尽心"是要真实无妄地自我反省,把自己内在的道德本心发挥到极致的状态,尽最大的努力,把心的要求体现出来。在尽心、知性的基础上,做到自己本心所要求的事,体认到自己的本性,进而知晓天理,悟出本性即天道,从而与天合一,形成了中国"反身内求"的心性修养方法,成为中国人性和民族性塑造的依据,也为佛教文化的传入、禅文化的产生提供了土壤。

二、禅文化的缘起与兴衰

钱穆认为,在后代中国学术思想史上,有两个伟人对中国文化有着极大影响,一位是唐代禅宗六祖惠能,一位是南宋儒家朱熹。

太虚法师在《中国佛学》中从概念的界说、历史的描述、因缘的说明三方面,论证了"中国佛学的特质在禅"。

(一)禅宗心性论

心性论是禅修方法的理论基础,是禅宗哲学思想的核心内容,也是禅宗的全部思想理论的主要旨趣。

1. 儒家对禅宗心性论的影响

儒家,在中国古代传统文化中占主导地位,所以,在佛教逐步中国化的过程中,儒家心性学说对禅宗心性论的影响是强烈而巨大的。

儒家学说强调以"人"为中心的人文主义思想。儒家认为,人之所以为人者,主要在于对人的内在本性的自我认识,其本性离不开心,因而人要实现理想价值,根本途径就是返回自身,认识自己的心和性。心性论还是儒家哲学的基础理论,儒家因重"人性""心性"而被称为"人学"。在人性问题上主张"性相近"。孟子提倡"尽心知性知天"的命题,这是一种天人合一的学说。荀子又大力提倡性恶论,《周易大传·说卦》讲"穷理尽性以至于命",《中庸》讲"自诚明,谓之性"。可见,心性之学是先秦儒家的重要内容。

由于孟子性善论和"人皆可为尧舜"思想的影响,晋宋之际的竺道生大力阐扬佛性论,鼓吹人人都有佛性,一切众生都能成佛,直接促进了禅宗心性论的形成。惠能的《坛经》把佛性直接诉诸人性,宣扬"人性本净",从而使禅宗更加鲜明地把人的心性问题作为自身理论的要旨。六祖惠能尤其突出自心、人心,强调"即心即佛"。与儒家所说的那种具有善恶的人心更接近。"六祖惠能"最根本的"革命"就是把传统佛教中作为抽象的"心"变成具体的、现实的"人心"。

儒家注重"反求诸己",走主观内省的道路。孟子倡导的"尽心知性",《中庸》强调的"能尽人之性,则能尽物之性",都是向内用功的修养方法。儒家这种修养方法对禅宗的修行方法有着深刻的启发,历代禅师都重视心的修持,有觉悟、顿悟、"明心见性"等思想。在心性修养问题上,儒家和禅宗思维方式是一致的。

《中庸》还提倡"极高明而道中庸"的哲学思想,强调了对中庸之道的遵循,对禅宗产生了巨大影响。惠能主张证悟众生心性的本来面目,以求解脱成佛，也就是在现实生活中，在现世中成佛。马祖道一的"平常心是道"也体现了这种思想，也就是在平常心态中实现内在超越，在日常生活中实现精神境界的飞跃。

禅师们对心性问题的普遍关注，深受儒家重视人性、人心的传统观念影响。

2. 道家对禅宗的影响

庄子的思想对禅宗心性思想产生的影响最大，尤其到了五家七宗时期，禅宗和庄子思想有相结合的趋向。

庄子认为"道"是万有的本原，提出道"无所不在"的命题，提出"万物皆一""道通为一"的哲学观点，认为在万事万物和日常生活中，通过体悟便可得到"道"的精神境。《庄子·人间世》说："唯道集虚。虚者，心斋也。""虚"即虚空，"心斋"是心中无欲念，"虚"才能得"道"。禅宗正是吸取了道家"道"的概念，发展为自家的内在佛性、最高境界，为心性论奠定了哲学基础。

禅宗亦受"道法自然"的思想影响，把传统佛教的彼岸世界移植到现实人间，把传统佛教对来生解脱的追求转化为对主体心性的体悟，建立了心性自然学说，用"自然"阐释"佛性""心性"，强调个性解放和对自由境界的追求。六祖惠能提出"直心"概念，即没有经过修饰的自然真心、心的本然状态，并认为自心即是佛性，心贵自然。

如果说"道"是中华文化比较关键的词汇之一，它体现出一种形而上的理解，它既有超越的意义，又有自然的意义。禅就是将对道的精神追求与现实生活结合在一起，强调"生活禅"，禅的意境、禅的境界体现在现实生活之中，在现实生活之中提高我们的境界和素质，使生活更加丰富，具有内涵。

静观是道家追求精神自由的方法。老子说："致虚极，守静笃。"这种静观方法，是一种直觉，是自我的内在体验，对惠能以前的禅师有着重要影响。如道信的"看净"，弘忍的"看心"，神秀的"观心"。禅宗大力倡导顿悟说，主张"见性成佛"，而悟的内容无法用语言文字传述，只能以心传心，源于静观。

六祖惠能完成了禅（理论上）的本土化。胡适认为这是一场革命，是中国僧人把印度程序森严的禅法一棍子打倒，彻底推翻。

（二）禅的兴衰

禅宗，是汉传佛教最主要的流派之一。在中国佛教史上，唐代是消化印度佛教以后建立中国化佛教的时代，自晚唐之后，佛教由兴盛转至衰败。宋代是儒学借助于中国化的佛教创立新儒学的时代,到了明代,佛教本身的义理似乎无大进展,但人们常以三教融合和宗教世俗化来指称明代的佛教。

1. 唐

佛教传到中国,为了顺应儒家与道家思想,便以戒律约束修行者。按照北宗的说法,修行是痛苦的,佛教、佛寺、戒律的存在都是必须的。所以据说神秀在100多岁去世的时候,给他的学生留下三个字"屈、曲、直",指人在修行过程中,要像蛇一样委屈自己,蛇本来蜿蜒行走,但是为了修行要钻进一个直筒里面,身体被拉直,是一个很痛苦的过程。

禅宗提出"水无沾月之心,月无分照之意"。意思是月亮投影在水上,水面映出了月亮,这只是一个因缘巧合。所以修行也好、戒律也好、坐禅也好,都是没有必要的。这是禅宗引发的思想领域和修行方法的重大变革。

唐代发生多次反佛运动,因而产生自食其力的山林佛教,过着平等简朴的丛林生活。百丈丛林清规的雏形形成于禅宗的四祖道信(580—651)、五祖弘忍(602—675)的时代,订立出一套僧众共同生活的规约。对于丛林寺院中习禅者的生活,建筑简约,寺众都能自耕自食,自给自足。百丈怀海大师的丛林制度建立之后,佛教的中国化,得以圆满成熟。在元明两代,《百丈清规》甚至上升为国家宗教立法的组成部分,广泛推行。"一日不作,一日不食"并不违背传统的佛教精神,反而依托现实生活,更有效地把佛陀教化世人的精神根本表现出来。

唐末五代时期,禅宗曹溪一脉衍生了"五家七宗"的繁荣局面,禅宗成为中国汉传佛教的主体,对于当时社会思想、佛教未来走势,都引发了历史变革。

2. 宋

宋代文人士大夫"以天下为己任",忠君报国,无奈政治风云变幻无穷,仕途险象环生。这时的文人大都需要"以心为本,处变不惊,处患不忧,不为外物所牵萦",禅宗的出世观念契合了士大夫的心理认同。北宋,士大夫习禅成风,加速了佛教风气的变化,推动了禅宗世俗化,当时处于主导地位的儒、释、道思想日渐融合,宋代的很多士大夫都是儒道释兼修的典范。

宋元时期儒、佛、道融合的思想是以教化和用世为基础的,各种佛教理论已不同程度加以儒学化、世俗化乃至工具化,融合之后的佛教,其精神内涵已在不觉中与儒道文化转换,这在一定意义上也在诠释着佛教的衰落。这是随着时代发展,佛教自身发展的一种需求。而这种融合,对于明清佛教的发展有着深远影响。

南宋时期，禅宗随着政权的稳定而呈现出相对兴盛之势，但就社会层面而言，禅宗的问题却层出不穷，这也从侧面表明了中国汉传佛教在隋唐鼎盛之后的整体颓势。

首先，僧众的素质问题。禅宗的丛林经济在五代之后快速膨胀，特别是宋代，受商品经济发展、货币资本渗透的影响，寺院经济客观上影响了僧众的清修，"以清贫为耻，以厚蓄为荣"的风气严重腐蚀了僧众素质；而鬻牒制度的继续推行，使得原本作为荣誉象征的紫衣、师号成为明码标价的交易，由此导致丛林内部的僧众素质普遍下降。

其次，轻视佛教经典，禅思想创新不足。南宋时期，禅宗为中国汉传佛教的基本走向奠定了基础。但与此同时，禅林整体上以历代祖师语录和有争议的公案为修持依据，对佛教经典的轻视、禅思想的僵化，都严重阻碍了禅宗思想的创新。南宋时期虽有大慧宗果、宏智正觉等高僧的"看话禅""默照禅"等新禅法出现，但禅宗整体上日渐衰落，后人的"说法""语录"也不过是不断重复前人的语句而已。

再次，封建专制下的沉重赋税。南宋时期国家财政紧张，除自身消耗外，还有沉重的"称臣进贡"的经济压力。佛教寺院便成为征收税赋、扩大政府收入的重要场所。佛教寺院与世俗土地所有者一样，必须承受封建国家的二税，即夏税和秋税，同时还有随时而至的"和籴与和买"的征敛压迫和科配等肆意骚扰。僧人往往变相成为寺院丛林经济的直接劳作者，而忽视了自身修禅的本业。

最后，禅宗内部政治色彩浓厚。临济僧人佛日克勤、大慧宗杲，上天竺若讷、灵隐慧远、德光等禅门名僧，都与上层统治者保持着密切的联系。禅宗内部政治氛围的转浓，不但激化了禅宗内部的派系斗争，而且限制了禅宗固有的自由洒脱精神的发挥，所以虽然迎来了禅宗一时的隆盛，但从长远来看，却成为禅宗缺乏生机以致衰落的重要因素。❶ 禅宗浓厚的政治色彩，既破坏了禅宗内部严谨的修持环境，也不利于禅门思想的创新，遗留下严重的弊端。

3. 明

明代虽未大张旗鼓禁佛，但帝王对僧人的态度并无礼遇。明英宗排斥佛礼，轻视僧人，还以梁武帝崇佛为反面教材。明嘉靖九年（1530），世宗诏令礼部，将明初高僧、政治家姚广孝配享成祖的牌位，从太庙内移出。对佛教徒持枢斥态度则显而易见。此外，嘉靖十六年（1537），世宗还下敕"各处寺院

---

❶ 李利安：《明末清初禅宗的基本走向》，《中国哲学史》1999年第3期，第72页。

年久宫殿,任其颓坏,不许修葺",也反映出佛教在皇权面前的失宠与自身政治地位的衰落。

直至神宗初年,佛教终于再次为统治者眷顾。内宫、僧人集团、崇佛士大夫及民间奉佛大族,在佛教这一精神纽带维结下,成为一隐形的利益共同体,是晚明僧人借世风转变而中兴佛法之关键,并呈现出人间化、大众化、通俗化的普世性格。晚明的狂禅思潮突破了程朱理学的规矩绳墨,为思想界和文学界带来了活力。但是狂禅派这种狂放思想、不加约束的行为方式,也产生了弊端。

所谓"一花五叶"至明末,实际仅存临济、曹洞两宗维系禅宗命脉,其余三宗均已不闻,而临济、曹洞两宗也几乎是临济一宗独大的局面。

4. 清

清代朝廷虽昌明程朱理学,但因对喇嘛教的信顺,并无排佛。清帝中,有心于禅宗者唯世祖顺治与世宗雍正祖孙二人。

雍正对他自己的禅学素养是颇为自负的。但清朝实施文化专制主义的干预,禅宗反对权威崇拜的超越精神,雍正一朝对禅宗思想有诸多打压。所编有《御选语录》《御录宗镜大纲》《御录经海一滴》以正面阐述雍正作为统治者的禅学思想倾向,以利于愚民、弱民政策实施。禅宗成为帝王维护传统秩序、巩固封建专制的工具。久已衰颓的禅宗却也就濒临绝境了,禅宗思想及其对中国文化的渗透真正成为强弩之末。且这种沉寂持续了近两百余年,直到近代,佛教才迎来了新一轮复兴运动。

5. 近现代

新文化运动兴起以后,此间主要由于科学主义兴起,宗教的社会影响减弱,佛教逐渐"回归"到了宗教文化和学术文化的本位上。

近现代佛教复兴运动的领袖太虚大师(1890—1947)于民国初年提出的人生佛教。太虚大师提倡的人生佛教、人间佛教,本质上是一场思想革命,其出发点是对明清佛教"非人间性"之弊病的反省批判。宋代以来的佛教在政府严格管制下,被定位为只管出世的文化形态,佛教愈来愈是非现实人间的侧重出世的文化。人间佛教,在太虚心中就是重在实践服务人群的大乘"菩萨行","以佛教的道理来改良社会,使人类进步,把世界改善",建设"人间净土"。

由于南禅曾创立具有中国特色的"百丈清规",太虚继承了《百丈清规》的"旧议",管理制度与精神一脉相承。在他的论著《中国佛学》中提出"中国佛学特质在禅"的论断。

（三）禅对中国文化的影响

第一，从中国宗教信仰的角度讲，禅宗的形成对于佛教的意义是非宗教化，使得佛教越来越不像宗教。所以世界上很多学者都指出，禅宗是一个最不像宗教的宗教，主要表现为：（1）破除偶像；（2）瓦解制度；（3）去除修行；（4）把宗教信仰者引向生活化。

第二，在传统士大夫的人生观和价值观上，禅宗实际上对于儒家的精神世界是一种补充，也是一种补救，使得士大夫可以在责任和放任、入世和出世之间找到一种自我协调、自我放松的方式。

第三，在语言方面，世界、智慧、缘分、刹那、顿悟、障碍、解脱、因果、彼岸、慈悲、心猿意马、当头棒喝、冷暖自知、唯我独尊等很多词语或成语，来自于佛教，这些词语早已深入我们的文化、生活、学习、潜意识之中。

第四，在文学方面，禅与诗之所以相互沟通，在很大程度上取决于都注重主体内心体验，都重视启示性和象喻性，都追求弦外之音、言外之意。唐代诗人中，确实有不少堪称大家的诗人都涉足宗教。李白以崇道家著称，且有"宴坐寂不动，大千入毫发"之句；杜甫堪称崇儒诗人，且有"身许双峰寺，门求七祖禅"之叹；白居易由于仕途艰危以"香山居士"自称。白居易在《赠杓直》诗中说："早年以身代，直赴逍遥篇，近岁将心地，回心南宗禅。"王维著名的禅理、禅趣诗《终南别业》："中岁颇好道，晚家南山陲。兴来每独往，胜事空自知。行到水穷处，坐看云起时。偶然值林叟，谈笑无还期。"

第五，在艺术方面，禅与士大夫那种追求适意自然的人生哲学与追求幽静清远的审美情趣相融合，促成了中国式的艺术思维方式的产生。禅宗思想中的自然成为士大夫绘画艺术的一种极至，"出乎天然，率竟天成"的作品总是被列为"神品"或"逸品"。文人从"不立文字"的禅宗中受到启示，认为笔法简练为艺术的最高境界之一，自觉以最简省的笔墨获得最大的艺术效果，以增加想象空间。禅宗的主要表达方式即为含蓄，而艺术贵在含蓄，"境有尽而意无穷"。

蔡元培先生认为："一民族文化，能常有所贡献于世界者，必具有两条件：第一，以固有文化为基础；第二，能吸收他民族文化为滋养料。"

《坛经》说："见一切法，不著一切法，遍一切处，不著一切处，常净自性，使六贼从六门走出，于六尘中不离不染，来去自由，即是般若三昧。""众生各各自度，邪来正度，迷来悟度，愚来智度，恶来善度，烦恼来菩提度。"

三、禅文化与国民品格塑造

人是"文化动物",不同的民族文化特质塑造了不同的民族精神和国民品格,中国传统文化特质塑造了中华民族的民族精神和国民品格。

不同于西方文化,天人合一、顺应自然是中国文化处理人与自然关系的基本精神。其基本思想是心即天、天即心,天道与人道相统一,求知和修善相一致。

(一) 中国国民性的基本特质

向内超越、入世、求实进取。西方文化重视向外超越,所以不断地求知识以达到无限或接近无限,以期征服自然、支配自然,用改造环境的手段来满足自己的愿望,用向前奋斗的态度实现自己的生活理想。西方文化的倾向是征服世界。中国传统文化重视向内超越,儒家讲"内圣外王""修齐治平""要言妙道不离人伦日物""正德、厚生",道家文化讲"无为",与禅的思想有契合之处,认为每个人都有佛性或良知,可以成为圣人或佛,超越自我,造就圣人。

这种文化重视内在旨趣,渗透于民族精神之中,就表现出正视现实,讲究脚踏实地、按部就班、循序渐进,关心社会现实的人生态度与实践,反对华而不实,与禅宗的人生态度是一致的。但都不太重视对自然的探索,具有一定缺陷。正如庞朴先生所说,"人文主义"是中国传统文化的一个最主要特征,或曰本质特征。

重视"形而上"、忽视"形而下"。先秦时期有"六合之外存而不论"之说,相较于西方实验科学精神,中华文化传统中"理性主义"薄弱,重"人事",重"仁、义、礼、乐",关心"修身、齐家、治国、平天下",局限于"形而上者谓之道""形而下者谓之器""德成而上,艺成而下"的观念,生产实践的科学化进程相对缺失。

道德操守上崇尚德操、德智分离、义利分离及泛伦理主义杂糅并存。汤一介先生认为,中国传统文化具有道德直观的理性主义色彩。自知之明强调从道德的角度强化自我认识和自我反省。"圣贤气象",关心人伦纲常。"天人合一"求统一、求和谐。于是,中国人重视集体,忽视个人;重视义务,忽视权利;重视道德,忽视名利;重视共性,忽视个性;重义轻利,空谈心性,轻视实践,偏重向内心寻"天理"致"良知",是禅宗心性论的萌生土壤。

"和"是中国哲学的重要范畴,中庸、中和、和谐、和平。"中庸之道,和者为贵,以融为上。中者,不偏谓之中;庸者,不易谓之庸。中者,天下之正道；庸者，天下之定理。""和而不同""执两用中"标志着"中和"思想的形成。"君子和而不同，小人同而不和"，"万物负阴抱阳，而冲气以为和"都是讲人与自然和谐相处之道。佛教讲轮回，而不是用对抗冲突的方式方法解决问题。其实质都是讲"和"。儒、道、释有其相通的核心价值——"和"或"中和"。文化生活主张"择善而从""兼容并蓄"；治国思想主张以礼治国，"和谐世界""和衷共济"，反对侵略，反对扩张，与禅宗贵生的思想是统一的。而历史上，古罗马帝国、奥斯曼帝国、荷兰、西班牙、葡萄牙、英国、德国、日本、俄罗斯和美国，都走过侵略的道路。

乐观主义的人生态度。禅文化认为艰难、困苦、挫折、逆境等本来就是人生应有之义，倡导丛林生活，努力坚持。中华传统文化"乐以忘忧""盛极必衰"、"否极泰来"，倡导与世无争、豁达乐观、知足常乐、安于现状、安贫乐道。英国哲学家罗素曾说："中国人似乎是富于理性的快乐主义者，这一点与欧洲人不同。"中国人生活态度乐观向上。在出世与入世之间获得一种平衡。

"天行健，君子以自强不息"的刚健有为。中华民族吃苦耐劳、自强不息，中华文化延绵不绝，离不开内在的自主意识、凝聚意识、忧患意识、务实精神、宽容精神。中国古代朴素系统论常变相参的思维，也是佛学得以融入传承的原因，三教融合，这种情况趋向巩固。但在另一方面，也存在创新精神不足的弊端，缺少西方探求终极真理的科学精神。

（二）禅文化对国民品格的影响

1. 心灵哲学

中国古代社会有一个引人注目的现象，即佛法自空门释子涌入居士文人之间，佛学也由来世往生、极乐净土为终极追求的外在超越和即心是佛的内在超越，转变为对现实世界的终极关怀。中国知识分子无论是信佛、用佛，还是排佛，或我注佛经，或佛经注我，都表现出对佛学的极度热情。佛教人生皆苦的价值判断，无常、无我、万般皆空的理论思辨恰好适应了知识分子心理需要，既能宣泄心中不平，又能引导思索"幻灭""无常"的原因。禅是一种心灵哲学、精神哲学。

在禅的人生价值体系中，经历了获罪、贬谪等人生磨难、处于人生的困境之中，或者阅尽人间沧桑、饱谙了人生况味的士大夫，对禅理有更深刻的理解，更能参悟其中真谛。王维、柳宗元、苏轼、王安石、刘禹锡等以禅门空观来淡忘政治斗争风波对其心灵的伤害。家国之痛与身世之感使鲁迅、瞿秋白等现代作家在包括佛教在内的哲学、宗教中找到了心灵的慰藉。超拔奇伟、不拘一格的想象力，静观默照、直觉顿悟的禅宗思维以及明智通达、理而有情的慈悲境界提供了人生态度。佛教的慈悲为怀、平等包容、先人后己等精神融入人格理想。在精神追求上坚持坚毅不屈的精神，以苦修来实现自我超越，在绝望中寻找希望，在孤独中独自前行，对社会饱含悲悯。

在近代，佛法的空无旨趣、众生平等的信念、万法唯心的心性学说和普度众生的菩萨行，突出表现为强烈的社会批判意识、争取民权的平等要求、实现个性解放和意志决定论的倾向，以及救亡图存的历史使命感。

2. 自立自足

担水砍柴，无非妙道，吃饭穿衣，即是佛性。禅修悟境与日常生活结合到一起，使得佛教实实在在立足于现实土地之上，变成了人间佛教，具有入世情怀和脚踏实地的精神。

"民可使由之，不可使知之"是孔子的观点。中国禅以众生的真我作为禅的核心。"自性"成佛的真因。禅的智慧促成"自我"在精神领域的超脱，是人性经由自我体验的实现，见性成佛。因此自性、自心是觉悟的、活动的生命过程，不是纯思辨的精神实体。禅者克服一切困难，以慈悲的道德原则为本，强化自足品格，养成勤劳、朴实、节俭的品格，对现实人生和事业的精进精神。而焚书毁经、呵佛骂祖呈现出获得精神力量，即自性后的无畏、崇善与自尊。

3. 清净、自由、自在

学禅是希望我们的生命更轻盈，摆脱负担，真正生活在一个自由自在的状态中。身心清净包含：六根清净——眼耳鼻舌身意的清净；行住坐卧的清净——行仪端庄、进退有据；人际间的清净——与人交往，热情主动，常存体谅，心怀感恩；见解上的清净——积极乐观，具正知正见，不偏激、不消极；心田识海的清净——拔除心田的杂草，让功德的禾苗生长，使之成为净土的园地。

4. 把握当下、直面现实

惠能的主要教义之一便是"不立文字"。他认为修行因人的智慧和体验才得以建立，根源应到人的自性中去寻找，要求人们抛开一切束缚，在内在体验中亲自实践并将禅宗思想融入生活、融入现实、融入实践，直接在生活经验中领悟生命真谛的思维方式，构成了禅的独特的修行方法。而要了解禅的本质，就必须亲自体悟生活、把握当下、直面现实。

5. 自利利他、自觉自律

"自利利他"的思想是佛教的一个重要思想。佛教强调"慈悲为怀""平等利他""解行并重"，既注重智慧的开发，又重视实证的修持。大乘佛教慈悲喜舍、利他益世的精神和儒家立己达人、博施济众的仁恕之道相通。菩萨道的自利不是获得现世的物质利益，而是为了克服贪嗔痴，弃恶修善，净化自我，提升自己的人格。菩萨道的利他，不是为了获得受利者的回报，而是积累功德，成为证得佛菩萨果位的资粮。强调人道即佛道、人成即佛成。

佛门的自我教育包含学习、充实、反省、忏悔、认错、禅思、自我观照等，行佛则涵盖慈悲喜舍、奉献服务、与人为善、义行仁道、尊重包容、惭愧感恩、与时俱进、胸怀法界、同体共生、佛化人间等。

6. 直觉思维

顿悟等直觉思维方式是情感体验层次上的意象思维，个性化特征明显，个人的情感需要、评价和态度颇为重要。正是由于过于依赖情感直觉和内在体验，导致中国人的思维缺乏公理化、概念化的思维传统，相对模糊。这是因为在农耕文明时代，当时的人类只能通过直觉来领悟自然界和宇宙。中国人的许多概念、命题歧义丛生，正是这种思维造成的。中国的直觉思维在中国文化传统的发展史上占有重要地位。但是，缺陷也被暴露：模糊性、神秘性，导致马马虎虎、不求甚解、得过且过之类的弊端。

四、当下禅学发展展望与国家核心价值观传播

习近平总书记在中共中央政治局第十八次集体学习时曾强调："对绵延五千多年的中华文明，我们应该多一分尊重，多一分思考。对古代的成功经验，我们要择其善者而从之，其不善者而去之的科学态度，牢记历史经验，牢记历史教训，牢记历史警示。"传统文化对时代精神以及社会主义核心价值观的影响是全方位多侧面的。

佛教文化具有教育教化、心理调治、福利慈善、环境保护等特殊的社会功能。马克思主义者为了人民的根本利益而忘我工作，无私奉献，甚至不惜流血牺牲，这些也都与佛教，特别是大乘佛教自利利他、自觉觉他、普度众生的菩萨精神颇相契合。

当代人间佛教的开展，对于提升佛教信众的文化素质，安顿佛教信众的精神生活，抚慰社会竞争中产生的心理紧张，无疑具有非常重要的意义。禅进一步与社会主义共同理想和核心价值观充分融合，将极大激发广大佛教信众参与建设有中国特色社会主义伟大事业的积极性和创造性。禅作为人类文明的产物，具有极为丰富的文化内涵。禅不仅具有圆融不同理论和观念的深奥义理，而且具有与各种异质文化和谐相处的宝贵经验；禅不仅为国民提供了一个无比广阔的精神空间，也必然对核心价值观的传播做出重大贡献。社会主义核心价

值观对于禅教理教义的现代性提供了新境界。

社会主义核心价值观作为一个科学的体系，其各个方面在当代佛教中都有或可以有很具体的体现。把我国建设成为富强、民主、文明、和谐的社会主义现代化国家，实现中华民族的伟大复兴，这是在社会主义初级阶段包括广大佛教信众在内的中华各族人民的共同理想。这一理想与禅"庄严国土，利乐有情"的宗旨具有一致性。富强、民主、文明、和谐是对中华国土最好的庄严。禅将认真修行而促成外在环境的充实、美化和提升称为"庄严国土"，也是修行者通过自度、度他，自觉、觉他的菩萨道而走向觉行圆满（成佛）所必须积累的功德。禅者的修行与践行核心价值观是一致的。

利用禅话语表述社会主义核心价值观具有多方面的意义。

一者，可以使社会主义核心价值观对广大信众发挥切实的指导作用。禅作为一种独立的宗教文化形态，其独特的话语系统和言说方式经过漫长历史时期的积累，已经深入到广大信众的思想世界，成为信众感受事物、界定自我、体验意义、衡量价值的内在依据，利用禅的话语进行表述，非常有利于社会主义核心价值观被信众接受，与禅思想观念实现会通和融合，从而对信众产生真实的影响。

二者，可以引导禅对自家的教理教义进行符合时代特点的诠释和解说。利用禅的话语表述社会主义核心价值观，本身就是禅在新的历史条件下对教理教义的一种发展，是禅积极接受时代影响、自觉接受时代洗礼、适时实现自我发展的一种体现，必然可以促进禅学进一步地深入审视自家的教理教义，展开对教理教义的重新诠释和解读。

三者，还可以为宗教与社会主义相适应提供一个成功的范例。在各种宗教中，禅在与社会主义相适应方面的成就是非常显著的，利用禅的话语表述社会主义核心价值观自然可以促使各种宗教反观自我，在自家话语系统中寻找社会主义核心价值观的表达方式，有利于形成"一个道理，各自表述"的社会主义思想文化格局，实现主流意识形态和各种宗教文化实存之间的"异口同声"与"异曲同工"。

丝绸之路，农耕文明时期的国际性大商贸

中国古代的丝绸之路主要有四条通道：其一为"沙漠丝绸之路"，从洛阳、西安出发，经河西走廊至西域，然后通往欧洲，也称为"绿洲丝绸之路"；其二为北方草原地带的"草原丝绸之路"；其三为东南沿海的"海上丝绸之路"；其四为西南地区通往印度的丝绸之路。其中，草原丝绸之路东端的中心地在内蒙古，这里是草原文化的集中地。

草原丝绸之路是指蒙古草原地带沟通欧亚大陆的商贸大通道，与传统意义上的"丝绸之路"相比，草原丝路分布的领域更为广阔，只要有水草的地方，就有路可走，故草原丝绸之路的中心地带往往随着时代的不同而不同。

草原丝绸之路主要包括三个部分。

阴山道：由关内京畿北上塞上大同、云中或中受降城。

参天可汗道：由塞上至回鹘、突厥的牙帐、哈尔和林。

西段：由哈拉和林往西经阿尔泰山、南俄草原等地，横跨欧亚大陆。

其中，广义的参天可汗道包括阴山道，其前段称阴山道，后段称参天可汗道。

草原丝绸之路，是商业自身的生命力，如同草儿在沙漠中求生，一丝生机尚存，就要开花结果，繁衍生息，是本能，也是发展进化使然。

草原丝绸之路，无论经历战争、抢劫、杀戮，无论多少人为之亡命，多少商家为之倾家荡产，甚至国家间为之鏖战，有的国家为此亡国，但这条商路始终绵延不绝！商贸不仅是贸易，满足不同的物质需求，赚取着数倍、几十倍甚至百倍的利润，同时也是人类彼此的守望和文化的吸引！

人类相互排斥，也相互吸引！人类的战争与和平、杀戮与友谊都是人性中的这一矛盾的结合！人类要获取永久的和平，看似是不可能的，如资源的稀缺，生存空间的竞争；战争看似不可避免，其实是资源配置不均衡、开发不合理导致的。目前的资源与科技，可以让全人类都过上衣食无忧的生活，在未来智能时代，更是可以实现人人小康；人类长期的战争，同样不可能，不同特质文化有融合的冲动与需求，种族之间也有彼此吸引，更为关键的是人性中有着天然的悲悯心，避免了无端的杀戮。这就是人类史——战争与和平交错发展，和平是主流、主体！

草原丝绸之路承担着东西方政治、经济、文化交流的重要使命。

人类要获取永久的和平，一是人类物种进化，基因改良！这是漫长的人性精进的过程，千万年之久，抑或未可知；二是商贸，全人类同一商圈，商业既让人类竞争，又满足彼此需求，实现共赢，实现了人类多重需求！问题在于商贸的规则，谁来制定，为谁制定？

其实"二战"以来，特别是冷战之后，这几十年的纷争的主线就是商贸规则，中美、中欧、中非、中拉、中日……毋庸多疑的美欧、欧共体，无论表现形式是政治、意识形态，还是文化，凡此种种，其本质都是大商贸问题！

有商贸规则必然就有辩争，但辩争总比战争好！

丝绸之路，就是人类农耕文明时期的国际性大商贸！

这就是草原丝绸之路生生不息之所在！这就是人类的本能与商业的特质高度契合而成的文明壮举！

2017 年 10 月 6 日于包头机场

儒学四海根深叶茂，中华文化生生不息

此次马来西亚之行，看到儒学海外研究的精进，看到两岸及港澳的学者和思想者亲爱融洽，儒学是世界华人的血脉，无论流落何方，无论入籍何处，在心灵最深处，祖国大陆才是灵魂的栖息之所。

此行马来西亚华人给我三大深刻印象：一是个个汉语之好，堪比国人；二是华人精英之睿智让人欣慰；三是儒学人才济济，思考之深邃，学术之精湛令人感佩。

马来西亚的华人个个会说一口流利标准、几乎没有口音的普通话，除此之外，还能讲家乡话（如粤语、闽南话），他们很多是明末清初甚至郑和下西洋前后移民而来，孤悬海外600年尚且不忘母语，可见中华文化之坚韧。

出席会议的当地人士丹斯里李友金、拿督斯里郑金财等人的发言，让我们看到中华文化谦和儒雅、斯文从容，他们在某种程度上代表着古典中国人的精神与风貌，特别是马来西亚国防部副部长刘镇东关于《新时代的马中关系》一席谈，他谈到了华人在马来西亚的政治发展，半年前竞选局势及马中关系展望，特别谈到中国政府东南亚外交应当摒弃基于华侨特殊视角，这样华人才会更有政治作为，见解颇为深刻。

华裔学者马来西亚南方大学校长祝家华先生所作报告《朝向儒家德治民主：商统与良知上议院——从牟宗三"良知自我坎陷开出民主"谈起》，把新儒家治国思想梳理得甚为透彻。

这次会议，又看到汤恩佳先生，85岁高龄，放着亿万身家不安享晚年，却几十年来摩顶放踵传播儒学、儒教，近日又为香港孔庙捐资2亿港币用以弘扬儒学；我每次参加儒学相关会议，不管规模大小总能见到汤先生，真可谓为儒学鞠躬尽瘁！

台湾"中央大学"林安梧、新加坡南洋理工大学孔子学院院长梁秉赋、日本SBI大学院大学经营管理研究科副教授细沼蔼芳等学者都有非常精彩的报告！

特别感谢中山大学哲学系原系主任黎红雷教授，他具体对接各方，组织本论坛，并作报告《当代儒商的宗旨与使命》，深刻精到。本人作了《中国管理哲学视野的儒商文化》的报告，以示支持与响应。

2018年8月12日于吉隆坡

客从何处来

1. 慎终怀远

我是谁？我从哪里来？要到哪里去？这个问题看似沉重，实际上是每个人都关心的。随着年龄增长，每个人都越来越关心自己的归宿，从心灵归宿、思想归宿，到血脉归宿，所以，我们今天来探讨一下。

前些年，我们老家修家谱，找到我时，我说"支持啊，一定要把家风传承下去"，所以，我来支持修家谱。现在，家谱修好了。修这个家谱，就是让我们明白，我们是从哪里来，最后又将归根何处。现在叶落归根，可能不像古代那样可以告老还乡，大部分人都留在所在城市，回到故乡、家乡的比较少了，但修家谱、传承家风依然非常必要。家谱是我们生命来龙去脉的一个记录，也是对我们灵魂归宿的梳理。所以，修家谱需要大家重视起来。

我们知道，家谱中很多先人都离我们而去了，但先人的血脉、生命，还在我们体内，还在我们这一代、下一代、下下代中传承、继续。我们继承了祖先的容貌、体格、做事的方式，同时，也提醒自己要好好努力，不要给先人丢脸。特别是在陕西、山西一带，辱没先人是一件很不得了的事，是进不了祠堂的。

我们每年都会给已故先人扫墓，要摆贡品、香烛、烧纸钱，跪地叩首，向祖先汇报这一年或最近的所作所为，告慰先人，我们没有辱没他们，我们继承了他们的衣钵、家风、做事精神，告慰先人的在天之灵。同时，也感谢先人对我们的护佑。现在在乡下还特别重视这些，因为先人要护佑三代。所以，我们对先人的祭奠一直没有停止。

清明节是怀念、纪念、效法先祖和继承先祖美德的一种祭祀活动，确实给社会带来了和谐。从历史中，我们可以看到，家风、乡风给社会带来敦厚之风，带来和谐并代代相传。我小时候，生活在村里，有威望的人都会去协调农村邻里之间发生的事，这样就可以让乡村越来越和睦。所以，乡村也变成了一个礼仪教化之地，有利于长治久安，有利于弘扬孝道美德，最关键的一点，是可以唤醒家族记忆，让家人、族人能够更加团结，有归宿感，有凝聚力。

2. 一个来自银河的你

下面，我和大家聊聊汉民族。汉族的称呼是怎么来的？根据历史学家许倬云先生等考证,"汉"族的自称来自汉朝。在公元前 202 年,刘邦建立了汉朝,东西两汉四百余年,是第一个最强盛的王朝。

那么,刘邦建立汉朝的"汉"字又是怎么来的?说起来,可能很多人不清楚,"汉"这个字原来指的是星系,银河系。在《说文解字》中对"汉"字有解读,水有大小,泉水刚出山时,水流较小,称为"漾",多股泉水汇成浩浩汤汤的大水流后,便叫"汉"。最早"汉"这个字是指天上的水,因为当时农耕民族都缺水,特别是遇到干旱的时候,要祈雨,雨从哪里来?从天上来,天上的水从哪里来?从天河来,天河有没有?有。天气好的时候我们抬头看星空,还能看到在浩渺的星空,有一条浩浩汤汤的河,这条河就是天河,就是我们今天所说的银河。它呈带状横在天上,有的地方"水流湍急",有的地方还有"暗礁、港湾",这条大河就是"汉",也就是说,原来的"汉"指的是星系,银河系。

这个银河系和汉朝是什么关系呢?关系在于,当时刘邦推翻秦二世之后,被项羽封在汉中这个地方,这里有一条水,河流很像天上的河,天上的河为"汉",地上的河就被称为"汉水",汉水这个地方流经的区域称为汉中。刘邦被封在汉中,所以,他就以"汉"作为大汉王朝的国号,这就是汉朝的来源,也是汉民族的来源。

汉民族为何在汉朝形成呢?原因很简单,汉朝四百余年,太强大了,尤其是汉武帝东征西讨,平南城,战匈奴,收西域,成为亚洲第一强国,第一大国,而且当时汉朝的贸易很发达,张骞出使西域,打通丝绸之路,所以,西域包括西亚的人都来到中国做生意,当时百越人也来中国做生意,进入中原后,发现中原的文化确实非常成熟完善,这种文化是一种高度文明,他们也认同汉朝的文化、文字,这就是汉民族的来源。

简单地说,就是拥兵汉水,自立汉王,建立汉朝,树立汉的文明,包括汉字、汉语、汉文化,这就是我们这个民族和"汉"的关系。所以,我们每一位都是"来自星星的你",来自"银河"的民族。

3. 冕服采装曰华,大国曰夏

华夏和中国。汉族以前称为华夏民族。华和夏是什么概念呢?华和夏是相通的。华是指美丽、华丽,服饰雅致漂亮;夏是指得体,儒雅斯文,我们穿的服饰华美儒雅,称为华夏。在《诗经》中:"冕服采装曰华,大国曰夏。"这是华夏的本意。

华是一个族群,夏是一个族群,后来两家合并,称为夏。诸华、诸夏,最后的核心归为夏,夏是什么呢?夏是一个很大很大的部落联盟,当时没有国家，就是部落联盟。夏里有很多部族、氏族，有夏后氏、有扈氏、有男氏、斟郡氏、彤城氏、褒氏、费氏、杞氏、缯氏、辛氏、冥氏、斟戈氏，共十二个。现在是有名有姓，没有氏了，当时在古代，是有名有姓还有氏，因为姓很大，姓下又分氏。在国家统一之前，已经有了夏这个主体民族，其中有很多部落。

公元前23—前22世纪，夏族开始在黄河中游、洛河流域崛起，逐步融合其他小民族。当时出现了民族英雄大禹，大禹治水，避免水患，使国家繁荣昌盛。同时，他还做了另外一件事，特别有价值，他铸了九个鼎，九鼎铸成，象征九州，形成了国家的概念，分划地域。所以，禹铸九鼎的意义在于，标志夏部族开始由血缘关系向地缘关系转化，也就是说，它不再是血缘关系的部族，九州之内都是我们的乐土，就逐步形成了地缘、国家的概念。

夏朝是大禹的儿子夏启建立的。夏是什么意思呢？中国之人也。当时，夏朝的核心地带在中原地区，当时的文化，中原服饰、礼仪、典制，在世界，特别是在东方，都是最先进的。到春秋时期，还没显示出自己的尊贵，西周就觉得自己很高贵了，因为其他地方还处在刀耕火种、茹毛饮血的时代，而我们已经开始有国家、有文字，有自己的政权了。

4. 宅兹中国

有了华夷之辩后，我们的自尊心、自信心就越来越强了，我们开始和他们分类了。我们居住的地方称为中国、中心，其他地方称为四夷、四方，以北狄、南蛮、东夷、西戎相区别。蛮夷狄戎，都是说他们的文化还未开化，没有受到文明的熏陶。所以，这个时候，中国与四方已经开始区别开来，这种意识对于自己的民族文化特征是一种自豪、自信。这种自信就表现在我们的国家政体、组织形式、文化、城市建设等方面。华夏民族从此而来。华夏就成为我们这个民族的代称。今天，无论汉民族，还是其他民族，共同组成了中华民族。

我们再来分享什么是"中国"。"中国"这个词最早是从何尊而来。何尊是周成王在位五年时迁都洛邑（今洛阳）时铸的尊，上面有12行122个字，其中最关键的一点在于，第一次提出"中国"概念，"宅兹中国"。"中国"概念第一次被提出来，在公元前1307年左右。所以，"中国"的概念距现在大约有三千年之久。

那么，"中国"到底是指哪里呢？其实，主要指中原地区，包括河南及山西、安徽、河北、山东的一部分，中国之外属于四夷，当时面积较小。中国的中心在哪里呢？在河南登封市，当时为嵩山阳城，就是今天的登封位置，将这里称为地中，就是中国的中心。当时人们的科技有限，对世界认知有限，认为这里是地中，对应的是天中，以北极星为中心。当时还认为天中、地中是对应的，是人神交汇的地方，是君权神授的地方，君王祭天要来这里。所以，这个地方就称为地中。登封就有"天地之中"的称呼。2010年8月，"天地之中"申遗成功，被联合国列为世界文化遗产。所以，河南有句话："天地之中，老家河南"。

5. 五星出东方利中国

大家可能都听过这么一句话："五星出东方利中国。"1995年10月，中国和日本的学术考古队在新疆和田地区民丰县尼雅遗址发现一条长18厘米、宽12厘米的汉朝蜀地织锦。锦上有八个隶书字："五星出东方利中国"。这个织锦我在北大博物馆见过，是北大从新疆博物馆借来展示的。

"五星"是指金木水火土五大行星，东方是指天穹，天空中的某个位置。"五星出东方利中国"，是指五颗行星在天空中某一个位置同时出现时"利中国"。中国在当时已经是稳定的概念。五星聚会是对中国有利的，因为这种现象很少出现，当然，这是一个天象学概念。何时出现呢？据天文学家预测，是在2040年5月9日北京时间中午12点。那个时候的光线太强，我们看不到五星聚成一条线。

确实，再过20年，中国肯定会获得更好的发展，中国正走在民族复兴的大道上，正走在蒸蒸日上的征程上，我们的前途可以说是星辰大海。所以，在这个时间，我们来解读我们的民族，解读我们的国家、我们的文化，就是想告诉大家"我们从哪里来"，来自于东方一个非常伟大的民族，诸夏、诸华、华夏。

我们来自于一个伟大国家——中国，我们居四海之内，天地之中。这个国家产生过非常灿烂辉煌的文明，为世界古文明做出了巨大贡献。今天，我们有这样的文化自信，我们可以坦然面对国际风云，面对疫情，面对国际竞争与纠纷。

管理钩沉

经世致用的儒学之政统与学统

在以民主为归向的当下政治实践中，儒家的政治智慧是否还有其现代意义？

一、通经致用的年代

西汉时期董仲舒对儒家思想进行了发挥，增添了"君权神授"和"大一统"等思想内容，适应了君主专制中央集权的需要，汉武帝采纳董仲舒"罢黜百家，独尊儒术"的建议，儒家思想因而获得"独尊"地位，从此成为封建社会的正统思想。

元光元年（公元前134年），汉武帝令郡国举孝廉、策贤良，在内外政策上进行一系列变古创制、更化鼎新。

董仲舒以儒学为主体和外壳，以阴阳五行学为哲学原理，杂糅各家思想，建立起具有神学色彩的新儒学体系，用"天人合一""天人感应""君权天授""三纲五常""春秋大一统"等观点，将君主统治影射到天道上，天不变道亦不变，为帝王的统治提供了理论根据，为中国两千多年的封建君主制度和封建社会的秩序结构提供了初步模板，打下了牢固的基础。其代表作有《天人三策》《春秋繁露》。

二、王莽的悲剧与儒家的挣扎

"周王恐惧流言日，王莽谦恭未篡时，向使当年身便死，一生真伪有谁知。"

王莽独守清净，生活简朴，为人谦恭，师从沛郡陈参学习《论语》；服侍养母甚孝，行为检点。对内侍奉诸叔，对外结交贤士。四十八万民众及诸侯王奏请加赏王莽为安汉公，公卿大臣九百多人请求为其加九锡。于是，朝廷赐王莽象征至高权力的九命之锡。

新政侵犯了贵族豪强的利益，受到他们的反对和抵制。刘秀等起义军攻破长安，新莽政权垮台，王莽被杀。这就是王莽的一生。

三、心学与儒家新生

南宋朱熹是理学发展的集大成者，他认为"理"是宇宙万物的本源，是第一性的;"气"是构成宇宙万物的材料,是第二性的。他把"天理"和"人欲"对立起来,认为人欲是一切罪恶的根源,因此提出了"存天理,灭人欲"。

王阳明,明代哲学家,官至兵部尚书、都察院左都御史,精通儒释道三家,开创出了堪称儒学新局面的心学,被认为是可直追孔孟的圣人,他还领兵平乱剿匪,用极少的代价闪电般地彻底击败了数倍于己的敌人,是史上极少见的立德、立功、立言三不朽。

心学最不同于其他儒学之处,在于其强调生命的过程。中国的圣人学问开始"哲学化",便有新儒家的诞生。不过,回归往圣的本来面目,这才是儒家能对混乱的世局与世人展开的贡献。

陆九渊解说"宇宙"二字为:"宇宙内事乃己分内事;己分内事乃宇宙内事。"

陆主张"宇宙便是吾心,吾心便是宇宙",又倡"心即理"说。断言天理、人理、物理只在吾心之中。人同此心,心同此理。往古来今,概莫能外。认为治学的方法,主要是"发明本心",不必多读书外求,"学苟知本,六经皆我注脚"。(参见新华网江西频道陆九渊简介相关内容)

心学王阳明主张(四句教):无善无恶心之体,有善有恶意之动,知善知恶是良知,为善去恶是格物。

王阳明哲学力图纠正宋明以来程朱理学烦琐僵化的流弊,他洞察到道德意识的自觉性和实践性,将儒家封建道德建立在简易的哲学基础上,使人人可行。一切学问、修养归结到一点,就是要为善去恶,即以良知为标准,按照自己的良知去行动。

有故事说:有一年春天,王阳明和他的朋友到山间游玩。朋友指着岩石间一朵花对王阳明说:你经常说,心外无理,心外无物,天下一切物都在你心中,受你心的控制。你看这朵花,在山间自开自落,你的心能控制它吗?难道你的心让它开,它才开的?你的心让它落,它才落的?王阳明说:你未看此花时,此花与汝心同归于寂;你来看此花时,则此花颜色一时明白起来。由此点题:我心由我不由天。只要此心不动,如何都是安然。

若真心诚意想做王阳明心学的信徒,好好生活,好好做人,听到自己内心善的声音,听从内心良知的召唤,也就够了。

四、新儒家与儒家宪政

清初的黄宗羲、顾炎武、王夫之也从不同角度批判了理学,其思想在一定意义上反映了资本主义萌芽时代的要求,带有民主性色彩。龚自珍、林则徐等封建士大夫中的有识之士提倡"经世致用",引导人们挣脱"程朱理学"的枷锁,为"向西方学习"的新思想的萌发奠定了基础。

蒋庆要恢复建立儒家式的以精英为核心的王道政治,在民意(人)之外,再建超验价值(天)、民族历史传统(地)的三重政治合法性。汤一介的天人、知行、情景"三个合一"论,庞朴的"一分为三"说,张立文的"和合学",蒙培元的"情感儒学",牟钟鉴的"新仁学构想",陈来的"仁学本体论"等,这些都是新儒学在话语体系方面的建树与贡献。

当代中国新儒学倡导者们继续着老一辈新儒学所致力的方向,我们有理由有所期待,乐观其成。

总部经济是经济形态的创新

2008年全球经济危机以来，世界经济经过八年盘整，依然没有走出低谷，这是以往经济危机所没有的。世界学界关于危机内在因素是周期性还是结构性的分歧严重。中国经济受2008年全球经济危机拖累，结束了长期的高增长，关于危机内因周期结构的认知同样不一，策略是采取需求侧刺激还是供给侧改革也争执不下。

如果是周期性的，属于需求侧，其传统的三驾马车是投资、消费、出口；如果是结构性的，属于供给侧，其三驾马车则是劳动力、资本、创新，其核心是创新。

习近平主席在去年亚太经合会议上讲："要解决世界经济深层次问题，单纯靠货币刺激政策是不够的，必须下决心在推进经济结构性改革方向作更大努力，使供给体系更适应需求结构的变化。"

习近平主席提出了供给侧改革。

总部经济是世界经济全球化发展到一定阶段的必然产物，也是经济形态的创新。这符合世界经济结构调整与供给侧改革的需求，也是重要的手段。

总部是一种系统化的投资，可以卓有成效地整合全球可资利用的资源，集中投资决策，集中开发新技术，具有显著的溢出效应。总部经济掌握高附加值环节，在创意、重组、决策、指挥等关键环节配置全球资源，掌控全球经济的脉搏。总部经济还提供了一个直接与国际接轨的机制，超越了国际市场的各种限制性壁垒。总部经济自身的国际化水平不断提升，对于我国产业转型升级、发展方式转变、再造竞争优势、提高利用外资水平具有重要作用。

在信息化、企业组织"扁平化"和"柔性化"趋势下，总部经济发展成复杂的产业生态群落，向大都市圈层扩散。新兴城市顺应趋势，以总部基地的形式更新要素，改善投资环境，不断吸引全球高端要素、信息流、资金流，搭建起创新型、开放型全球化平台，吸引总部入驻，融入世界城市体系之中。

一国或地区总部经济发达与否，不仅是空间布局问题，更是全球化背景下产业竞争方式问题。总部经济改变了产业链的全球组织范式，标志着企业和地区在全球产业链条上的位置、竞争优势的大小、全球贸易利得多少、投资环境的优化、吸引高端环节的能力、产业链条的良性互动、跨界融合的微观机制。

在全球化发展趋势下，总部经济意味着占领了产业链的制高点，处于控制枢纽的地位，或意味着融入了国际市场，加速了本地国际文化的融合互动，自然在全球化竞争中占有较为主动的地位。在新常态背景下，结合区域比较优势，错位发展总部经济，树立动态的产业发展思想，是全面获取创新红利的前瞻性战略。

中国经济经过2012年结构调整以来，很多学者乐观地认为，2016年将完成初期调整目标。

经过2016年的探底，2017年、2018年经济或许将在新动力机制和新改革红利的作用下出现明显的反弹迹象，真正实现中高速增长，达到中高端水平。

期待总部经济在许总带领下有更大的作为。

（2016年6月9日在首届总部经济全球化峰会的发言稿）

中国人品格变迁与文明发展

今晚到影院看了新上映的《老炮》。

冯小刚把六爷的侠肝义胆拿捏得恰到好处,也把这种侠肝义胆的力不从心和心虚气短表现得淋漓尽致。

六爷的心脏病,是侠义文化在信息文明时代的命途所归,侠义文化的消失,不仅仅是最近的事。

1. 江湖的社会与人性的江湖:中国国民性衰变历程

纵览五千年的文明史我们看到,唐尧舜禹这些源头上的中国人,品格清澈,这是受公有共享制度所激发。唐宋时的中国人,雍容文雅,这是中央集权最成熟、最完美、最自信的时候。元代,中国文化受到毁灭性的打击。及至明清,中国人的品质大幅劣化,麻木懦弱,能动性降低,缺乏创造力。

春秋战国时期,救危扶困、路见不平拔刀相助、知恩必报、赴火蹈刃、舍生取义是当时社会基本状态。那时的知识分子,大都是理想主义者,他们不迷信权威,也没有思想禁区,以君王的师友自居,甚至将自己的"道"凌驾于君王的"权"之上,合则留,不合则去。

及至宋代,精明的宋太祖运用分权和制衡之术,消除了文臣在制度上对皇权形成威胁的可能。在专制集权的方向上,赵匡胤做到了他那个时代的极限。于是,宋人细腻、内敛,沉醉在案头书牍之中,在日复一日的浅吟低唱中把流光送走。

至元朝,残暴统治消耗掉了有血性、有骨气、有胆量的中原民族,中国作为一个文化体全面衰败,有"崖山之后无中华"之说。

大明王朝消除一切可能不利于江山稳定的因素,断绝与外部世界的一切联系,禁止海上贸易,闭关锁国,由官僚包办一切事情。在明代的专制基础上,清代皇帝积三代百余年努力,建立了中国历史上最缜密、最完善、最牢固的专制统治,把民众关进了更严密的专制统治的笼子里。

从元朝开始,潜规则开始盛行,厚黑文化开始滋生。到了明清,潜规则变成了显规则大行其道,不讲规矩成了常态。

2. 人性发展、制度变迁与文明兴衰

人类发展至今,如果从生物构造和基因变异上来看,我们和 7 万年前"类

人猿"的差异并不太大，但人与类人猿却有着本质的区别，主要在于认知模式的变化。

人类从生物范畴中脱离而独立存在，开始了抽象的思维，再也无法停止改变和发展。

于是，人性便是动物性与文明性两者的结合，即使人的发展意在不断地追求精神的高远，但动物性并未因此而泯灭，人性常常在二者之间游走，在两极端点时，动物性压倒文明性而嗜杀成性，文明性柔化了动物性而取义成仁，当然也有中间摆渡状态，直到今天。

人类社会的发展史就是祛除动物性、发展文明性的历史。

从管理学的角度来看，国家的兴衰其实是靠工具理性（科技）及价值理性（道德与文化）两个车轮推动，两个维度平衡发展，就会国泰民安，反之不是止步不前就是世风日下、道德沦丧。

社会的制度也是价值理性的一部分，甚至是最重要的部分，往往引领着价值理性的方向，但往往被革命者所忽略。自秦始皇废封建创集权专制，他们只能在道德上对当朝或前朝进行征伐，所以朝代的更迭往往改变的是坐在龙椅上的人，不变的依然是专制体制，并没有本质的变化。

孙中山先生的"五权宪法""三民主义"使中国开始走向共和，这是制度上的一次蜕变。

也正是这次制度革新，中西文明才开始全面交流融合，也才有了民国的文化、学术大繁荣，大师辈出，经典不断。

这与春秋战国的由国有走向私有一样，生产力的突破，引发了思想上的激荡，才有了百家争鸣。

制度的变革，引发文化的繁荣，这是规律。

3. 天人合一的思想与价值

在漫长的文明演进中，中国人的性格跟随着社会形态的变化而沉沉浮浮。

提到"扬弃"就不得不说最近流行起来的"文化基因"，在国人性格变动不居的状态中，我们进一步追问，所谓的文化基因有没有？如果有，那又是什么？

看看我们的群经之首《易经》。《易经》是在讲本体论，也就是在讲宇宙的原生动能是怎么形成的。古人通过观察日月星辰等天象，发现世界的动能是由能量的组合交换所产生。世界主要包含金木水火土五种基本要素，要素本身就显示出自有特质。金代表刚硬、阳刚，木是生发、生长，水是柔和，火是温热、升腾，土是承载、受纳。这五种要素相生相克，相生的时候产生能量，相克的时候牵制均衡,从而维系能量守恒的状态。这五种元素根本的动力,就是阴和阳,阴和阳的交换,也就是我们熟悉的太极图。我们进一步发现,阴和阳之间也不是绝对的,它这种交换表现出三大特征:易、不易和简易。易指世界通过能量的交换来进行运转,不易指能量交换的原则和法则是不变的,简易指交换的方式是通过简单交换来实现。实际上,是通过易、不易和简易来通读宇宙的发展。

天体运行的基本规律,我们称为"道";按照这种规律办事称为"德",这就是天人合一。孔子说:"为政以德,譬如北辰,居其所而众星共之。"顺应天道的为明君,违背天道的就是昏君。所以在中国没有神说,因为一开始就破解了世界运转的规律,只要按照规律办事,就是有道之人,有德之人。道是天道,德是民心。君王被称为天子,即按照天道而进行管理的人。我们看到,古代诏书第一句话常是"奉天承运,皇帝诏曰",顺应天道就是统治政权的法理所在,如果逆天而行,老百姓可以讨伐你、推翻你。所以,孟子的民本学说就很深入人心。

宋以后天人合一不再成为执政的追求,而成为一种噱头,成为皇家愚民的工具和道具。

思维模式认知的经典样本

再次来到这所房子，倍感亲切。每次到美东，到 NJ，都会入住这里。

这里是 Jinma 的家，一位商业思维独创者，在这里与他交流中美思维模式比较是一种享受，他跨越式的思维不断印证着我的研究结论。

他很早就帮我联系美国的媒体连载我的《思想越狱》(《极简文明史》)，我一直很消极，主要是整理文稿需要大量的时间，其次担心研究成果现在推出尚显粗糙，还需要时间的沉淀。

我希望不鸣则已，鸣则留声，开阔视野，补充新知，启人心智，激发昂扬。更为关键的是，能提高个人竞争力，赢得未来发展，以期参透历史规律，把握未来趋势；探索终极目标，实现自我价值！

人类文明的发展史就是不断提升人类文明性的历史。

人类的认知脱颖而出，开始了抽象的思维，人性开始出现，从此人类的进步再也无法停止。

人性是动物性与文明性两者的结合，人类社会的发展史就是祛除动物性，发展文明性的历史。

从人类到个体，道理是一样的。

人的贫穷与怀才不遇是因为思想的贫穷、思维的落后，对时代缺乏了解。

做俯瞰人生的人，还是做仰望人生的人？

认知越狱就是要把眼光跳出当下，人的悲哀在于思考能力的匮乏。

Jinma 并未经过商业模式培训与训练，他是工科出身，从河北乡下贫穷农家到京城的大学读书、读研，再到教育部工作，进而拿到美国一流科研机构 offer，再到组建教育集团。这些没有任何人辅导，没有经过任何专业的培训，他完成这些用了短短的 10 年。除了高考，他没有打过工，没有送过外卖，几乎没有受过太多的苦，但一样获得了成功，这说明了什么？

跨越式思维可以超越体验和经验，让人直接进入问题审视阶段，找到临界值。

人类 8000 年的演变进程，其实就是揭示这样的问题。

人类文明史就是讲述这样的理念：玄妙之上的纯净与简约。

婆娑尘世，人心惟危，寥廓天地，道心惟微。

人生修行，惟精惟一，天下大道，允执厥中！

感谢 Jinma 给我的研究提供了最具说服力和最为鲜活的样本与案例！

新媒体成就庶民的胜利

因为疫情宅居，我才有时间去接触新锐媒体"快手"与"抖音"，刷过以后，震惊不已，我竟然刷到我们村很多街坊乡亲的图像，他们很多都是斗大的字不识一筐，有些甚至目不识丁，但他们在上面秀各类生活，幽默风趣，生动活泼，有的还会各种剪辑、制作方法，做出的节目玄幻、夸张，技术令我自叹弗如。

信息文明正在压缩空间与时间，同时也在摧垮原有的社会阶层结构，改变着这个世界。

新锐媒体的各类生活、工作技巧诀窍，什么匠艺、工艺、武艺、歌艺、文艺，艺艺齐全，简单易学，人人可师。

知识分子、文艺明星、书画名家再也不是特有的社会阶层，早已被人民群众推翻，并踏上了一脚。科技压平了金字塔，压平社会阶层，全中国只有一个阶层——公民，这是庶民的胜利！全民的狂欢！

这不是偶然，而是科技发展的结果，更是文明演进的必然方向与轨迹，作为人民的一分子，我不仅要为此鼓与呼，而且要歇斯底里地呐喊！

这是一个日新月异的时代，当全国人民都在玩"快手"与"抖音"时，庶民的时代来临了！

信息文明时期的文化产业发展形态演进

在信息文明时代，经济生态系统呈现出生产生活智能化、经济文化化、生活虚拟化、宗教趋同化、价值多元化、需求个性化、全球产供销一体化、集体主义解体的新特质。只有超越农业文明与工业文明时代程式化与物化的思维模式，才能够跨越资源稀缺与价值观冲突的危机。个性化需求与全球化虚拟组织加速了产业融合的趋势。

"一路一带"、亚投行是亚洲一体化及中国全球化的探索，对于中国在全球化语境下建立政治互信、经济融合、文化包容的国际关系至关重要。

一、理性主义：文明更替的动力策源

农业文明是人类历史上文明形态的基本形式之一。中华农业文明依托得天独厚的地理禀赋与丰厚的农业资源发展出高度的农业文明，"学而优则仕"的科举制度延续着"民惟邦本、本固邦宁"思想与大一统的中央集权制生产关系，与儒家思想、地主制经济、宗法郡县制相互补充，创造了"康乾盛世"的高级阶段。

在古希腊和古罗马，"利益最大化"的理念已经支配着生产的各个环节。法国重农学派代表人物魁奈认为，农业是社会财富的真正源泉，主张实行农业产品的贸易自由，并认为享受财产所得的权利，从事劳动的权利，以及享有不妨碍他人的、追求个人利益的自由，就是自然的法则。亚当·斯密将这一思想在古典经济体系中发挥得淋漓尽致。至此，西方经济学在方法论上一直奉行理性主义的理论形态与逻辑表现。笛卡儿、黑格尔等思想家分别从自身的视角发挥了理性主义思想。

理性主义包括价值理性与工具理性，价值理性依次可理解为：文明、文化、道德与伦理；工具理性可理解为：科技、创新、发明。二者在初期是和谐的，伴随工业革命的迅猛发展，科技理性逐渐代替了工具理性并在与价值理性共存中占了上风。科技理性表现为对自然的征服，生产率的高速增长及对世界秩序的竞争，直至工具理性主义的大厦难以为继，意志哲学、生命哲学、存在哲学、解构主义、后现代主义等非理性或反理性思潮的涌起，文明更替的源动力、经济增长的要素结构、前景与可持续性，引发全球性的反思。

二、农耕文明与工业文明产业模式中生产要素的变更

自从商鞅变法以后,中国就已形成以一家一户为基本生产和生活单位的自给自足的农耕文明。劳动力作为第一生产要素,观察掌握气候变化、节气和农时、开垦耕作土地、播种培育作物、改进农具等,生产活动循环往复。费孝通比喻农耕文明社会是"向土里讨生活",在这种相对稳定的社会生产方式基础上形成以血缘、地缘为纽带的社会组织。但这种自给自足的生产方式亦由于其相对保守性及清政府的闭关锁国而遭遇西方工业文明的不断冲击。自给自足的生产要素最终被打破,被迫参与全球资源与国际市场的配置。

在工业文明时期,资本、技术成为第一生产要素。马克思和恩格斯在《共产党宣言》中指出"资产阶级在它的不到一百年的阶级统治中所创造的生产力,比过去一切世代创造的全部生产力还要多,还要大"。特别是进入20世纪50年代末期,电子计算机、自动控制、原子能、空间技术等为主要特征的科技革命渗透到生产领域的各方面,在赋予人们极大力量利用和改造自然的同时,以利润率为推动力的大规模、工业化生产方式推动世界经济发展,刺激着人们无节制的消费主义与价值相对主义,极大丰富了物质生活,也带来一系列严重的危机,科技滥用、资源枯竭、环境破坏、缺乏信仰、恐怖主义、战争暴力等,导致了人与自然、人与人之间关系的尖锐对立。抛弃资本唯利是图的价值观,重建人与人、人与社会之间的财富伦理、文化道德体系是新文明时期的历史使命。

进入科技发达的信息时代,只有超越人类历史上工业文明的黑色发展范式与无限扩张的思维模式,从思想观念、理论形态、管理模式等发生深刻的超越式、整体性变革,人类才有可能跨越经济、资源、生态危机和多元文化冲突,完成信息文明的建设。

三、信息文明的特质

农业文明和工业文明的经济学假设是资源稀缺,主要是通过对物质资源的开发利用来实现人类社会的发展。而信息文明则是以信息技术为主要手段,通过对无形的信息资源的创造创新、开发利用,实现经济社会发展,"以人为本""人的全面发展"成为真正的可持续发展的动力源泉和终极目标,外在表现形式为新文明时代生产生活方式的变化。

(一)信息化

1. 生产生活智能化

信息网络的出现,突破了传统物质载体的限制,大大降低了信息的传递搜

索和交易成本，人们可以高效地搜索利用信息，突破了交往的时间与空间局限，降低了信息不对称的限制。信息资源、物联网等知识技术的投入，在很大程度上替代了传统物质和能源资源的投入，从而在经济活动中有效分配有限的稀缺资源，改善环境和能源结构。智能化生产力的发展，大数据系统的记录和存储，使得整个世界的方方面面都可以纳入各类数据库，从自然世界的山川、河流、沙漠、森林、海洋到人类生活的衣食住行和消费、医疗、娱乐等，乃至于人们的偏好、习惯、态度和需求等情况都可以变成被分析的数据，进一步提高了透明度、开放度和智能化生产生活水平，人们从事更具创造性的劳动，生产生活也享有更高的自由度、精准度。

2. 经济文化化

在信息化的自由架构中，市场呼唤多元化的文化消费，单一的、雷同的文化产品和服务无法满足个性化文化需求，新媒体等信息技术为文化生产者和文化消费者之间建立了全新的国际化交流通道，为文化繁荣创造了客观条件。

消费行为在符号经济时代已经转化为定义自我、体验文化的心理需求，投射人们的情感、记忆、欲望，塑造自身主体性的意义体系。产品和服务只有体现出消费者的文化符号象征，满足归属、情感、尊重、自我实现等更高层次的需求，才能创造出更大的附加值。文化是产业升级的内核，文化的科技化是产业升级的路径。而国家在文化产业领域的竞争更是深层次的经济与意识形态的竞争。未来的经济活动都将以文化为引领，文化是经济的导向，文化内核贯穿经济升级过程的始终。中国源远流长的传统文化、丰富多彩的民族文化、生态文化等都是创新的独特资源。

3. 货币虚拟化

马克思指出："用一种象征性的货币来代表另一种象征性的货币是一个永无止境的过程。"[1] 每次货币形态的更替都是在信用制度保证条件下，更便捷地去满足商品市场规模扩大及交易多样化所产生的需求，不断地促进商品经济的发展，进而节约经济主体之间进行交易的费用。[2] 目前，虽然盛大点券、网易币、腾讯币等虚拟货币大都只能在各自领域内使用，但它们已经部分承担了"虚拟世界硬通货"的角色。随着国际流通的经济形态日益深化，贸易引致的交易量增长，银行体系的创新发展，必然也会呼唤新的货币虚拟化、网络支付、网络流通等形态与之相应，为货币虚拟化不断催生创新动力。现实中以货

---

[1] 马克思：《政治经济学批判》，北京：人民出版社1976年版，第95页。

[2] 张福军：《虚拟货币的理论框架及其命题扩展》，《教学与研究》2008年第6期，第59页。

币虚拟化为媒介促进网络交易无疑将成为虚拟经济的重要组成部分。

4. 宗教趋同化

在当今世界 70 亿总人口中，信奉各种宗教的人有 48 亿，占世界总人口的 81%。❶ 现实社会的矛盾，为宗教发展提供了巨大空间。当代世界宗教的一大特点即现代化、世俗化，例如，"人间佛教"提倡"慈悲济世"，基督宗教主张"社会参与""社会福音"，伊斯兰教有两世吉庆、重在现实的思想，道教主张济世度人等，❷ 宗教强调其面向世界、面向社会、面向现实、面向人生的现实意义，虽然在制度性、建构性和组织性方面有所减弱，却因其平民化、世俗化、现代化，而更广泛地渗入社会，并以其宗教精神遗产来注解、论证现代"民主""平等""公正""自由""正义"思想，呈现出潜在的共同价值观的趋同性。

同时，世界各大宗教均加大了其同宗教联合的力度，加快了其相互协调的步伐，如世界基督教联合会推动的"普世教会运动"、伊斯兰教世界联盟的成立，世界犹太人大会的构建，以及世界佛教徒的联谊合作等。❸ 不同宗教之间交流合作亦有所加强，例如世界宗教大会的召开，倡导宗教间的和睦相处，对话和更多地在社会实践行动中保持协调已经成为一种潮流，这种"全球意识"无疑会加深宗教"信仰联盟"的趋势，增强宗教的内部团结和凝聚力，体现宗教的真正价值。

5. 价值多元化

信息时代全球性的交往将多元文化和民族带到同一网络和现实的活动场域之中，不同文化之间发生着前所未有的交往和联系。西方文化占据着传播的优势，民族文化也在致力于发出自己的声音，网络技术赋予人们个性化表达的自由，各种观点相互碰撞出颜色各异的火花，人们的行为也是千差万别，多元文化之间发生频繁交往、互动、冲突、碰撞、融合成为既无可逃避又无法改变的事实。信息文明在拓展了文化包容度的同时，价值观的差异成为普遍现象，也不乏价值失序、价值迷失等现象。多元文化的和平共处，自觉的培养价值观修正能力，核心价值观成为推动社会进步最根本的动力。

（二）个性化设计

基于文化沟通、互动体验、情感因素在消费、信息时代的小众化、个性化

---

❶ 杨合理：《宗教法制在促进我国社会和谐中的作用》，《河南工业大学学报（社会科学版）》2008 年第 1 期，第 86 页。

❷ 王奇昌：《从宗教社会学的视角看宗教与社会相适应》，《世界宗教研究》2012 年第 5 期，第 19 页。

❸ 卓新平：《全球化与当代宗教》，《世界宗教研究》2002 年第 3 期，第 6 页。

需求是在当今新经济发展下的消费需求的必然趋势，人们不满足于程式化、单一化的产品，对产品和服务提出更优品质、更独特品位和更高的期望。以个性化设计为消费者提供新的选择，主动创造新的种类，成为企业盈利的关键。克里斯·安德森提出"长尾理论"认为，通过创意和网络，产业将进入更加个性化和规模化的"蓝海"，长尾意味着差异化，意味着开展小批量多品种生产。小批量只是相对于工业时代的规模经济而言，其实仍然具有一定的规模经济，由于流通优势和范围经济，甚至可以汇聚成与传统的主流市场相抗衡的更强大的市场力量。3D打印、个性化交易平台等技术独特的定制产品得以实现，真正成为独特的、创新的、科技的、文化的个性化产品。

（三）全球产供销一体化

2016年天猫"双十一"全球交易额达到1207亿元，"双十一"覆盖的国家和地区是194个，这只是全球化的一个试点。阿里巴巴首先是一家信息技术公司，正是因为在"云计算+大数据技术"方面的领先，阿里巴巴可以在一天之内实现令人瞠目的交易。阿里巴巴的全球化思维，挑战了沃尔玛、亚马逊等传统实体与电商的零售业态，其商业模式是构建全球产供销的生态系统，其中的核心思想是构建全球化的价值体系，以全球化生产和流通网络的架构帮助其他国家和中小企业创造价值。这与信息文明的精神一致，信息文明的精神就是更加开放、透明，更多分享和承担责任，对应的商业模式必然需要面对生产力与信息要素全球化布局的视野，虚拟化经营是信息经济条件下经营方式的有效选择。

（四）虚拟化生活

在各种虚拟社区里浏览，邀请朋友在自己的三维虚拟空间里聊天，在虚拟电视里观看点播视频，在虚拟土地上经营，与3D虚拟网友沟通，拥有道具、装备等虚拟资产，信息技术空间塑造了对自我身份和社会身份的另一种认同，任何人都可以实现一段虚拟人生。这一虚拟世界也发展出庞大的衍生技术及产品，动漫设计、创意设计、可穿戴设备、人机交互等，虚拟生活与实体经济相补充，充满无限商机和空间，为"大众创业、万众创新"提供了广阔的舞台。

（五）集体主义的解体

全球化的虚拟经营与虚拟生活孕育诞生了全新的社会组织形态——虚拟组织。作为网络的非正式组织，虚拟组织是一种以网络为中介的"民间组织"和非正式的社会团体，特征是具有开放性、自愿性、不确定性和不稳定性。

与传统社会的"政党"或者是"民间组织"相比，虚拟组织的组成更加方便，不受地域的限制，只要有互联网的地方，都可以发展虚拟组织。组织成员在虚拟社区中交往方式简单自由，所关注的新闻和社会热点不同，持有的观点和表达夙愿的方式也是风格迥异，虚拟组织的开放性使言论的自由度相对广泛，甚至存在相互冲突和矛盾。

世界科技巨头微软的创始人比尔·盖茨也曾指出，网络社区将是未来互联网发展中的重大方向并且是增长最快的领域。通过这些网络平台，用户能够融入世界各个社区、众多层面，同样也使得用户能够跟自己所属的社区对接。同时，现代科技的快速发展以及技术的革新，未来社区的数量和发展规模将更加宏大，对社会的影响力也会逐渐提高。

虚拟组织就其性质而言，是一个具有国际化与本土化、一体化与碎片化、集中化与分散化的内在矛盾统一体。充分数码化、个性化、自由化的表达方式使彰显个性变得简单，不同文化背景的人更加独立地宣传自身的价值观、人生观，在消费文化的共同作用下，弱化了人们的理性，潜移默化地解构传统社会文化形态及文化价值观，个人主义空前膨胀，甚至引发了现实中的信仰重塑、文化失调、道德失范等一系列社会问题，集体主义遭遇困境。

（六）"一路一带"、亚投行是亚洲一体化及中国全球化的探索

中国曾经是古代丝绸之路文明传播的主动力量、主要推手。古代中国绚烂文明主要是基于陆上丝绸之路的欧亚大陆传播，以及经过海上丝绸之路对东南亚、南亚、非洲的传播。

在新的信息文明时代，从韬光养晦到有所作为，"一路一带"构想构成中华民族伟大复兴中国梦的重要实践支撑。习近平总书记提出中国版"一路一带"理念，落脚点主要还是放在通过经济的互通有无。中国出资400亿美元成立丝路基金投资公司（下称丝路基金），以提供强大资金支持，促进基础设施互联互通、贸易投资便利化、能源及产业合作。道路联通、贸易畅通、货币流通是提升区域合作水平的必要环节，基础设施的互联互通，建构全产业链深度合作的产业网、技术进步、科技交流与人才培养的知识网，是"一带一路"的基本内容。亚投行的建立，在于弥补亚洲发展中国家在基础设施投资领域存在的巨大缺口，减少亚洲区内资金外流，投资于亚洲的"活力与增长"。

"一带一路"被认为是为亚欧经济复苏注入强劲动力；亚投行的成立，打破由美国控制的国际金融体系，为中国经济的全球化探索建立政治互信、经济融合、文化包容的坚实基础，传递着和平、和睦、和谐的中国理念，同时也将推动各国和平发展。

四、信息文明的产业形态

在信息文明的引领下，基于创意与科技的文化产业、现代服务业必然上升

为支柱产业，电子、通信、IT、传媒、艺术、金融、医疗、行政等领域将发展迅速。而且几乎所有的产业都会受益于文化创意产业的投入，如传统制造业、建筑业、旅游业和娱乐服务，甚至包括公共部门等改变了传统的思维范式和运营模式，用户参与内容创造、个性化设计、定制化服务、全球化服务的精品小众生活成为消费主流。

越来越多网络平台、虚拟组织的出现，也带动了商业模式的全球化、虚拟化与扁平化，用户、创意组织与个人、供应商、制造商、广告商、技术服务商、业余爱好者、数据分析企业、服务运营商、平台服务商等都有可能随时加入这一商业生态系统，并不断发生裂变和衍生，成为推进产业融合、自主成长的新动力来源。

人人贷、众筹等金融自助服务模式的兴起，以金融工程技术为核心的各种金融创新产品和工具大量涌现，金融创新步伐加速加快，对于投资者和社会大众而言，这意味着投资和消费的选择更加广泛，有效的虚拟化金融产品和服务具有价格发现和风险规避功能，增强了经济活跃度和公平度。

随着经济增长动力由要素驱动和投资驱动转变为创新驱动，中国制造的低成本优势不复存在，必须寻找更加灵活、更加高级的商业模式。信息文明带动全球化智能交通一体化，生态环保、产业转移等成为必然升级趋势，现代制造业将根据全球资源禀赋择优配置，在优质资源聚集地分别建立设计研发中心、生产中心、文化中心、营销中心，充分利用国际高级生产要素，借助虚拟组织建设推动资金、技术、人才等各类高端资源整合，变制造为设计、创造，以国际流通网络为协调，引领制度创新、商业模式创新，向价值链高阶迈进，获得资源、市场跨区域流动和全球化专业分工所带来的效率和效益。

"一带一路"为欧亚地区合作与国际分工开辟了经济与人文合作主线。在经济与技术合作的带动下，"远亲不如近邻""国之交在于民相亲"，以"亲、诚、惠、容"的理念促进民心相通，"中国梦"与"一带一路"各国人民美好生活之梦相对接，是中国和平崛起的共赢举措，更将中华文明复兴与世界梦交相辉映，展现新文明视野下的中国精神。

儒家与马克思主义结合将迎来儒家文化的再次创新

国学是中国道统、政统、学统的综合。

国学,特别是儒学,需要现代化。

就价值理性与工具理性而言,自强不息是工具理性(科技、物质),厚德载物是价值理性(文化、精神、文明)。

中国文化的生命力来自于道德自觉,而非朝代中圣明君主。

儒学自始至终都是在变革中。

孔子提出"仁",具有古典人道主义的性质,孟子是战国时期儒家的代表,他主张施行仁政,并提出"民贵君轻"思想;主张"政在得民",反对苛政;西汉的董仲舒以儒学为基础,以阴阳五行为框架,兼采诸子百家,建立起新儒学,其核心是"天人感应""君权神授"。

理学是以儒家思想为基础,吸收佛教和道教思想,而主要是道学形成的新儒学,朱熹继承了北宋哲学家程颢、程颐的思想,进一步完善和发展了客观唯心主义的理学体系,后人称之为程朱理学。其核心内容为:"理"是宇宙万物的本源,是第一性的;"气"是构成宇宙万物的材料,是第二性的。把"天理"和"人欲"对立起来,认为人欲是一切罪恶的根源,因此提出"存天理,灭人欲"。明中叶的王阳明反对朱熹把心与理视为两种事物的观点,创立与朱熹相对立的主观唯心主义理论——心学,心学主要借鉴佛家思想,且主要是禅学。

李贽是明后期"异端"进步思想家,他指责儒家经典并非"万世之至论",揭露道学的虚伪,反对歧视妇女和压抑商人。他是中国反封建的思想先驱,他的思想在一定意义上反映了资本主义萌芽时代的要求,带有民主性色彩。

顾炎武是明末清初思想家,强调"经世致用"的实际学问。主张把学术研究与解决社会问题结合起来,力图扭转明末不切实际的学风。著《天下郡国利病书》,他提倡"实学"的目的在于批判理学,反对君主专制政治,顾炎武的学风对清代学者影响很大。

在工业文明与信息文明转型期,思想是混乱的,社会是躁动的,人类是迷茫的，这必然也带来道德的滑坡。

马克思主义必须进行中国化，中国化的方向就是与中国传统文化结合，这也许也是儒家新的改革方向。

儒家在工业文明时期，未能及时更新，遭受百年之耻，而今在工业文明向信息文明转型时期，知识、信息成为第一生产要素，儒家应在知行体用各方面全面革新，与民主、法治、自由、平等更深结合，与信息时代的科技、互联网文化结合，与现代人的生活方式结合，与马克思主义结合，才是出路与方向。

2015 年 10 月 4 日

中国管理哲学研究中存在的问题及对策探索

中国管理哲学研究经历了产生、热议、徘徊、转向和突破过程，其变迁可概括为：马克思主义哲学庇护下的管理哲学；多样性发展的管理哲学；中国传统文化的管理哲学因子的现代阐发。其中焦点问题是管理哲学的合法性问题，管理哲学与哲学、管理的互动使其经历了由明确化、体系化的界定到更深入分析管理哲学的问题域的转向。

中国管理哲学虽起步较晚，但发展很快，成果颇丰。在构建中国自己的管理哲学过程中发现学科发展定位存在许多问题，比较突出的表现是：第一，把管理哲学看成哲学的一般原理在管理科学和管理活动中的应用；第二，把管理哲学等同于一般的系统科学。这是两种错误的理论倾向。

那么，是否存在一门叫作管理哲学的学科呢？要回答这个问题，我们首先需要明确一个最基本的问题，就是管理哲学是否有一个相对独立的研究主题存在。这个问题一旦得到明确，就不仅可以从根本上为管理哲学的存在提供合理性辩护，同时也将使管理哲学的性质和研究范围即问题域得到确立。

1. 本土化理论体系稀缺

全盘西化派成为当代中国管理学的主流。这一流派学者所做的工作都是遵循西方管理学的研究范式——从研究题目、研究前提，到理论概念和研究方法，都是欧美学术界的翻版。其中发表的论文绝大多数不是介绍或模仿西方管理理论和工具，就是在做艰深的"真空"数学推理——最后所得到的结论要么是众所周知的事实，要么是难以应用的空洞概念。

更多的学者以实用性为原则，倾向用从西方发展而来的管理问题、理论、构念乃至研究方法来检验中国管理实践，在西方主流理论模型下添加一些中国情境的自变量、因变量、调节变量或中介变量等，这种研究方法相对更易获得国际认可，真正系统地、创新地探索中国管理情境的研究十分不足，这导致了中国管理哲学原创理论的缺失。

2. 中国古典管理哲学研究挖掘力度不够

中国传统文化中管理思想庞大，但通常的研究仅仅是观点罗列，或用西方管理理论和方法简单诠释，并不注重推理和论证，缺乏逻辑上的有力支撑。甚至，中国管理哲学里面的一些概念模糊不清，中国式管理在量化与标准化方面存在缺陷，缺乏量化手段，缺乏操作性。因此，导致了中国管理哲学的现有研究相对缺乏对现实的精确指导能力，与中国经济大国的地位不符。

要构建中国自己的管理哲学学科，须加强对中国古代管理哲学的深入性、系统性研究，因为它是中国管理哲学发展的渊源。同时，加强对现代管理学的认识，实现古为今用，其中涉及研究方法及研究的现实性、应用性等问题。因此，中国管理哲学要做到返本开新、中西合璧、理论与实践相结合，应该进行"体系"式的研究。

3. 学科研究框架和理论体系的构建

我国管理哲学主要有两种研究方式：一种是"问题研究式"，即主要针对现代社会管理的一些具体问题进行哲学分析和探讨；另一种是"体系构建式"，即运用哲学的概念、范畴以及哲学体系构建的原理和方法，对管理学理论进行梳理和整合。两种研究方式都有深化的空间。

"问题研究式"可以在丰富个案研究的基础上加强对中国管理思想、理论的思辨。中国历代的儒商如先秦的范蠡、子贡和白圭，特别是徽商和晋商群体，近百年成功的老字号如北京的同仁堂以及20世纪台湾的王永庆、香港的李嘉诚和霍英东等，都有其成功的管理之道，都值得我们从理论上加以认真总结。"富士康事件"引发的企业与员工之间的管理伦理问题，"毒奶粉"事件引发的企业与消费者之间的伦理问题，"企业行贿"事件引发的企业经营中的道德规范问题，并未引起足够的反思。

在"体系构建式"方面，成果较为丰富。但存在以下一些问题：其一，极易停留于对中国古典哲学思想的梳理方面，直接挪用中国哲学"教科书式"的现成结论；其二，极易瓦解中国哲学自身的内在体系联系；其三，阐释中国哲学中的高超境界，宣扬中国古代管理理论的独特价值，贬低以科学管理理论学派为代表的西方管理理论，从而证明中国哲学远远高明于西方管理理论；其四，"以中释西"或"以西释中"，将中国哲学中的现成结论与西方相关管理理论进行对比而作出利弊的评判，忽视文化背景，这是哲学性贫乏的表现；其五，过于宏观，难以对具体管理问题进行指导，缺少理论分析、实证，容易与现实脱节，遭遇质疑。

4. 对宗教的忽视

管理与人性、心灵密切相关，管理是一门关于人的关系协调的学问，是包涵科学、哲学、心灵体验等不同内容的有机整体。西方管理哲学二元对立的决定论、机械论思维方式导致了宗教、哲学、艺术与科学的割裂分离，只有极值求解过程的数理逻辑，这是管理科学的观点。

现有中国管理哲学研究大都忽视了宗教文化的独特力量。

5. 中西管理哲学研究思路探索

构建中国管理哲学要立足中国实践，为总结中国经验、解决中国问题提供重要理论支撑。让中国管理哲学得到批判性的继承与创造性的发展，更加贴近中国实际，贴近中国管理实践，解决中国管理问题，才能得到思想认同、理论认同、情感认同和民族认同。

中国管理哲学只有在国际学术舞台上积极发声，阐述学术见解，传递中国理念，才能在当代全球化的时代获得世界认同。

其一，对于中西方管理理论，既要了解各家管理理论说什么，又要了解各家管理理论何以如此说。在何以如此说的层面，就需要进入人性论、世界观、价值论的一般哲学层面，为了避免先入之见，有意或无意地误读研究对象，就要求研究者尽量把握第一手研究资料，在文化现场挖掘，而不是依靠道听途说进行研究。

其二，在掌握了各家管理理论何以如此说的层面上，寻找一个共同的理论平台，结合时代背景，综合各家学说之合理部分，创造出中西融合的管理哲学体系。各家理论可以在此理论平台上取长补短。我和成中英教授的前期研究成果——中国管理C模式已经基本完成了理论的会通融合，构建了中国管理哲学的理论体系。将各家系统融入更为完整的新系统中，而此新的哲学系统可被视为审视管理理论的重要参考坐标系，尤其是以中国哲学的视角审视西方管理理论丛林，将其辩证地纳入中国管理哲学范畴。

其三，在环境不断变化的背景下，持续审视新的理论，中国管理哲学如何面向现代，如何与现代管理科学接洽，从而为中国管理哲学的完善提供有效信息。

其四，可以结合西方管理理论、模型、实证、定量等研究方法与中国管理实践有效结合，加强对管理哲学体系的验证，增强管理哲学研究的实证性、可操作性、对现实的指导性，实现"形而上"与"形而下"之间的互动。

以上几个方面的努力，是我们打造新时代中国管理哲学的必备步骤。它的养料来自于中西方人类历史上所创造的广义和狭义的管理实践和管理理论，它的视角来自于中西哲学的整合。中国管理哲学正处于崭新的起点上，而实践的交融和哲学的整合正在我们面前展开一条通向未来的光明大道。

美国高校创新能力与竞争力的培育对河南高校的启示
——以斯坦福大学为例

在"大众创业、万众创新"的背景下,高校作为培养人才、传播知识、科技创新的主要阵地,推动经济增长的作用不可低估。我们可以从美国高校创新能力与竞争力的培育中获得一些有益的启示。

2014年,投向硅谷的资金高达240亿美元,几乎占到全美吸引外国投资总额490亿美元的一半。世界前二十大估值达到100亿美元的创业公司中,有超过八成来自于小小的硅谷。

斯坦福大学不仅是世界著名的学术研究型大学,也是孕育国际著名高技术企业与经营人才的孵化器。当今世界上IT领域的领头公司基本都是由斯坦福大学的学生和教授创办的,包括惠普、思科、雅虎、谷歌、英特尔、脸书(facebook),世界最大的显卡公司Nvidia、世界最大的视频电话会议公司Webex等,另外在非科技领域还有著名的耐克(Nike)公司。斯坦福在商业界和科技界创下的这种奇迹,是世界上任何其他的一流大学都无法比拟的。

2013年,斯坦福大学收到9.316亿美元校友捐款,在全美各大学中名列第一。而哈佛大学则以7.92亿美元的校友捐款位居第二。

北京大学校友累计捐赠母校金额达20.17亿元;清华大学获捐13.89亿元,名列第二;武汉大学获捐11.29亿元,位居第三。

为什么斯坦福大学能创造这样的奇迹呢?

1. 办学理念:创业是科学知识价值的终极体现

斯坦福先生在办学之初就明确提出,斯坦福大学的培养目标是:"造就有文化教养的、有实用价值的公民,这些人在校期间必须为今后各自选择的职业做好准备,以便成就计日可待。""实用教育"理念抛弃了老牌大学重学轻术的陈规,有着与众不同的工作方式与精神,这里允许失败、热衷改变、崇尚思考与实验、鼓励冒险,把大学生产出来的知识应用于实业,鼓励每一个有梦想的人去创业、去突破,这是一种学以致用,又非急功近利的实用主义的办学思想。这种文化理念成为斯坦福人的精神支柱,正是这样的文化和理念孕育出了今天的硅谷。

2. 建立大学科技园区

硅谷的早期雏形是20世纪50年代斯坦福大学创建的斯坦福科技园，斯坦福大学把一部分校园土地和一些厂房、实验用房以非常低廉的价格租给有志于创业的师生们，成为美国第一个依托大学而创办的高技术工业园区。

斯坦福大学自身并没有自行创办"校办工厂"或"校办企业"，也不参与任何企业的经营活动，仅仅提供技术合作、实验条件和创新环境，却成了美国高科技人才的集中地，衍生出一种有利于新企业萌生的经济环境。另外，斯坦福大学还请政府介入，尽力完善大学园区的各种专门事务机构，如律师事务所、会计师事务所等，为斯坦福作为高技术孵化器的成长，创造了良好的社会环境。

硅谷产学研创新集群好像一个"场"，长100公里宽16公里的狭长范围内，聚集着斯坦福、伯克利和旧金山等世界著名的研究型大学以及7000多家高技术公司，各种人才应有尽有，而且各种基础设施也一应俱全。

3. 最靠近梦想的地方——硅谷

在硅谷，专门有这样的公司，可以在1~2周的时间内按照委托者的设计图纸和要求，做出商品化的样机，并且提供全套的生产工艺、质量检测和成本核算资料，大大缩短了梦想变为现实的周期。有的公司更加专业化，专门从事某一件事情，如线路设计、电子器件选择、外观创意等。这些专业化服务能力离不开创新资源，强化了大学与硅谷之间的产学研合作机制。技术竞争导致技术开发呈现螺旋式上升，进而加速技术创新和产业创新的不断升级。

4. 产学研一体化的办学模式

斯坦福大学允许教授有1~2年的时间脱离岗位，专门从事研究工作，去硅谷创办公司或到公司兼职，学校将保留其职位。另外还允许教授每周可以拿出1天时间去公司兼职，从事相关的研究开发或经营活动。教授在学校取得的科研成果，由发明者本人负责向公司转移的，学校与其签署许可合同，所获得的知识产权收益，学校只提取10%~15%。学校应用性成果在1年之后仍未向企业转移的，发明者可自主向企业转移，学校一般不再收取回报。这些政策实施完备，并有专门机构（如知识产权办公室）来负责合同的签署和管理，忠实地代表学校和教授们的利益。这些不仅使学校的创造发明数量明显增长，而且大大促进了技术成果的转化。

鼓励学生创业的政策也很完善。斯坦福大学提出"适应性学习"的本科教学目标，认为没有一种教育能够完全培养学生未来需要的全部知识和能力，要真正使学生具备持久的活力，本科教育目标必须融入一个非常重要的元素，即"适应性学习"。"适应性学习"是指学生能够运用所学的知识和能力从教育经历中整合不同的元素,去适应各种新环境,为不可预期的挑战做准备。教育经历除了课堂学习,还包括校园生活、海外学习、社区服务以及学生在实验室、运动场、实习基地、同伴群体中获得的有意义的经历。在斯坦福大学的办学理念中,学生的创业精神是在实践中培养起来的,而不是由教师在课堂上教授的。

在校园中,各种各样的实践活动非常丰富。例如,未来企业家俱乐部、创业协会等组织定期邀请业界人士参加有关创业的报告或沙龙,为学生讲授真实的创业经历。学校的师生可以在企业和研究室内同企业的相关专业人士共同从事应用研究,一些实验成果和毕业设计,能马上在公司中实现。通过参加交流活动,在校学生可以提前了解社会,在毕业前就与企业建立了密切联系,了解到最新的公司技术现状和前沿科学技术发展。硅谷在人员录用时,也会优先考虑斯坦福大学的毕业生。

这些政策在很大程度上提高了科研人员和学生的积极性,在学校内部形成了一股勇于创新创业的风气。硅谷内有一半以上的高科技企业是由斯坦福大学的教师和学生创办的。大学的最新研究成果通过园区内的工厂得到迅速转化,大学师生通过企业实践完善自我,补充理论缺失,进一步提高了教学质量、教学水平和研究能力,成为硅谷的人才保障。

斯坦福大学的教学工作不仅停留在本校学生的培养上,还承担着硅谷及其他企业员工的培训。大学通过"荣誉合作项目"向硅谷的公司开放课堂,鼓励电子公司的工程师们直接参加学校研究生的课堂教学、讨论、实验。他们还积极创造条件,通过电视教学网络提供研究生课程,允许企业职工在不离开工厂的情况下获得学位,对攻读硕士学位者采取灵活措施,不一定要住校学习,甚至不要求写论文。通过这样的交流活动,大学与企业之间的关系进一步加深,企业员工的理论水平得到提高。斯坦福大学为硅谷提供了源源不断的人力资源、技术资源以及信息资源,保证了硅谷高技术产业的创新效率和创业品质。

1998年,硅谷地区的GDP总值约为2400亿美元,占美国全国的3%左右,相当于中国GDP总值的25%左右。到了2000年,硅谷地区的GDP总值已超过5000亿美元,相当于当年中国GDP总值的50%。可以说,硅谷是当时美国经济的助推器。

此外,硅谷在生物及生命科学、医学、再生/清洁能源等领域的研究也在全美领先。

人们在惊叹硅谷成就的同时，更想获得硅谷成功的秘密。硅谷的成功可以从多方面去探讨，产学研一体化的办学模式无疑是分析硅谷核心竞争力的重要维度之一。硅谷取得的这些骄人业绩，都离不开斯坦福大学这个孵化器。

硅谷模式提供了一种在激烈竞争的技术环境下创业者进行技术创新的基本样板。尽管技术创新和创业公司的激烈竞争导致种种不确定性因素增强，但竞争公司之间及其与研究型大学之间的彼此合作和交流则可以减少风险，取得更显著的创业成功。硅谷的成功是技术创新主体——研究型大学、高技术创业型公司以及各类技术专家、创业高手自由交流和合作，积极性和创造性的充分发挥的结果。现代网络技术的出现增强了这种交流的交互性，有助于高技术创新实现的良好氛围和社会环境。产学研一体化是技术创新和产业创新永续加速成长的内在根据。

如今，硅谷仍然是美国乃至全世界资讯科技产业的先锋，是斯坦福大学科技创业最成功的典范。

类似地，中关村依托周边高校云集的优势，已经成为我国高科技行业，特别是IT行业的代名词。其中著名的有中关村创业大街，北京大学暑期创新创业训练营培训班等。国内很多高校也已相继成立了"科技开发部"，在借鉴国外科技创新创业的成功经验的基础上，形成具有自身特色的科技创业模式。

对于中国大多数高校来说，办学资金和精力投入是十分有限的，因此，更应该敏锐洞悉并迅速抓住政府和社会给大学提供的发展机遇，利用高端智库、外脑、企业平台提升科研的创新创业能力。

作为内地的河南高校，学术研究方法还比较陈旧，视野狭窄，办学模式老化，思想保守。

近期河南省决定重点建设2~3所国内高水平大学，7~10所特色骨干大学，10所左右示范性应用技术型本科院校，20所左右品牌示范高等职业院校，并决定投入31亿元分两期打造一批具备世界一流水平的优势特色学科，这是非常好的开端。

国庆节路过天安门

　　假期来了,期待得几乎泪流满面。为了证明自己确实过上伟大的"十一",迎着雾霾重重和道路拥堵,计划外地奔赴朝阳的天阶广场,看了场音乐剧《高手》。

　　这样的小剧场,很接地气,在幽默风趣、轻松愉快中度过黄金假期的第一个夜晚。新生代的艺人慢慢成长,终于可以接班了,那些靠刷脸、闹绯闻的过气的、陈旧的、毫无生活体验的、整日养尊处优的、没有才情、拿职业当饭碗的"名人们"赶快退休吧!给孩子们腾腾地,别耽误他们冒头。我退休了,也改个行,写个剧本啥的,混个"文艺青年"当当!顺便和女一号合个影,有机会聊聊艺术与人生。

　　看过演出,驱车经过夜色与雾霾交织的天安门广场,丰硕的花坛,光亮的伟人像和国庆标志的霓虹灯,这是一幅多么熟悉的场景!

　　一晃新中国58岁了,其中至少36年的记忆是清晰完整的,幼年的苦难,少年的艰难,青年的抗争,虽人到中年,仍历历在目,如电影的花絮,不断回放。

　　这个年龄阶段很尴尬,有些许落寞,毕竟年华不再,策马扬鞭闯世界,仗剑走天涯的江湖梦,只能打折出售,接受现实是最好的心理按摩。只有在些许酒精的微醺下,少年的轻狂偶尔绽放,似乎告诫自己憧憬尚未熄灭。激情再燃的不是心火,而是酒精。

　　我们这一代人,其实是很幸运的!完整地亲历、见证,也局部参与了改革开放。这段历史也是我们这一代人的创业史、奋斗史。

　　我们看着国家一天天在变化,比如通信器材就是这个时代的缩影。我小时候隔壁村的办公电话是手摇式的,我上了初中,到了镇里也还是手摇式的,需要接话员传达,接话员声音很好听,我们没事就摇电话,接通听她讲两句就挂了,当时不是为了图乐,而是好奇。上了高中就是拨号的电话了,当时只有五位号,也就是全市不过就几万部电话,家里能装电话的,非富即贵,一部电话上万元,三四年的工资,绝对是高消费!上大学就开始有呼机了,又叫BB机,开始是数字的,有人找会通过服务台在呼机留号码,嘀嘀一响,环座羡慕,我上学时就有一部。接着就是汉显呼机,也就是可以文字留言的那种。大学毕业上班后，我就用上了大哥大，模拟信号，肥硕无比，还要专用的包包着，接着就有了小型的模拟信号的手机，摩托罗拉、爱立信很有名，特别是爱立信耐摔耐用。又接着才是数字机，信号就好很多，打电话基本不需要摇头晃脑找信号源了。

从 BB 机到数字手机也就是短短四五年的时间，可见发展速度之快。

接着，手机的功能开始变化，照相机、QQ、Skype、微信、支付宝等功能不断融合，手机进入了智能时代！而这一切的一切，也就是二十年！

中国没有赶上第一次、第二次工业革命，但世界上唯一一个将第一次、第二次、第三次、第四次工业革命同时进行、交错发展的就是中国！而进行如此复杂的科技飞升，中国仅仅用了 40 年！40 年完成 300 年的使命，中国，伟大的中国，模仿能力举世震惊！未来的创新能力也必然引领世界！

我们这一代人是幸运的，我们 40 年活出了 300 年的精彩！

也正是伴随着中国的腾飞，我也从自然村到了行政村，到了镇上、县上、省会，直到北京，我完整地经历了中国的所有行政划分的单元，从村到京城，我用了 22 年。

我个人是这一代人的缩影，我们这一代人是我们这个民族的缩影！

中国的强大是必然的，无论从物质基础、军事力量还是科技水平，中国超过美国完全有可能，但强大的背后却是文化的脆弱。温文尔雅的中国、斯文遍地的中国渐行渐远，过度实用主义支配着庙堂与江湖，当礼义廉耻不顾，当温良恭俭被看作虚伪，我们的发展没有文化作基石，大厦无论何等辉煌，也会倾覆！

应加强传统文化教育，回归古典中国，再造盛世中华，为世界再次创建、奉献璀璨的政治、精神、经济、思想、文化、科技的文明新圣殿，引领人类再次前行 1700 年！

2017 年 10 月 1 日子夜于云湖宅

人性缺陷下的博弈与博傻

1

鄂尔多斯是一个难得的教案：一个人性缺陷下的博弈与博傻的经典案例。

库布齐沙漠离鄂尔多斯不过60公里，今天的鄂尔多斯状况如何？百闻不如一见，我决定开车前往简略考察。

60公里的高速路两侧，都是半干旱的丘陵荒漠。

到达市区，初始感觉一般，但到了东胜区行政中心，世界大都市一下子横在眼前，宽阔的16车道，气派不次于长安街；鳞次栉比的高楼大厦，颇有点香港维多利亚港旁CBD或是曼哈顿Downtown的感觉，而相形之下，这里的道路、空间、绿化、设施则更为豪放、宏大和时尚，只不过间插着些烂尾的建筑。

驾车去市行政中心的康巴什区，居然要走25公里的高速，这是我首次在同一个城市走高速到另外一个区，想着就觉得新奇！

康巴什比东胜还要现代，行政中心、成吉思汗雕塑广场的规模更是全国少有。虽是十一假期，这里的气候却感觉如初冬，寒意袭人，整个城市空荡荡的，几乎没什么来往的行人，只有广场上的小贩在不遗余力地叫卖着穿蒙古族服装拍照。

等到6点30分，夜色已深，全城的景观灯终于亮了，霓虹灯与LED大屏幕装点下的鄂尔多斯更是大气磅礴。我驾车穿过一个又一个街道，大部分的商业小区都是黑黢黢的，每一栋楼亮灯的人家不过十余家，有的只有一两家，入住率明显不高。

2

鄂尔多斯的故事版本很多，但都源于其一夜乍富的传奇！

位于内蒙古西南的鄂尔多斯市前身为伊克昭盟，早年的鄂尔多斯经济、环境情况，民间有个顺口溜："垃圾靠风，污水靠蒸，出行靠走，通信靠吼，看门靠狗。"

原伊克昭盟党委公然向社会许诺："三年不脱贫困帽，自摘头上乌纱帽。"盟内八旗实行"坐位制"，排名最后的旗领导，第一年降薪，第二年免职。发展的冲动让政府官员们都像吃了兴奋剂。

根本的改变出现在2004年。那一年，随着国家产业结构的调整，能源价格狂飚，这给鄂尔多斯带来了天赐良机。该市煤炭探明储量1676亿吨，占全国的六分之一；已探明稀土高岭土储量占全国二分之一；天然气探明储量8000多亿立方米，占全国的三分之一；再加上其占全国三分之一的羊绒制品。鄂尔多斯一时"羊煤土气"风光无二。2000年至2012年，鄂尔多斯经济增长率超20%，"鄂尔多斯经济现象"横空出世，一时商界、政界、学界躁动不已，商界民间热钱滚滚而入，其他地区政界效仿趋之若鹜，学界认知楚汉分明，争论不休。

2011年6月初，住建部联合高和投资发布的《中国民间资本投资调研报告》称，鄂尔多斯人均GDP超越香港，位居全国第一。当年鄂尔多斯资产过亿的富豪人数超过了7000人。其中地产最为火爆，市中心一个名为"华府世家"的楼盘开盘，均价高达2.3万元/平方米，开盘当日就被一抢而空。

2009年，鄂尔多斯财政收入为365.8亿元，平均每天收入1亿元。

鄂尔多斯新区康巴什如同远东的迪拜，在一片荒漠中一夜拔地而起！

悍马、英菲尼迪、帕杰罗、奔驰等名车奔跑在空旷的大道，倒卖煤矿和房产一夜暴富的故事也飘满了大街小巷。

3

然而这一切在2012年遭遇风云突变，房价过山车似的飞转直下，有的楼盘最低跌至每平方米3000元。内蒙古大学的一份调研显示，50%的鄂尔多斯城镇居民都参与到了放款与借款的资本活动中，贷款的年利率是30%～50%，热钱主要投放在煤炭、运输以及房地产等高利润行业。楼市泡沫破灭之后，自然高利贷随之纷纷崩盘。一时哀鸿遍野，跳楼的、跑路的新闻不绝于耳，一时人去楼空，被媒体称为"鬼城"。

其中有一个冷笑话："鄂尔多斯将是世界上最大的放鸽子基地，建成的房子是鸽子冬天的窝，没建成的，有窟窿眼儿的，是夏天的窝。"

"鄂尔多斯经济现象"变成"鄂尔多斯综合征"，鄂尔多斯成了有病的城市！

像鄂尔多斯这样的商业案例在历史上不乏其例，著名的有荷兰的郁金香炒作、法国的密西西比公司泡沫、英国的南海公司破产，手法都如出一辙。三大事件都是少数人做局，大众疯狂跟进，结果投资者血本无归，引发社会动荡。这与前些年国内炒作兰花和普洱茶的性质是差不多的，都属于理性被冲破之后的疯狂博傻。

鄂尔多斯现象揭示的是人性的不足，这是人性缺陷造成的，人的贪欲使其在博弈时总认为比别人聪明，不会成为最后的被套者，相信击鼓传花一定能传给下一位。这种侥幸心理，使简单的正和博弈变成负和博傻！

4

严冬之后，今天的鄂尔多斯劫后余生，经历过生死轮回，开始进行转型——产业结构调整。"一煤独大，地产拉动"及资源类产品加工链条短等问题正被逐步化解，实业与房地产也开始逐步复苏。有关数据表明，2017年上半年GDP增长7.5%，这说明鄂尔多斯经济开始回暖！

但浴火重生后的鄂尔多斯能否铭记以往生死时速的灾难？政府能否理性、谨慎、科学地制定发展战略，做好监管，切实履行政府"守夜人"的职责？

对个体的人，其人性缺陷的修复是漫长的，但政府的理性与克制却必须时时刻刻坚守！社会的发展正是依靠理性价值才得以实现的。

2017年10月8日子夜于银川

疫情后中国产业的嬗变与管理升级

编者按：本文系作者2020年2月20日公益课堂直播演讲的整理文稿，作者根据时下疫情下的产业现状，从疫情后中国产业危与机、文明比较视角下中国崛起新契机和企业的战略与管理升级三个方面，结合考察案例和历史发展脉络，让我们清晰地看到了危机背后的挑战、机遇和突围口，以期帮助企业家能认清形势，规避风险，把握机遇，迭代模式，升级管理。

一、疫情后中国产业的危与机

这次疫情受影响最大的是第三产业，特别是服务业，涉及行业像旅游、航空、酒店、电影院、批发零售、住宿、交通、文体娱乐等。据估计，新冠肺炎可能对全国的经济增长会有 $-1\%\sim0.5\%$ 的影响。

疫情对工业的影响也比较大，最主要的影响是疫情之后的开工时间，还有供应链条的中断等，还有一些经营成本的提升。对农业来说，影响相对比较小一些。

具体来说：第一是订单下降，可能对企业的影响占到40%；还有限制开工，企业员工回流以后，都要在家隔离14天，这14天使工期受到很大的影响；还有人力资源紧缺，现在"招工难"成为一个新的问题；再有原材料供应不够，因为很多企业只要中间的环节脱节了，就会造成系统性的风险，直至造成整个产业链的中断。当然，还有一点就是有1/4的企业，面临着资金缺口，特别是中小微企业，风险更大，面临的问题更加严重。

所以综合来看，对企业的影响最主要的是订单、限制开工、人力资源不足、原材料供应链中断、资金有缺口。还有其他的如人力成本，随着企业福利的不断提升，企业的人工成本负担越来越重，这也是一个客观事实。

对于企业来说，在这样一个状态下，应该寻求怎么样的对策？我们要充分认识到，国家和政府部门也存在这个问题，要充分认识到这次疫情对中国产业的影响。因为供应链条的中断，导致一些企业开工也无法生产，那么他们就可能把企业转移到东南亚，甚至转移到非洲。其实已经看到了趋势和苗头。还有一个影响是什么？那就是原来中国的订单是在世界上最多的，很多国家都要到中国来订商品，因为中国是世界上唯一一个所有的大中小工业种类最齐全的国家,所以他们必须到中国来订。现在生产跟不上,国外的需求是刚需,那怎么办呢?供应不上就去找别的国家下订单,造成订单转移到其他国家,这会对中国未来的发展产生一些影响。所以,在当前情况下,疫情不严重的地区,工业比较完整的,要尽快开工,以便尽快恢复中国的工业元气。

根据调研,大致有23%的企业资金链只能够维持3个月。实际上从(2019年)12月,特别是从(2020年)1月到现在,已经一两个月了,3月份如果再没有这种资金的缓解,或者说正常开工,可能有23.11%的企业面临着资金链断裂,甚至破产。还有34%的企业能撑多长时间呢?能撑6个月,能撑6个月以上的企业不到40%。所以整个企业的资金链很紧,这是不容我们忽视的一个问题。因为一旦资金链断裂,企业原来所有的价值顷刻之间就倒塌了,原来的美誉度、忠诚度,信誉度,还有形成的固定资产都会迅速贬值。所以这一块要特别地注意,要引起我们的警惕。

当然我们也看到,在这次危机之中,政府也出台了很多相应的政策,而且还在继续。今天,我去海淀的税务部门去查2019年的个人所得税,去了以后发现有很多部门在执行相应的税收优惠政策。北京市特别是海淀区已经开始落实退税、减税政策。这些政策对于企业来说非常关键,也是政府现在力所能及地给企业提供帮助的最重要的一点。这对不同行业和不同性质的企业来说占到多少呢?预计占到了3%~69%,也就是说能够直接降低的经济成本为3%~69%。还有就是融资成本,一些企业面临贷款到期,如果银行部门能够减息免息,这是最好的,能缓解企业30%~37%的资金压力。还有比如说提供金融支持,降低风险融资难度,还有如拓宽的融资渠道等,这些都是我们政府当前应该做的。

当然,疫情之下,我们看到企业也有一些新的机遇,这些新的机遇是什么呢?是电商,线上办公、网络办公的机遇也很多。苏宁易购做得就很好,线上和线下相结合,线上订单,线下取货。通过这样一个模式,他们的业务反而增长了50%。疫情给网络电商、互联网产业带来新的机遇,甚至会带动整个产业链形成新的迭代。

在危机之中有风险有机遇,风险和机遇并存。还有一个行业也存在问题——保险行业。这次保险业肯定要付出一大笔赔付,这是对它不利的一面,但是通过这次疫情,大家都提高了保险意识,提高了对保险的认知,这为保险行业的可持续发展会带来一些新的机遇。

这次疫情,我们应该从两个方面来看,一方面,确实对我们的实体经济产生了重大的影响;另一方面,给远程办公、远程教育、红外设备、无人机、

5G，还有城市的应急系统等产业带来新的机遇，对经济的拉动，最少是0.3%~0.6%，整体上对中国经济的影响不会特别大。特别是医疗保健系统与互联网的结合、与IT的结合，将来会成为一个热点。以前大家还没有意识到在网络上接受医疗保健的服务，现在不得不这么做。以前我去税务局打单子，把身份证给柜台，就会打出来一个个税清单。但现在，在自助机上扫描二维码、下载、打印。所以，这对中国的办公系统也是一次全新的检验，也是被迫革命，所以，互联网相关行业在整个疫情之中未受多大影响。

我们看到，通过这次疫情，医药、医疗保健互联网、IT、现代物流、消费服务、软件开发、OTO、电子消费产品、智能出行这些领域，包括金融、互联网金融等产业获得一个可持续发展的契机。

总的来说，这次危机是危中有机，疫情对中国的影响是暂时的。为什么？我们知道，2003年"非典"也是在春节之后暴发的，当时因为没有经验，控制得比较晚。今年，我们虽然错过了前期的预防和控制，但后期中央政府出手，采取非常果断的一系列措施，包括封城，使得疫情很快得到控制。按照目前这种状况，专家预测3月份疫情基本上就过去了。这样的话，在第二、第三季度会产生爆发式增长，相对能弥补第一季度的影响。

这次疫情对中国经济的影响，我个人的判断是-0.5%，就是对整个经济的影响不大，不会改变中国经济整体向上的态势。之前我给大家做过判断，就是我们的经济，去年的四五月份基本上筑底，然后开始缓慢向上爬升。所以，大家不必太悲观，眼前的阵痛是客观的，是不可逆转的，但还要坚持，再坚持一个月，最寒冷的冬天就会过去。每一个春天都会到来，只不过有时早一点有时迟一点。各位企业家朋友要坚持再坚持，利好政策的出台会一个接一个。

二、文明比较视角下中国崛起新契机

疫情之下，我还想给大家分析一个问题，即中国在世界经济中的地位和对世界的影响力。用两个理论来分析，第一个是康德拉季耶夫斯基的周期长波理论。康德拉季耶夫斯基的研究发现，这个世界工业的300年，甚至更长的时间，在西方工业国家，存在一个基本的规律，就是经济的发展在55~65年为一个周期。在这个周期之间，经济开始下滑一段时间，然后接着再向上爬升。这300年期间，世界的工业经济，按照长波理论，是从低谷到高峰再从高峰到低谷蜿蜒前行，而推动这个周期发展的是什么呢？是科技。是科技因素推动了这样的一个周期，推动产品的更新换代。通过这个理论可以得知，从20世纪60年代开始，全球经济开始复苏，到今天恰好是60年。这60年到了一个峰值，那么接下来可能就面临一个问题，经济开始下滑，直到新的技术出现，新的产品出现，推动另一波浪潮。所以，世界现在就处在这样一个长波的关键节点，这个节点内在的动力是什么？就是科学技术进步。

第二个理论是莫德尔斯基周期。从16世纪开始，这个世界就是大国轮流引领世界发展，从最早进行大航海的葡萄牙，再到后来的西班牙，再到荷兰、英国，以及今天的美国。葡萄牙虽然是小国，崛起的时候才100多万人口，但是通过大航海，赚得盆满钵满，通过海上霸权引领世界100年。接着是西班牙、荷兰。荷兰这个国家也不大，当时是海上的马车夫，有强大的海上能力，控制了整个海上贸易。荷兰诞生了人类最早的股份制公司制度，最早的股票、现代银行、金融制度也都是在荷兰产生，所以荷兰这么一个小国家，给这个世界作了很大的贡献，曾经引领世界100年。接着是英国，织布机、蒸汽机的出现开启了人类的第一次工业革命，英国是个小国家，但是通过工业革命获得了长远的、强大的发展动力。全球殖民地领土3300万平方公里，号称"日不落帝国"。英国引领世界200年，一直到"一战"以后正式交接给美国。两次世界大战后，这些欧洲国家都衰落了，美国开始粉墨登场，引领世界新的100年。这新的100年从"一战"结束（1918年）算起到现在正好100年。那么美国也面临着这么一个节点，就是交权，英国为什么能引领200年，而西班牙、葡萄牙、荷兰都是100年，因为英国引领工业革命。工业革命从蒸汽机的时代到电气化的时代，到计算机的时代，已经完成的三次革命，英国是第一次工业革命发起国，是其他工业革命重要的参与国。美国要想引领下一个百年就必须领导第四次革命，那就是智能革命。

讲这两个观点是想说明：世界已经进入了节点，这个节点是什么？产品需要更新了，技术需要突变了，工业要革命了，革命的方向就是智能革命。

中国在这方面有条件，有优势。优势是什么？我们在信息技术应用方面在世界上有优势，特别是互联网的应用，如互联网金融，可以说全球没有能与中国媲美的。我去过70多个国家，凡是到"一带一路"国家，第一，信号比较好；第二，手机在有些地方就可以支付了。原来我们是"一机在手走遍神州"，通过"一带一路"，很有可能"一机在手走遍全球"。而西方国家，包括美国在内，日常消费支付现在还必须要信用卡，这种支付的成本是很高的，最大成本是时间成本、结算成本，中国现在在这个领域已经远远走在世界前沿。当然，在基础研究领域还有很大的差距，特别是中国现在的信息技术还存在一个问题，"少心缺魂"，心是没有芯片，魂是没有核心技术。华为，毫无疑问，它的5G技术全球领先，但是华为没有生产"芯片"。我们在基础研究领域和西方相比还有很大的差距，但是在应用技术领域是有优势的。这次疫情对国家来说是个坏事，中国的企业需要涅槃重生。

我们要通过危，找到机，把陈旧的产品淘汰掉，逼迫着自己更新换代，换到一个现代的新的商业模式，这就是危机给我们的启示，人类就是在这样的思想认识中发展，在这样的心路历程中成长。

第一要感谢哥白尼，第二要感谢达尔文。大家知道，这些病毒的历史寿命比我们长多了，有几十亿年，哺乳动物的历史才8000万年，而我们人类的历史才300万年，人类来到这个世界上是很晚的，但是不断自我演化和升级，达尔文告诉我们，人类不是与生俱来的万物灵长，是进化的结果，是努力的结果。

第三要感谢弗洛伊德，他告诉我们人类有潜意识，不受主导，人类主管自己也是困难的，也需要懂得自律，不断克服自身生理、思维的不足。现在正是第四次觉醒的时候，就是智能革命，我们正在迎来一个生物与机器联姻的时代，未来的人类走向很模糊。大脑可以植入芯片，身体器官功能可以强化，现在有智能手臂、智能双腿，人的生活越来越机器化，而机器越来越人性化，人机不分离可能是未来社会的主流。人类不仅管不了自己，甚至会受制于机器，人和机器人融合是未来的趋势。这次革命由谁引领，谁就是世界未来100年的引领者。

中国之于世界有责任，应该有担当；世界之于美国，同样要美国有责任有担当。未来那就看中美之间的PK，中美之间的PK不在于贸易，根本还是技术和文化的竞争。但是我们知道，任何没落的强者都不会主动退出这个世界，因为有利益，要让他退出必须有成本，必须有代价。这次的疫情更让我们下定决心，让全民受教，我们必须走现代智能之路，这为我们未来的智能革命，做了一次思想启蒙，进行了一次认知的"文艺复兴"和"启蒙运动"。

人类社会就是一个模式的不断更新换代，为什么能够在短短的300万年时间超越了那么多同类？第一，因为人类有抽象思维，在政治上创建了国家，这是其他动物不具备条件的。第二，在经济上创建了公司制。正是因为如此，人类的经济形态发生了根本变化。资本主义社会为什么短短几百年超越了所有文明大国与古国，四大文明古国在西方的坚船利炮之下，可以说不堪一击。新文明和旧文明是科技和生产力的较量，正是这样一个文明的交替，推动人类走向下一个文明。

公司也是如此，以前中国没有公司制，中国的作坊与现代公司制度还不一样，治理结构、治理模式和管理模式都有很大的差距，所以这就是为什么中国有最早的资本主义萌芽，却没有形成资本主义社会。

而以往这几个引领世界的国家并非"大国"，这说明一个什么问题？国之大小不在于国土，不在于人口，而在于它的制度模式、技术和治理结构。

三、企业的战略与管理升级

公司也是一样，原来我们习惯于传统生产作业模式，习惯朝九晚五这种自上而下的金字塔结构模式。而现在是信息技术的时代，我们正面临着产业模式、管理模式的更新换代，这种更新换代在于今天的企业再也不是金字塔结构了，企业组织再也不是一个简单的固定模式，而变成共生共赢的平台。在这个平台上，各路英雄相互竞争，所有老板和员工是合作关系。企业的管理应该是扁平化的，未来的企业员工都是你的合作伙伴，未来的企业就是一个平台，生产、销售会逐步呈现出集合中的分散化。但是整个组织、营销、管理是通过公司这个平台来实现。

企业共同的信仰、无我的领导、技术穿透和顾客主义——这是北大陈春花教授的见解，我很认同。什么叫共同的信仰？以前做企业的目的是要赚钱发财，现在年轻人，他们创业也要发财，但是共同的价值观、共同的使命感、共同的追求是首要考虑的。无我的领导是在创业和合作伙伴里面，群策群力，能够团结，凝聚团队的力量。技术穿透指以前通过组织完成的东西，现在由技术实现，技术实现了自我管理。顾客主义指以前的顾客就是你现在的消费者，如何将顾客变成合作伙伴是至关重要的。所以，未来的组织进化将是这"四去"模式：一是去中介化，使得组织扁平化、平台化；二是去边界化、跨界，形成产业生态；三是去戒律化，让员工自主，能够创新；四是去权威化，组织跟人的关系是合作伙伴关系，是平行协同的关系。未来的企业就是一个大同的公司，一个平台加分布式经营。

与时俱进者才能获得可持续的发展，所以未来企业呈现的是组织变革和人才机制这两大关键的创新。大家知道京东，京东当时在中关村卖电脑，现在七年间翻了100倍。同样做电器的国美，2008年它的经济规模是京东的100倍，2019年国美的总值不到京东的1/10，十年的时间相差千倍，这就是商业模式迭代的结果。京东代表信息产业，而国美代表工业产业，靠的还是物理空间，需要很大成本。所以从这些文化、发展、模式我们可以总结出：与时俱进、组织变革、创新发展是企业生存发展的关键所在。

京东为什么发展得好？它提出了一个3V的组织模型，包括建立用户向导的网络组织，价值契约的钻石型组织，还有共生的竹林生态型组织，针对顾客、针对价值生态以及针对合作关系。像这样的组织还有很多，比如华为，它的模式就是平台加项目制。三大模块：公益性组织、委员会组织和项目组织。华为那么大的结构如何去管理？是靠管理组织，靠文化管理职员，而不是靠老板个人。小企业靠老板，大企业靠制度，超大企业靠文化。

我们的讨论都是围绕管理的创新变革，我们有这样的文化基础和文化积淀吗？——国学。中国的文化是生生不息，是求新求变的文化。但最核心的内容是讲究天人合一，人与自然和谐共处。此次疫情的暴发又一次给我们敲响了警钟，警示我们要与自然和谐相处。

通过这一个多小时和大家的交流，我们可以看到，这个世界在变化，只不过这次疫情，让我们更清澈明晰地看到了当下的问题。从经济和社会的角度来说，这是个坏事，但是我们要学会福祸相依，转变我们的思想，要弄明白产业的嬗变。产业嬗变是什么？旧的产业模式结束了，新的产业模式开始了，也就是传统的商业模式已经被淘汰出局了，未来就是一个信息文明时代。

在信息透明的时代，产业只能通过智能来进行生产要素的配置。个性化、精致化、人性化是未来产品的发展模式，也是我们商业的发展模式。把企业经营好，把公司发展好，交更多的税，成全更多的客户；让你的员工因为在你的企业，能获得更多的收益，让家庭和谐幸福，这才是企业真正要修行的。人生就是一场修行，最大的修行在你的岗位上，这样才能够修来功德。孟子说，天下之本在国，国之本在家，家之本在身。企业家们修身为第一要务，除了赚钱，还要有责任感、使命感，草莽时代过去了，现在要拼素质。所以，我有三句话送给大家：第一句是人生取向要高远。要有远大的目标，远见卓识，要运筹帷幄。第二句是体验要深刻。对企业、对社会、对国家要有责任和担当，能经得起风雨。这次疫情也是场考验，让我们在艰苦卓绝中锻炼自己，成就自己。第三句是能量要充沛。大家一定要有正念、正业、正定、正精进，身体要搞好，最关键的是把企业文化搞好，不断地精进，砥砺前行，百折不挠。假如把你的人生、事业当成一场修行，那么新冠肺炎就是人生的一劫，通过这一劫，能够让你更加刚毅、卓绝，更加精进。

姑妄言之，姑妄听之。感谢各位的聆听，直播体验可能会有些不够完美，最后我用泰戈尔的一句话来结束本次直播：我最后的祝福献给那些知道我不完美却依然爱我的人。

参考文献：

1. 普华永道. 疫情对中国宏观经济影响及政策建议 [G]. 2020-02-12.
2. 清华经管学院中国企业发展与并购重组研究中心，清华大学经济管理学院. 新冠肺炎疫情对我国大中型企业影响报告［G］.2020-02-16.

3. 滕泰,刘哲,张海冰.全景透视疫情对中国经济影响：总量与结构分析［G］.万博新经济研究院,2020-02-25.

4. 徐翔.中国经济盘点：2019年中国经济底盘"稳"从何来［EB/OL］.人民网,2018-11-22.

5. 张军.疫情对中国经济影响几何［N］.中华工商时报,2020-02-25.

6. 疫情对中国经济的影响究竟有多大？［N］.经济日报,2020-02-06.

7. 穆迪维持中国年度经济预测"疫情对中国经济影响将是暂时的"［EB/OL］.中国产业经济信息网,2020-02-06.

8. 疫情期间苏宁到家业务同比增长近4倍［N］.证券时报,2020-02-04.

9. 一场突如其来的疫情,检验了苏宁易购三大核心能力［N］.财经时报网,2020-02-06.

10. 北京出台16条措施减轻疫情对中小微企业生产经营影响［N］.新华社,2020-02-06.

11. 疫情对小微企业影响究竟有多大？这些国家政策都get到了吗？［N］.经济日报,2020-02-11.

12. 多大程度上影响经济增长？如何保增长？［N］.中国青年网,2020-02-17.

13. 陈春花.打造"共生"型组织要有四种境界［N］.凤凰网财经,2019-04-19.

学海泛舟

一县之胥吏乾坤

官,治众也。社会地位优越,肩负责任重大。

得一官不荣,失一官不辱,勿说一官无用,地方全靠一官;

吃百姓之饭,穿百姓之衣,莫道百姓可欺,自己也是百姓。

这是两任总书记曾经引用的楹联,这副对联出自内乡县衙。内乡县衙是中国唯一保存最完好的封建时代县衙,"一座古县衙,半部官文化",是中国官文化的历史标本。

故宫博物院(中央)、河北保定直隶总督署(省)、山西霍州署(州)、河南内乡县衙(县)构成了我国从中央到地方的四级古代官文化系列。除了山西霍州署,我去了三个。故宫与内乡构成最高与最低两个维度,"龙头在北京,龙尾在内乡"。

内乡被标为"繁、难"(政务纷纭者为"繁",民刁俗悍、命盗案多者为"难"),说明当时内乡不仅天高皇帝远,而且是民情复杂难以治理的地方。

按明清官制,一任知县期限三年,清代二百多年间任内乡知县者一百余名,人均不满任期,也说明了这里的治理难度。

而建造内乡县衙的知县章炳焘连任三届内乡知县,从1892年到1901年,九年间章炳焘借县衙隔壁的察院办公,而之前从1862年捻军攻破内乡,烧毁内乡县衙后的30年间,换了20位知县,每位知县平均到任不到两年,看来借衙门办公实难令知县们恋栈内乡,而以五品同知衔任内乡知县的章炳焘一直干了九年,在最后一任内,重建内乡县衙。

清代的科举制度因循明制,应选人由县试、府城、乡试、会试和殿试取得不同的科举资历,方可候选入仕。清代除从进士举人中选拔县官外,其他"五贡"(恩贡、拔贡、副贡、岁贡和优贡)出身的人,也是县官的来源。据民国《内乡县志·职官》载,清代内乡县历任县官113人,除30人出身记载不详外,在余下的83人中,有进士16人,占20%,举人37人,占44%,其他监生、贡生、拔贡等30人,占36%,以上情况表明进士举人、"五贡"是县官的次要来源。

在这座衙门博物馆,起自元,结于清。我关注的是其附属机构及公务人员构成。

清代普通县份不设县丞、主簿佐贰官,而由典史兼领其事,因掌治安刑狱,故(沿元制)习称典史为县尉,设专署办公称为典史衙(廨)、巡捕衙或捕厅署,有攒典一人协助办事。

儒学教谕(正八品)、训导(正九品)各一人,"掌训迪生员及学政各事"。

巡检司巡检(从九品),设于县境边远关键地方,"掌捕盗贼,诘奸宄"。元、明、清内乡县均在西峡口设巡检司。

此外,还有驿丞(掌邮传)、闸官(掌河闸启闭事)、税课大使(掌典商税)、县仓大使(管仓庾)、河泊所官(掌收渔税)等均视事而设,也属未入流之杂职官。县衙的职能办事机构沿明之制,称为六房。

内乡县设知县一人,属官典史、教谕、训导、巡检各一人,其他役杂如三班衙役、伞扇轿夫、门子、禁卒、厨夫等109人,加上未计的医官、阴阳生、志书未载的书吏、师爷和仵作(验尸的医生)、稳婆(验女尸的医生)、官媒(女役)等,内乡县署内的实际"工作人员"达150人以上,由此可见一斑。

也就是说,在衙门工作的人员3%(5人)是国家财政供养,而剩下的高于96%的人员是没有国家薪水的。

衙门里做事的人,有官、僚、吏三种。官是正职,僚是副职,吏其实就是办事员。官和僚都是有品级的官员,称为"品官"。由于从隋朝以后官僚都由中央政府统一任命,因此他们也叫"朝廷命官"。

胥吏不是国家正式官员,不可能用国家体制去规范它,书吏没有品秩级别,按清朝制度就是没有"顶戴"的人,也没有俸禄。胥吏们一无收入,二无前途,三无职业自豪感,自身定位差,却偏偏手中握有管人、管事、管物的实权,又缺少监督,加上长官的利用和纵容,想不腐败都难。他们上下左右,相互声援,即操纵运转着州县衙门,"衙门口朝南开,有理没钱莫进来"。

县衙的建造者章炳焘的官儿,竟然是买来的。他出身官宦世家,世代做官换来万贯家财,到了他这一代走科举道路已无可能,他和两个弟弟都是监生出身。所谓的监生,也是一种陋规,没能考上秀才的人可以"纳捐入监"。监生是在国子监读书的学生的名称,但在明清时,向国家缴纳一定数额的钱就可以获得监生的称号,重要的是监生是可以和秀才一样参加科举考试,如果中举就可做官。

章炳焘是五品同知衔的内乡知县,为了这个知县实职章炳焘先后向政府输捐五次,前后达13年,在40岁时方得到内乡知县职务,为了做官可谓矢志不渝。

章炳焘在内乡九年,纵然留下了"衙门口朝南开,无钱你就别进来"的非议,但因勤于职守,廉洁奉公,所筹款项没有一分一厘装入私人腰包,卸任后一贫如洗两袖清风,所以深受当地人民拥戴,多有轶闻佳话留传。

内乡县衙建筑风格独特,整体布局严格按照清代地方官署规制,表现了"坐北朝南、左文右武、前朝后寝、狱房居南"的传统礼制思想。

不看不知道,古今一对比,真是吓一跳。

冯军旗是北京大学的社会学博士,他在新野挂职县长助理,深度访谈了数百名官员,最终写下一部长达万余字的学术论文,名为《中县干部》,对中国县乡干部任用、升迁体制进行细致研究,被认为触及了政治领域最核心的地带,但最终引起关注的,却是政治家族。

冯军旗在深入调研后发现,在这个副科级及以上干部仅有1000多人的农业县里,竟然存在21个政治"大家族"和140个政治"小家族"。在这个庞大的"政治家族"网络中,一些秘而不宣的潜规则变得清晰可见。有的官位"世袭",或是几代人,或是亲属连续稳坐同一官位;有的裙带提拔,凡是副处级及以上领导干部的子女,至少拥有一个副科级以上职务;普遍的规则是"不落空"现象,干部子弟们的工作会随着单位盛衰而流动。更为可怕的是,政治家族之间并不割裂,往往以联姻或者拜干亲的方式不断扩大,"几乎找不到一个孤立的家族"。如此的门当户对,如此的龙生龙、凤生凤,除了阻断草根百姓的上升通道之外,政治家族化恐怕会使官场生态更加恶劣。

当阎雨遇上索达吉堪布

阎雨老师：堪布先生是得道的大高僧，有机会到北大讲学，有这么一个机会亲近上师，我们感到很荣幸。

很多学术研究工作者会做一些关于宗教文化方面的考察、交流，但是我们的视角和您作为宗教人士会有所不同。我们的研究首先是出于学术本身需要。其次，我们的研究领域属于社会学科，社会学科的特点就是服务于社会的一线实践。在这方面，我们会为国家的一些政策决策提供事前、事中、事后的服务，也参与一些国家重大政策方针设计的科研工作。但是，在科研工作中会面临一些困惑，这些困惑如果仅从学术的角度去考量会有一定的困难。

比如说，在文化研究方面，我们一般会认为文化资源越丰富的地方发展文化产业的条件越充分，但实际上我去过一些国家，如埃及、印度，考察了两河流域和墨西哥的玛雅文化，这些国家的文明都非常厚重，但是在文明厚重的国家文化产业却非常薄弱，就这种情况，我不知道堪布先生是怎么来看待的？在文化越厚重的国家，现代化程度相对来说比较弱，文化产业的发展并没有形成体量的优势，请问堪布先生您是怎么看待的？

索达吉堪布：今天很高兴见到阎院长。我们基于不同的视角，从社会学、宗教学或者哲学等多维度层面开展研究的时候，可能产生很多共通点，也会有不共通的点。

您刚才提到古巴比伦文明、玛雅文明等，如今看来有些可以说是销声匿迹。埃及现在在海洋中、在沙漠里还残留一些古文化的碎片。玛雅文明约形成于公元前2500年，古埃及文化有些说可以上溯到公元前1万年，有些说是5000年吧。这些古文明消失了，我想有两方面的原因，一个就是任何一个国家的文明和它的产业都有一个兴衰的过程。我们佛教认为万物都是无常的，全世界的文明也是这样的。其次，我们看到很多历史资料都是由于其他国家入侵而被侵吞、破坏的。埃及的很多文字也准备到大英博物馆那里去恢复，所以与国际历史也是有直接关系的。世界上现存的这些佛法也曾遭遇类似的事件。

阎雨老师：埃及的历史很久远，而且是有案可考、有史可载的这样一个文明，它和古印度文明、玛雅文明都让我们叹为观止。古印度文明现在还有，虽然中间有中断，但是它还有继承和发展。但埃及文明和玛雅文明就完全中断了。中国的文明是唯一一个没有中断的文明，那么就产生一个问题，是什么样的一个内在因素决定了一个国家的兴衰又决定了一个民族文化的兴衰？为什么中国的文化可以绵延不绝，而埃及那么璀璨的文化会中断，还有很多文明现在都已经消失在历史长河中。是什么力量决定了中华文明可以绵延不绝、长盛不衰？

索达吉堪布：实际上，中国的文化具有兼容的特质，例如孝文化在儒家文化、佛家文化中都有提倡，得以广为流传，跟埃及比较起来，这点是欣慰的。其次和国家之间的战乱有一定的关系。另外，与人们的价值观有关，如果人们对新事物产生兴趣，对古代文明产生一些厌恶心理，不重视古文明，把它淘汰掉，就在历史的长河中彻底消失了。所以与后人的价值观或者是对文明的忠实程度也有一定的关系。在这个方面比较起来，中国人对自己的文明和传统文化向来都是非常重视的。

阎雨老师：这是不是与文明的包容程度有关系？

索达吉堪布：也可以这么说。但实际上埃及文化在世界当中流传了很多年。

阎雨老师：不同特征的文化之间可能会有一些冲突，但是同宗同源的文化也可能会产生冲突。比如犹太教、基督教和伊斯兰教，它们是同宗同源的。但是从历史上看，它们之间的冲突可能也是最激烈的，从十字军东征到现在的整个中东的政局变动。像犹太教、伊斯兰教和基督教，未来他们的文化能不能够真正解除相互之间的冲突，实现圆融？因为有一个非常有名的美国学者亨廷顿写了一本书《文明的冲突》，他认为未来的世界不是意识形态的冲突，甚至不是经济的冲突，最重要的是文化的冲突。按照他的这种观点，如果文化冲突在未来得不到圆融，得不到和解的话，这种冲突会伴随人类自始至终。

索达吉堪布：亨廷顿的有些学说我以前也是看过的，但是他的有些说法，例如认为人类完全是一个文化文明的冲突，也不见得是这样的。

因为从历史上看，不管是基督教还是伊斯兰教，宗教之间的战争，所发生的这些冲突都是跟社会的意识形态、政治经济有关系。如果说是单纯的文化冲突，恐怕在我们追溯历史的时候，还是非常罕见的。至于将来完全融为一体，我觉得有一点困难。表面上看来，它们都是承认上帝、主，有很多同源同根密切的历史延续。但是实际上到了非洲、中东、欧洲的时候，就会感觉到其实这种冲突应该是跟社会意识形态密不可分的。并且他们的教育，尤其是伊斯兰教的教育，在宗教的教义当中带有很多社会学，就是一些意识形态教育，在这种教育下培养出来的人难以避免发生文化冲突、文明冲突。所以我们会非常担心，很多学者也认为，将来的社会不一定是基督教的社会，很有可能是伊斯兰教的。

阎雨老师：现在就已初见端倪，现在在欧洲有大量的伊斯兰移民，他们的生育率很高，一个家庭有七八个孩子，而欧洲的生育率只有1.38%。例如，在以色列居民主要信仰犹太教，犹太教又分很多派，比如哈西迪派就是很保守的教派，一个家庭生9个孩子、10个孩子很正常，7个孩子都是少的。而普通的犹太人家庭只生一个孩子。他们这些人到十四五岁就不读书了，完全回到他们最早的旧约时代，回到先人的生活方式。所以我感觉要用历史的眼光看待任何一种文化，包括宗教，如果文化不进行自我融合、自我创新，就有可能从先进走向落后。

索达吉堪布：有的宗教实力比较强大，而且它可利用的人力财力很大。在英国、法国，尤其这几年有非常大量的移民，所以很多欧洲国家有危机感。当宗教和政治结合在一起的时候，它可能会利用很多宗教教义以外的东西，以宗教来包装，这个时候的宗教不一定就是宗教的形态了。

阎雨老师：对，它在6世纪以后崛起，那时政教合一是一种很先进的体制。面对中世纪的黑暗、欧洲的黑暗，当时的伊斯兰教可以认为是一种先进的文化，当时的伊斯兰教是包容的、和平的。

我觉得佛教提倡的包容、圆融，就是一种自我创新，对于其他宗教来说可能是一个很好的借鉴。那么从这个视角，我们去观察中华文化的发展历程也是这样的，中国文化之所以绵延不绝有各方面因素，其中与佛教的融入有很大的关系。佛教可以说延续了中华文化，把儒家和道家提升到一种新的境界。当然儒家道家对佛教也有一种补充。

这几年，内地对藏传佛教非常好奇、向往甚至神往。很多内地的学者、企业家到藏地去学佛教，已经形成一种潮流。类似学习藏传佛教的热潮在（20世纪）60年代的美国、欧洲也曾兴起过。您是如何来看这种文化潮流的？

索达吉堪布：我的看法是自上个世纪八九十年代以来，藏传佛教在内地确实比较兴盛，在美国、欧洲一直从上世纪六十年代到今天都是非常热门。

在Facebook（脸书）上面有一个作者，我跟他对话，他是《世界上最幸福的人》的作者。他也说这么多年以来，藏传佛教在西方的影响是非常难以想象的。同样的，我觉得现在在汉地兴盛的一个原因是，在汉地寺院里面讲经说法的虽然有，但是跟藏地相比较少一点。现在很多年轻人，尤其是现在很多知识分子，有一定文化、有一定学历，他们需要经过观察、经过深思熟虑才能接受，因此在一段时间当中，学习藏传佛教会成为一种潮流。当然也有由于自身原因跟着随波逐流的，存在这种情况，但对于大多数人来讲还是一种理性的接受。而且藏传佛教在心理疏导这方面具有一定优势，有很多诀窍和理论，我认为是这样的。

阎雨老师： 太虚大师提出人生佛教后来延续成人间佛教，人间佛教践行最好的其实是在台湾。台湾像佛光山、中台禅寺、慈济还有法鼓山，我都去过，我也和大德做过交流，他们还专门安排我和星云大师见过面，和惟觉长老做过交流。在台湾，人间佛教践行是比较充分的。我曾经在国家宗教会议上提出，认为台湾的佛教对人间的融合、文化融合、群体的和解、不同阶层的和解，起到非常关键的作用。那么中央的一些领导就说你再考察一下，提个建议。但我是走马观花，您是业内的大德，也是业内的高僧，您是如何看待台湾的人间佛教的？他们在全球遍地开花，设了那么多的道场。

索达吉堪布： 我觉得人间佛教兴盛的原因就在于他用通俗易懂的语言来表达佛教方方面面的道理。因为这样，现在的星云大师、四大山头，弘法事业非常广大，包括台湾相当多的民众接受佛法。但是从佛教的专业角度来讲，可能更多的一些佛教专业需要在寺院、在道场当中传法学习和实修，这也是很重要的。生活佛教使佛教变得生活化，应该是指在任何场合都可以接受佛教慈悲的理念、利他的理念，等等。但是我们同时也要强调，佛教的神圣不能丢失，因为佛教还有一些更深的道理，如果我们太过于低俗化，太过于生活化的话，佛教当中很深奥的、抽象的理论就会丢失了。所以我们在弘扬人间佛教的同时，更要在寺院、在佛教的专业研究当中强调佛教一些深入的道理，两者都很重要。

阎雨老师： 我认为这就是手段和目的的差异。人间佛教是手段，不是目的，目的还是要深入。有的大陆道场就有点本末倒置了。

内地很多人向往藏传佛教，但是有一些学者对藏传佛教的修行法门有不同的理解。比如藏传佛教中有双运修行，在汉传佛教里面没有这个修行，没法比较，它是一个修行的法门吗？还是一个很重要的阶段，必须要经过的一个阶段？如果不用这个法门的话，是不是就缺少了持续精进的这种次第？

索达吉堪布： 实际上是这样的，藏传佛教里的一些双运、诛杀、降伏，这些表面上看和佛教显宗的观点有点不太相合的，但是它的具体意义在显宗当中也是有的。显宗《不可思议经》《宝积经》里面都有大悲商主刺杀短矛黑人的故事，没有构成对他的障碍。还有星宿普罗门的故事，表面上看是破戒，但是实际上没有破戒。通过这两个公案可以了知，大乘本来不能杀生、不能邪淫，但若对众生真正有利，在特殊情况下也有开许。显宗有这样的观点。

实际上在密宗当中不经过双运、降伏，直接依靠比如密宗当中的大圆满等很多法门，也是可以直接获得解脱，这是没什么问题的。我们现在可以看到，藏传佛教每一个寺院当中也没有任何高僧大德必须要依靠这些行为。

阎雨老师：现在有很多内地的藏传佛教修行者认为金刚乘是高于显宗的法乘的，他们的认识对吗？

索达吉堪布：每个人的根基并不相同，其实每一种法都可以成就与它有缘分的人。每一种宗派都有自身的特点，对于根基跟密宗一样的人来讲，实际上就是最好的法。如果对密宗没有慧根，显宗的法对于他来讲就是最高的，应该可以这样来理解。

阎雨老师：对于内地修行藏传佛教密宗，您对他们有一些什么建议吗？对他们有一些什么点拨吗？

索达吉堪布：我觉得不管是选密宗也好，选显宗也好，首先应该打好基础，否则可能是纸上谈兵。其次，修行密宗的人也不能太排斥显宗，我们藏传佛教没有一个光是修密宗而不修显宗的，所以藏传佛教都是显密双休。同时也希望纯粹修显宗的汉地的个别修行者，也应该真正理解藏传密宗的神圣意义。否则我们只是提一些表面的词，然后轻易诽谤，轻易误解，恐怕对自己也不一定有利。密宗不能轻易地否定、排斥，应该花一定的时间好好去研究，最后才可能会明白里面到底是什么样的。

阎雨老师：最后一个问题，像您平时弘法，日理万机，怎么还能够抽出时间来到高校做这些关于人际关系、关于人生管理的讲座，您到高校来弘法的初衷是什么？

索达吉堪布：实际上，高校我也没有刻意要去，凡是有因缘的地方，我都去跟他们交流沟通，尤其是我自己很感兴趣的。其实，很多高校的学者都是从佛教或其他宗教实践中开展学术研究，我们也有很多机会跟很多高校的师生交流理念和想法，同时自己也想学习，就拜见很多人，然后可以从中学习到很多观念。虽然我们作为出家人不会搞企业，但是我们对人性的管理和对世人的关注度也是同样的比较关心。所以我们还是很感兴趣这方面的学习。

阎雨老师：非常感谢大师索达吉堪布到北大给我们导航思想，启迪我们的心智。

2016 年 11 月 6 日于北京大学英杰交流中心

创新与创业扭转经济颓势

2008年、2009年两年,中美两国的经济都比较艰难,但为什么在2010年以后,美国和中国的经济走势出现了明显的不同,美国经济靠什么迅速走出衰退,中国经济又为何出现连续五年下行?

尽管美国搞了量化宽松,但真正推动美国经济走出衰退的,是以苹果产业链为代表的新供给、新需求、新动力。2010年以后,以苹果手机为代表的智能产业和移动互联进入全面的新供给扩张阶段,带动了美国消费的复苏、投资的复苏以及出口的比较大的反弹。所以2010年以后,美国经济逐步走出了衰退,走出了危机,进入一个上升周期,重新成为拉动世界经济的火车头。

反观中国,2008年推出了以"4万亿"为代表的需求扩张政策。虽然2009年短暂快速反弹,但是2010年以后就进入了持续5年的经济相对下行周期。有太多的产业处于供给成熟和供给老化的阶段。

十八届三中全会以后,大家对改革充满了期待,但是改革的深度和力度都没有达到市场的预期。无论是土地流转,还是人口户籍制度、科技创新体制、金融体制的改革,或者垄断行业的改革,都没有达到两年前的预期效果。推动供给侧结构改革,不但抓住了经济运行的主要矛盾,而且也能起到重新凝聚改革共识、扭转经济颓势的战略性作用。

即便在新供给形成和新供给扩张的阶段,如果受到行政、税收等成本的约束,或者受到一些制度的抑制,供给也不能创造自身的需求,甚至很多新供给受到抑制,不能形成生产力。所以新供给经济学的任务,就是创造条件,放松供给约束,解除供给抑制,通过供给侧改革,让它具备这个条件。

上可九天揽月，下可五洋捉鳖

——为航天潜海英雄讲授国学真精神

昨天，再次应国家航天中心邀请授课，为"蛟龙号"潜航员讲授《儒家文化与现代化》。到教室后才发现国家重点培养的几位潜航人员都在，还有两位巾帼英雄，他们经常上CCTV的新闻联播。

他们听课都很认真，对儒家文化历史脉络与传承流变兴趣更浓。

当我讲到中国文化特质是以人为本（"夫霸王之所始也，以人为本。本理则国固，本乱则国危。"出自《管子》）、以德为本、以民为本（《尚书》："民为邦本"。孟子："民为贵，社稷次之，君为轻。"）、以合为本（天人合一），体现形式是"旧邦新命"时，大家深切感受到博大精深的中华优秀传统文化，是我们在世界文化激荡中站稳脚跟的根基。只有深悉中华优秀传统文化的历史渊源、发展脉络、基本走向、独特创造、价值理念、鲜明特色，才能更好地增强文化自信和价值观自信。

课间，我们闲聊到他们的工作，他们要下潜到14公里左右的水下，潜航船数以百计的部件，只要有一个出现差池，他们都有可能以身殉国。听到此，我深受感动，这些航天潜海的英雄们为了中华之崛起以身许国，怎能不令人感佩！

神舟与天宫成功分离，航天员明日中午返回地球，这次太空飞行的就有听我上次讲授《中国管理C模式》的学员，他们明天就回家，我深切地祝福他们：平安、顺遂、如意！我们都在等着你们凯旋的好消息！

附：

北京时间6月27日11时47分，中国"蛟龙"再次刷新"中国深度"——下潜7062米。6月3日，"蛟龙"出征以来，已经连续书写了5个"中国深度"新纪录：6月15日，6671米；6月19日，6965米；6月22日，6963米；6月24日，7020米；6月27日，7062米。

"蛟龙号"具备深海探矿、海底高精度地形测量、可疑物探测与捕获、深海生物考察等功能。

羊城会讲

放假前最后一次差旅了，今日起获得自由身。

与院长孙祁祥教授联袂羊城讲学，孙院长讲授她独创的"三律五合"发展观，我则从文明比较的角度进行解读和备注。

孙祁祥教授认为：历史经验表明，越是开放的系统，涵盖范围越广；要素流动越自由，不确定性也就越大。大国演进规律、科技发展规律和风险演化规律在为中国的未来发展设定了宏观背景的同时，也提出了新的发展机遇与挑战。在此基础上提出中国可持续发展的"五合"思想：

承创合意，优秀传统、历史、文化和思想传承与创新；

政市合璧，发挥市场与政府各自的优势；

虚实合契，实体经济与虚拟经济共同发挥作用；

软硬合力，硬实力的提升与软实力的构建并重；

天人合一，人与自然的和谐共生。

孙教授主要是从经济学的角度提炼出"五合"思想，而我则从文明比较角度，进行了人类文明演进的梳理。根据生产力形成、文化导引、心智的变迁和新文明的崛起，最终全球发展的导引、国家的治理和个人修为也基本如此路径，其结论几乎一致，说明无论社会科学、人文科学都遵循着基本规则和规律进行演进，殊途同归即是此理。登山路径有多条，山顶相遇则是必然。

会场人员爆满，不断有人涌入旁听，会后反响热烈，说明这种联讲模式很是受用，此风很雷同古代的书院会讲。探索之，精进之！

吾师与真理

——茅于轼先生 88 寿诞感言

1月15日，茅于轼先生88寿诞，上午天则所为其举行隆重庆典。由于人多，难免喧嚣，我和学人张星水大律师相约下午驱车茅老府邸为其祝寿，同行的还有同事刘雪明先生及深圳的吴奋生博士。

开门的茅老夫人赵燕玲老师虽年届八旬，但依然神采奕奕，端庄淑静，落落大方，颇有大家闺秀之风。

茅老正在屋内与客人会谈，面色红晕，思路敏捷，但精神略显倦怠，可能近日应酬过多之故。

满屋的鲜花，清香浓郁，仿若身置清凉境地，与室外的雾霾形成了殊胜世界。

认识茅老15年了，每次见面都有如沐春风之感，他身上所浸润的士人君子之风常让人想起久违的民国学人"范"：温文尔雅，理想主义，学富五车，书生意气，家国情怀。

我很怀念那个理想主义洋溢的时代，可能我处在这样一个精致利己的学界时间过久，无奈、顺从、迎合已力不从心，红尘中的修行负累愈多，愈是享受、欣赏茅老身上这份独立、自主、从容与自在。

其实从学术的角度，我并不完全赞赏茅老的一些观点，甚至还写文章批判过他的"惟市场论"，我甚至认为"惟市场"理论在欧洲历行三百多年能量已经衰竭，欧洲的衰落证明，市场不能必然自行有效配置资源，民主与福利的相互绑架，使欧洲国家和国民都成了"瘾君子"，西方理论只能是参考，而不是全盘西化。我考察过欧亚非美各大洲几十个国家的文明与现状，粗浅地认为：文明的形态不是至此而至，而是还在不断演进，特别是进入信息化时代，文明形态演进节奏将加速，更加富有理性、人文、高效的制度将在不久的未来被设计出来。民主是文明的一部分，而不是人类文明的全部，民主的形态、内涵、精神还将不断涅槃更新，未来的民主形态将更加完善、可行、人文、人本、有甄别能力，不再与低效、懒惰和颓废同体而生。

当然，茅老的思想形成，有着其深刻的社会与历史因素。

1950年，茅老毕业于交通大学机械系，分配在齐齐哈尔铁路局，任火车司机、工程师,从事铁道机械机车车辆研究,属于典型的工科男。

1958年,他被划为"右派",下放至山东滕县(今山东滕州)农村劳动。在随后的全国性的大饥荒中,整日饥肠辘辘。

"文革"中,他再次受到冲击,被抄家、批斗甚至殴打,最后发配至山西农村接受劳动改造,直到1978年才获得平反。

一个满腹才华有望成为科学家的工科才子,在青春鼎盛、最富才情的年代却被流放到荒凉的农村劳动,食不果腹,衣不蔽体,这样的试错成本有多高?人生的挫败感有多强烈?

鲁迅当年在日本本来是学医的,为什么后来改为文学呢?身体与精神,孰轻孰重?个人的人生轨迹,往往由大的历史所决定。

茅老于1975年开始从事微观经济学研究,1979年提出择优分配原理,重新构造了整个微观经济学,1981年参加了美国经济学家修斯在北京的计量经济学研讨班,正式接触到现代经济学。1984年,从铁道部科学研究院调到中国社会科学院美国研究所。1986年,由福特基金会资助,赴美国在哈佛大学任为期一年的注册访问学者。这一年尽管很短暂,但对于茅老经济思想巩固与坚守至关重要,他找到了自我逻辑的验证。

由于茅老是年过半百才开始正式研究经济学的,其逻辑太过简单。简单的逻辑往往会有大批的附庸,因为感觉靠得住,同时也会有很多反对者,因为简单的逻辑的对立面也是很简单的。

我想茅老的价值不止是经济学的造诣,还在于其高扬的学术自由独立的精神和理想主义的学人气质!

2012年3月,设于美国华盛顿的智库卡托研究所(Cato Institute)宣布,茅于轼获得该研究所颁发的2012年米尔顿·弗里德曼自由奖。卡托研究所认为,茅于轼是中国个人权利和自由市场的最积极倡导者之一,他倡导开放和透明的政治体制,并在中国从计划经济向自由市场经济转型过程中贡献了力量。

我十分认同该奖项的评价。虽然道有不同,但我对茅老的敬仰不失分毫。

没有稷下学宫,何来百家争鸣,哪有春秋鼎盛?一花独放不是春,万紫千红春满园!繁花似锦,不是景象,而是态度。

茅老的人格丰碑是事实基石支撑,德性资源的海洋是日积月累。

1993年,茅于轼在山西临县龙水头村用小额贷款的方式使农民脱贫;2002年3月于北京市通州创办免费上学的"富平职业技能培训学校"……

这些善举未必符合他所倡导"市场资源配给"规律,但是它符合人性,符合社会的需要,符合人类的价值取向,符合浓浓的大爱天下的士人情怀!

茅老见我们进来，与我们握手，我们奉上了特意准备的蛋糕，一番嘘寒问暖，开始了我们的对话。对话约一个小时，涉及经济趋势、经济理论与社会发展，由于担心茅老过于劳累，我们只有依依惜别。

亚里士多德说"我爱吾师，吾更爱真理"，其实吾师与真理都值得深爱。

茅老知道我的观点与其相左，但依然热情接待我，共同真诚地探讨学术观点，并为我的书题写评论。

这就是茅老，具有中国学人的真精神。

2017 年 1 月 17 日晨于蔚秀园

我干了，你随意

举世滔滔，知音难觅。梦里千百度，一樽谁与同？

我们都是第一次活在这个世界，没有前世的经验，没有往生的教训，而且活着来到这个世界，就不能再活着回去。

我也怕孤寂，我也怕风雨，我也怕千百不公的遭遇。

江湖的人生，险象不断，小人作祟，命途多舛，有你为伴，我再也不满怀恐惧；漫漫人生路，落寞寂寥，有你为伴，人生才缤纷多彩，勃勃生机。

天堂再美，没有知音，也了然无趣；地狱再苦，志同道合者坐而论道，也是欢声笑语。我不怕地狱，我怕地狱里没有你——分担风雨，分享快乐。

风雨负笈路，故园终不住。人生的单行路上，有你尘世作伴，我才不虚此行，不昧今生。

这是今生最后的苟且。诸法空相，参透了，想想似乎万事也没什么了不起，也没什么值得恐惧。

从明天起我们要认认真真地活着，履行今生的职责，积一时之跬步，臻千里之遥程：好好读书，精进思想，努力工作，爱护家人，关心朋友，服务社会，爱国尽责。

只管耕耘，不问收获。在婆娑世界里，我们生活方式可以苟且，但人生的态度我们决不能狗血。

人生就是一场修行，无处不道场，你所在岗位，就是最为殊胜的庄严地，就是你今生福地，好自珍惜！

修行路上，一路有你们相伴，就是今生最大的福报！人生快意事，尽付于酒樽。

亲们，举起手中的杯，我干了，你随意！

看到大家留言，不由感慨丛生，胡乱涂鸦，与诸位共勉！

治学修身，不忘初衷

今晚陪同晏智杰教授大连把酒临风，彼此微醺，感慨万千。

晏老师是北大经济学院的老院长，师从一代经济学宗师陈岱孙先生，是岱孙老的关门研究生弟子。晏老师再次讲述与恩师的 40 年师生情谊，以及岱孙老的陈年往事，感佩老一代学人的高风亮节与治学精神，每每听后大家都唏嘘不已。这样的学人风骨与学术求真精进，而今日的北大恍若梦中。

这些年，追随晏老师经世济学，尚能领略大师风采一二，同时也追悔岁月蹉跎，学术荒废，便乘酒兴向晏老师表态：治学修身，不忘初衷。

互联网金融，再造人类经济新奇迹！

马克思曾经对工业的文明做过一个评价。他说资本主义用了一百年的时间创造的财富相当于人类有史以来所有财富的总和，资本主义之所以获得最快速的发展动力就是资本主义——资本以效率为配给原则。

然而曾经不可一世的欧洲今天却成了一片残砖断垣。

尼尔·弗格森：《西方的衰落》，经济增长放缓、债台高筑、人口老龄化问题、反社会行为等等不一而足。

代议制政府、自由市场、法治和文明社会，这些原本是西欧和北美社会的四大支柱正在衰落。

什么是人类发展的动力？又是什么因素决定了历史的兴替？

曾经不可一世的欧洲为何一蹶不振，当年列强为何雄风不再？

生产要素发生嬗变！

与欧洲衰落相对应的则是中国的崛起。

2009年，英国人马丁·雅克写了一本有关中国未来趋势的书，名为《当中国统治世界——中国的崛起和西方世界的衰落》获得学界广泛认可。

高盛预测在2027年中国将超过美国成为全球的NO.1，预测中国在2050年的GDP总量可达70万亿美元，而第二位的美国仅为40万亿美元。

中国前三十年依靠比较优势，而后三十年必然要靠资本、科技、文化三驾马车。

这一切都与资本相关，也就是与金融相关。

农耕文明的兴起是使货币诞生，工业文明催生了现代金融，信息文明时代，互联网金融就是这个时代的特质。

互联网颠覆了传统传播、产业、经济要素的秩序，信息产业内部也因技术的嬗变推陈出新而各领风骚三五年。

坊间有诗为证：十年生死两茫茫，百度兴，谷歌亡。三六零出，卡巴话凄凉。纵使相逢应不识，推特死，脸书强。人人开心忽还乡，马化腾，山寨王。淘宝亲，高朋新，街旁跟着拼。百合鹊桥忙，论坛靠色狼。导航网，已无常，全靠微博忙，纸媒泪千行！

作为市场创新的新生力量，互联网金融在中国迅速崛起，并已经深入到大众生活的方方面面。大量涌现的网上银行、基金超市、理财超市、余额宝等移动理财终端，替代传统的服务渠道，引发行业变革。支付宝与微信在红包大战中，颠覆了传统的金融支付和交易方式，开启了移动支付的春天。P2P 和众筹等新兴业态则一次次将"互联网金融"这个新概念推向时代的风口浪尖。

互联网金融对降低中小企业融资成本、助力普惠金融发展、促进金融产品创新、规范民间资本运行发挥了重要作用。作为创新发展的典范，互联网金融向世人展现出强大的生命力和影响力，并积蓄了巨大的发展能量和动力。

杜甫的《春夜喜雨》云："野径云俱黑，江船火独明"，互联网金融就是世界经济的江船，照亮世界经济黯淡的夜空。

新常态下，中国经济下行压力加大、供给侧改革的背景下，消费从产品为中心转变为以服务消费为核心，从集体消费转型为个性化消费为中心，"互联网＋"引发的是一场巨大的产业革命，互联网金融则掌握着产业革命的脉搏。在大数据时代，信息流整合、风险识别等技术工具将更加先进，互联网金融具有灵活、便捷、快速、安全的独特优势，代表了未来的产业发展方向。

2015 年，互联网金融已经被纳入中央"十三五"规划建议，预示着未来互联网金融战略地位的提升，迎来了全新的发展契机。

截至 2015 年底，参与互联网金融消费的人群已经达到 2 亿～3 亿人，市场规模接近 2 万亿元。在受访对象中，购买过互联网理财产品的家庭数量高达 80%。互联网金融消费者市场潜力巨大。但由于风险事件频发，安全成为消费者对互联网金融的共同期待。

但是任何事物带来正能量的同时，也一定隐藏着风险。

由于互联网金融产品的虚拟性、复杂性特点，其具有的风险性也相对较大，虚拟化的交易平台、交易方式、产品宣传等，就要求互联网金融消费者具备较高的专业知识水平和风险防范意识，才能在消费中了解产品的种类、属性等重要信息，降低消费风险。但是对于大多数普通的互联网金融消费者来说，很难满足这样的要求。一旦互联网金融平台在经营中没有做到充分、真实、全面披露金融产品信息的义务，就侵犯了消费者知情权；如果消费者没有对互联网金融产品进行全面了解，也不知道该产品存在的风险，就容易产生盲目投资的损失。

在注册体验过程中，消费者很可能在不知情的状态下将个人信息提供给第三方，导致信息泄露隐患存在。有的企业非法采集、使用、对外提供个人信息的问题，就侵犯了消费者个人隐私和金融信息安全；一旦恶意欺诈、P2P 平台跑路、掠夺性金融交易等事件发生，则严重损害了消费者财产安全。

从管理学的角度来看，文明、国家、社会的兴衰其实是靠工具理性（科技）及价值理性（道德与文化）两个车轮推动，两个维度平衡发展，就会国泰民安，反之不是止步不前就是世风日下，道德沦丧。

易经从易理的角度其实也是在论述着理性主义：天行健君子当自强不息，地势坤君子当厚德载物。自强不息，就是不断自我更新，获取新生的能量；厚德载物就是建立强大的价值理性体系，引导人与社会的发展方向、目标，约束人的不当的行为，树立积极向上的价值观、人生观与世界观。易经，八卦作为其决策模型，是建立在统计学、预测学、统筹学基础之上的国家、社会管理模型。

信息时代将原有生产力要素推倒重组，诉诸全新创造，这种全新的理念就蕴涵于易经文化，易就是革新之意，经就是经典。中华文化是一个穿越时空、洞悉人类社会基本动因的大哲学。

一阴一阳为之道。

目前，互联网金融消费者权益保护纠纷案件呈现出发生率高、涉及群体广泛、案件雷同化趋势，证据保全、财产保全、金融仲裁等案件处理过程也要符合协调、共享、创新的发展趋势，将权益保护做到"善始善终"，为守法经营的互联网金融企业创造公平公正的市场环境。

国务院办公厅日前发布的《关于加强金融消费者权益保护工作的指导意见》，对于保障金融消费者的八项权利——财产安全权、知情权、自主选择权、公平交易权、依法求偿权、受教育权、受尊重权、信息安全权提出明确要求。其中，加强信息共享，建立跨领域的金融消费者争议处理、执法合作权益保护协调机制，就超越了传统的分业监管模式，在结构层面推动着金融消费者保护机制的转型。

在这次的指导意见中，充分体现了倾斜保护与适当保护相结合的原则，在给予消费者更多保护的同时也保护经营者的合法权益，强调两者的相互依存关系，促进共同利益最大化，保护了市场活力。在保护手段方面，从立法、监管、教育、维权出发，建立了一整套相对完整的保护体系，对于创造公平诚信的市场环境，防范和化解金融风险具有重要意义。

瑕不掩瑜，我们不能因噎废食，因为互联网金融出现些问题而就抑制其发展。我们须知社会潮流浩浩荡荡，顺之者昌，逆之则亡。

互联网的大潮势不可挡。

今天，我很欣喜地了解到在推动我国互联网金融业消费者权益保护方面，有许多企业与专家学者在砥砺前行，他们是互联网时代商业文化的创造者，并作出了杰出贡献。相信在榜样力量的带动下，完善的金融业态和创新服务将推动产业变革，带动中国经济再次腾飞，中国梦筑梦成真！谢谢大家！

（2016年1月9日在中国互联网金融消费者权益保护工作经验交流暨颁奖盛典上的演讲）

袁林谈袁

这是一座无字的墓碑，安躺着一躯彪悍人物。百年沧桑依然难以盖棺定论，是非功过，任人评说：窃国大盗？肇造共和？

站在偌大的陵园，陷入无尽的沉思。

袁慰亭，十三岁制联"大野龙方蛰，中原鹿正肥"，自幼好读兵书，被讥袁书呆。从同治十三年到光绪三年，他正正经经在北京读了四年书，为了要博取一个功名，他读书累到吐血，结果连一个举人都没中，后连考连败。1881年10月，前往山东登州投奔驻防当地的吴长庆。1882年，朝鲜国王李熙（朝鲜高宗）之父兴宣大院君李昰应利用军队哗变，成功夺权。

袁世凯乃跟随吴长庆的部队东渡朝鲜。袁世凯一路放枪，带头冲在最前面，他的坚毅勇敢感染了部下，兵变很快得以平定。

袁世凯在小站练兵以德军为蓝本，制定了一整套近代陆军的招募制度、组织编制制度、军官任用和培养制度、训练和教育制度、粮饷制度等内容的建军方案。这股军队后来发展成为北洋新军，为清末陆军主力，民国初年的北洋军阀亦多源自清末新军。标下名人辈出，如徐世昌、段祺瑞、冯国璋、王士珍、曹锟、张勋等。

他得以"内结亲贵，外树党援"，很快形成了一个以他为首的庞大的北洋军事政治集团。袁世凯大力襄赞新政，包括废科举、督办新军、建学校、办工业等，第一支中国警察队伍亦于天津成立，也筹划修建了中国第一条自主建造的铁路——京张铁路。

1908年11月，光绪帝和慈禧太后相继去世，溥仪继位，改元"宣统"，其父载沣为摄政王。因为戊戌政变一事（他怀疑袁世凯出卖维新派，致使光绪被慈禧太后幽禁至死），对袁世凯非常痛恨，立即解除袁世凯的官职，袁称疾返回河南，最初隐居于辉县，后转至安阳洹上村，过起了赋闲垂钓的生活。并写了名为《自题渔舟写真二首》的两首诗，其中的一首"百年心事总悠悠，壮志当时苦未酬。野老胸中负兵甲，钓翁眼底小王侯。思量天下无磐石，叹息神州变缺瓯。散发天涯从此去，烟蓑雨笠一渔舟"。

1911年10月10日武昌起义爆发，1911年11月1日清廷任命袁世凯为内阁总理大臣。1912年2月15日，南京参议院正式选举袁世凯为临时大总统。

依据中华民国临时约法，改总统制为内阁制，大大削减袁世凯的权力，但袁坚持于3月10日在北京就职中华民国大总统。

1915年12月，袁世凯接受皇帝之位，成立中华帝国，遭全国反对。袁世凯于1916年6月6日病故。袁世凯谢世之日，他的书案上有他亲笔书写的一句话："为日本去一大敌，看中国再造共和。"尽管他在遗嘱中说"余之死骸勿付国葬，由袁家自行料理"，但是继任者黎元洪还是以"民国肇建……（袁世凯）奠定大局，苦心擘画，昕夕勤劳，天不假年……所有丧葬典礼……务极优隆，用符国家崇德报功之至意"，命国务院为袁世凯举行一场集古今中外皇庶官民新旧典章于一举的国葬。

北洋政府根据其"葬吾洹上"的遗愿，委派河南巡按使田文烈赶赴河南安阳慎选堪舆，勘定吉壤，最终选定洹水北岸，工程持续近两年，由北洋政府拨款50余万银元，徐世昌、段祺瑞、王世珍等八人募捐25万余银元建成，陵墓被称为"袁林"，占地近130亩。

自20世纪80年代改革开放之后，史学界对袁世凯的评价不再是全盘否定，而是逐渐趋于多元化。

殷墟观瞻

洹荡之间曰羑里，演易圣人昔拘此。
天高地下皆易理，象辞阐发权舆是。

《易传》记录"易有太极，始生两仪。两仪生四象，四象生八卦"，以"一阴一阳之谓道"立论，认为宇宙自然界存在相反属性事物，相反事物的推摩作用是事物变化的普遍规律，但具体如何利用规律进行预测管理，依然缺乏分析、管理工具。

三千年前某日，深悉易道的姬昌被残暴昏庸的商纣王囚在羑里，七年画地为牢，潜心研究易理，将伏羲八卦演为64卦、384爻，著成《周易》一书。《周易》以占筮的形式推测自然和社会的变化，进而推演出"天下三分，其二归周"。周文王在完成翦商大业前夕逝世，其子姬发继位，继承乃父遗志，终而灭纣兴周。

给北大以宽容，北大方能从容

百廿常新。

北大 120 周年庆典晚会，以"革故鼎新""与古为新""守正创新"三大篇章恢宏呈现百年求索路。

歌舞剧《我的一八九八》重温了双甲子峥嵘岁月的厚重校史，全剧场都是先哲们的图像，幅幅饱含激昂青春的正能量："砥砺前行，不负青春年华……我的未名博雅，我的家国天下"；乐剧《大钊先生》、钢琴《保卫黄河》、朗诵《诗和远方》……

以青春之我，创造青春之家庭，青春之国家，青春之民族，青春之人类，青春之地球，青春之宇宙，资以乐其无涯之生。（李大钊）

北大是常为新的，改进的运动的先锋，要使中国向着好的，往上的道路走。（鲁迅）

其间山鹰社珠峰登山队全体队员在雪域高原齐声祝福母校诞辰："团结起来，振兴中华"，让人热泪盈眶！扎布伦寺为此全寺开灯庆贺！

北大人始终以"家国为怀"为使命与责任！

这些年来，本人和诸君看到了、见证了、亲历了北大的努力、北大的隐忍，尽管如此，北大做的还不够，北大当更强，才不负百年的积淀、先哲的付出、公众的期盼！

常新是不易的，常新也未必事事能成功！

然而最近，因诸事件，北大却又被推到风口浪尖。

刘震云学长来北大作报告时说：北大这些日子风雨飘摇。

北大普通事件都可能因为蝴蝶效应而成为公众事件。

当一问题突现，当思其内在问题，求索其机理，知其然，更知其所以然，不人云亦云，不乌合之众，不为民粹裹挟，亦不为虚无主义所迷惑。民族复兴绝非仅经济之崛起，关键在成熟公民社会之构建！国民之成熟，在乎理性之彰显。

北大背负太多期冀，而现行教育体制又多掣肘，北大诸革新举措由此半途而废，几多努力，常付东流，民众有苛责，亦所难免。望大家明辨之，慎思之！多份理解，多份担待！

民众希望北大扛起民族复兴的大旗；希望北大能改变世风日下，人心不古；希望北大不食人间烟火，完美无瑕；希望北大教授个个学富五车，富有正义，舍生取义；希望北大……

北大在努力，有些即使努力也做不到。

北大只是一所学校，而非圣殿，人间烦恼他一样不少，每天开门也是柴米油盐酱醋茶，有时也为五斗米折腰。

无论承受多少责难，由衷而言，北大依然是国内最进取、最昂扬向上、最包容、最多元甚至是最自由的学校之一！

理性之花常开，国民稳健成熟，经济踏实前行，诗书礼仪斯文遍地，民族复兴才为真复兴，中国方为大中国。

给北大以宽容，北大方能从容。

从容的北大才可以常新！

2018年5月6日子夜于云湖轩

西升东落的时间中轴点——贝利奥尔学院

从这里走出了现代经济学之父亚当·斯密,历史学家阿诺尔德·约瑟·汤因比,还有前英国首相哈罗德·麦克米伦。牛津现任名誉校长彭定康及现任伦敦市长都是从这里毕业的。

很不幸,薄瓜瓜也是这个学院毕业的,但因考试不及格被停学一年,被禁止使用校园的设施。

走进牛津大学贝利奥尔学院(Balliol College,Oxford),仿佛走进了历史博物馆,一砖一瓦都透着历史的沧桑。

斑驳的院墙,古老的教堂,锈迹斑斑的铁钉木门,这是一座时间储存库。

该院创建于1263年,迄今已经752年。建院之时中国正值南宋末年,财政经济危机日益加深,宰相贾似道想解决"造楮"(滥发纸币)、"和籴"问题而实施"买公田"土改,结果宣告失败,经济陷于破产边缘。

1263年,蒙元中统四年,元沿用宋、金旧制,设枢密院专管军务。

宋景定四年(1263)张珏升任合州知州,上任后,修缮城池,屯田积粟,联络渠江沿线诸山城,领守钓鱼城军民屡次挫败了蒙军的围攻。也正是这位张珏将军于四年前的1259年2月与钓鱼城主将王坚一起将蒙哥火炮击伤,使其一命呜呼,蒙古军撤退,使蒙军的第三次西征行动停滞下来,缓解了蒙古势力对欧、亚、非等地的威胁。

其实,贝利奥尔学院开启了英国的现代教育之路,为文艺复兴做了铺垫,为欧洲走出中世纪播下了希望之种,而此时的中国失去了往日的辉煌。南宋的灭亡,再无古典的中国!

元朝及其以后的朝代,再也没有了往日的优雅、从容与高贵,思想之火在风雨飘摇中慢慢熄灭……

2015年8月3日于伦敦

能量场
——儿子毕业视频感言

虎虎轩儿，爸爸妈妈很乐意通过这么个视频来给你说说心里话。

一晃，你就要小学毕业了，爸爸妈妈心理还没做好准备，总感觉你还很小、很小，一下子就要变成中学生了。

清华附小这些年的学习，是你人生重要的阶段，在这里有最好的校长，最好的老师，最好的校园。你们身在小学，却沐浴在清华的文化气场内，这样的环境，全国唯一。等再过若干年，你再回想起这段日子，你就一定会为有此美好的岁月欣慰不已。

其实，你的心智已经悄然变化，你的思维方式，独立思考的能力以及对问题的判断，特别是对问题折中的处理方式，超越了你的年龄，所以这是很值得爸爸骄傲的事，而这些都是在清华附小里学到的、收获的。

要学会感恩，感恩你的数学老师，你的数学成绩不俗，是老师的功劳；要感谢英语老师，你的底子差，没有放弃你，使你逐步赶上大家；要特别感谢你的班主任何老师，她全身心奉献于你们的班级，你们班语文成绩之所以如此优秀，是何老师辛劳付出所致。这才是园丁，这才是蜡炬！要感谢你们的窦校长，是她锐意创新，植入新理念，使清华附小焕然一新，卓然不群！

知行合一，体用不二，乃为经世治学之本。

这些年，爸爸带你去了一二十个国家，其目的是开阔你的眼界，了解多元的文化，这样就不会偏执一端，平和、包容、宽恕，则近乎中庸，中庸之道，即是和而不同，亦是君子之风，君子遍天下，天下方可大同。

人生百年路漫漫其修远兮，成就事业不易，实现自我价值不易，但只要日日精进一点，聚水成渊，终成江河，不放弃一点点的积累，就是最有效的学习方法。

人生就是一场修行，不断进取，日进点滴，最终你所有的知识积累就是浩渺无涯的太平洋！

祝福我亲爱的儿子博学笃行，祝福虎虎轩儿茁壮成长！

2017 年 6 月 12 日于北大中关新园

《世界文明比较概论》导言

——人类文明与人生规划

一、人类文明比较中时空交错

1. 如何把握未来？

仁者不忧，知者不惑，勇者不惧。

人为什么会忧愁、困惑、恐惧？未来不确定！

人类的未来有没有明确的演进路线？有，人类文明史，8000年史册凿凿。

怎样能用最短时间了解人类文明史，得到启示？

怎样能借助人类文明史去预判未来的趋势？

解析人类文明的过去、现在和未来，让你在文明巨变里把握自己，看清命运！

世界文明比较，涉及历史学、哲学、心理学、经济学、管理学……这种高度的知识大融合，将带来一种审视人类历史的全新方式。

从宇宙演化的视角思考人类共同的命运，它试图回答，宇宙从哪里来？人类世界从哪里来？"我"从哪里来？要到哪里去？

人活着来到这个世界，就没有准备活着再回去！既然人生的起点和终点早已注定，剩下的就只有过程了！

活好这辈子，就是今生最大的使命！

以前的学科是分化，越分越精细，以后的学科要统合，哲学家不懂现代物理学，宗教学家不懂生命科学，理工科不懂智能科学都将被学术扫地出门了，宗师的通经致用的年代再次开启，上次是董仲舒先生的天人三策，把刘小猪（刘彘）治得服服帖帖，肇始汉武大帝的光辉时代，大汉民族屹立天地之间，四海之中！一晃恰恰整整两千年过去了，两千年轮回经历农耕、工业两个文明时期，当前已经进入信息时代，下一个两千年，文明何去何从？

资本主义发展起来，靠的是什么？靠的是人神关系的重新摆位，靠的是人神关系摆位之后的技术创新，因为上帝说了，科学是神学的一部分，科学不神秘，科学是上帝创造的。你能把科学搞明白了，你就越接近我了。所以大家就去拼命发明，你发明一个织布机，我发明一个蒸汽机，你搞一个电话，我搞一个电灯，科技日新月异，推动了一个技术的大革命。技术革命一下子把我们整个人类思想、生产等各个方面，重新排列组合，形成了生产力的大爆炸。

学习世界文明对于个人发展来说是有益处的。我们现在身处信息社会，信息铺天盖地，更替迭代，很多全新的思想、理念可以从世界文明发展的历史中得到启迪和借鉴。如何让自己学到有用的知识，锻炼跨学科心智模式，掌握更快提升个人竞争力的捷径，学习世界文明是一个不错的选择，可以快速弥补你知识结构的欠缺，提高你的综合能力。

评书里常说的半仙是：

隔山能算几只虎，隔海能算他龙几盘，

乌鸦打俺头上过，我能算羽毛全不全！

在民间，预测往往是抽签打卦、演绎推算，比如奇门、六壬、太乙。俗语说"学会大六壬，来人不用问"。"奇"是指三奇，即乙、丙、丁，"门"是指八门，即"开、休、生、伤、杜、景、死、惊"。遁甲则指六甲旬首遁入六仪，即"戊、己、庚、辛、壬、癸"。

这些可能有些许参考价值，但实在不值得过度信奉。

人类文明简史中似乎扑朔迷离，又似乎有迹可循，让我们徜徉其中，心智才会更强大，视野更开阔，思维更清晰。

道可道，非常道。你猜！

2. 大时代背景下的自我成就

如何过好这辈子？有人在红尘中涅槃，也有人选择毅然决然地走上极端，以求盖世武功。

住进布达拉宫，

我是雪域最大的王。

流浪在拉萨街头，

我是世间最美的情郎。

自恐多情损梵行，

入山又怕误倾城。

世间安得双全法，

不负如来不负卿。

欲练神功，挥刀自宫！

仓央嘉措既是政治的囚徒，又是爱的囚徒，在佛法与爱情之间挣扎，人格分裂，23岁死了。

唐僧每次介绍自己：阿弥陀佛，贫僧唐三藏，从东土大唐而来，去往西天雷音寺拜佛求经。这几句话包涵了每人都要问自己的问题：我是谁？我从哪里来？我要到哪里去？唐僧始终意志坚定，克服艰难险阻，不忘初衷。

马云语：最优秀的模式往往是最简单的东西。玄奘法师活了62岁，比仓央嘉措多活40年，因为他比他简单。

清晰规划自己的人生路，不管路上有多少艰难和诱惑，都动摇不了决心，最终我们都会求取真经！

孔子：发愤忘食，乐以忘忧、不知老之将至……孔子一生积极进取，必然不会因为时光就像河水一样一去不复返而感慨伤怀。虽然他一生都在受挫，一直在不断地积极进取，自强不息，他一生都很饱满，被尊为万世师表。

人生就是一场修行。人类文明史中充满智慧，能够让我们了解到生命的真谛，感受人生的跌宕与回归。

3. 如何把思想变成生产力？

凡所有相，皆是虚妄。若见诸相非相，则见如来。

社会事实错综复杂，思想文化与场景相关多元，我不主张停留于横向的、孤立的、静态的解剖式分析上，综合、归纳、演绎等各种研究方法都应采用，但比较的方法最为简单有效。这就是我为何要开"人类简史"，通过文明比较，观察纵向的、动态的、互动的内在关系。让你变聪明、智慧，使你"暮色苍茫看劲松，乱云飞渡仍从容"。

二、超越现实的自己

1. 走出自卑的雾霾

我现在个子很低，初中时更低，这是我照镜子后发现的。我的老师问我：邓小平多高？1米57；拿破仑多高？1米56；我当时1米55，他说你知道你应该变成什么样的人了吧？宇宙伟人！

身高与成就成反比！哦，原来天机都在身高里！擎天白玉柱，架海紫金梁！越想越得意，以至于我彻夜失眠。

马云印证了我老师的话。他说：男人的长相往往和他的才华成反比。马云的伟大在于用实践践行他的理论。

我妈妈说：天上一颗星，地上一颗丁。我妈妈说的话早就印证了马云的话。

尤其对于处于现代信息文明时代的年轻人，有更多的成功机会，而"机会"在当下这个时代又是最平等的。如何争取到更多"机会"成为"新贵族"，无论是什么专业背景，都可以参古鉴今。人类文明简史提供了一套思想的坐标系。我们每次学习它、研究它，就扩大了视野，更新了认知。因循这些思想坐标，必然走出自卑，不断超越狭隘的现实，走向广阔的未来。

2. 一切都是最好的安排

初中时同学打我一个耳光，我回到教室里默默读书。

如果有一条疯狗咬你一口，难道你也要趴下来反咬他一口吗？

狗有狗的眼界，人有人的价值。人狗殊途，道不同轨。

我们不能改变周遭的世界，但我们可以改变自己。

研究人类文明史发展脉络，我们可以发现，每个人的出生、性别、种族并不是自己决定的，但每个人都可以通过日益修炼的知识、文化、心智模式，做到更加自由和理性，拥有丰厚的人生。

正确看待自己的使命，就是在庄严你自己的生命。

曾子曰：士不可不弘毅，任重而道远。仁以为己任，不亦重乎？死而后已，不亦远乎？

以实现仁德于天下为己任，至死方休。自己的使命如此崇高，哪有时间和这帮蝇营狗苟之辈计较！

3. **在更高的平台上起舞**

1998年我去北大学习，到北大校史馆去看了看，一看吓了我一跳。

1917年的北大，有一群教授：梁漱溟，25岁；胡适，27岁；刘半农，27岁；刘文典，27岁；林损，27岁；北大最年轻的教授是新闻学界的开山鼻祖徐宝璜，做教授的时候才23岁。

看了以后，我对自己很失望，我都22岁了还啥都不是。

但再向下看，我又看到了希望，因为还有一群旁听生。

毛泽东先后两次来北大旁听，第一次是1918年8月至1919年3月，第二次是1919年12月至1920年4月。

金克木（1912—2000），著名散文家、梵语研究学者。小学学历，1935年在北大旁听，后来成为北大著名教授。

沈从文（1902—1988），北大著名教授，作家。北大旁听生，小学未毕业。

因为每个人都有自己特有的价值，无论起点如何，只要不自我放弃，必有成就。我们一生毫无成就，不是因为我们努力不够，可能就是因为我们没有找到自己的坐标、自己的星宿。

每个人都面临一道选择题：俯瞰人生还是仰望人生？

人的贫穷与怀才不遇是因为思想的贫穷、思维的落后，对时代缺乏了解。

认知越狱就是要把眼光跳出当下。人的悲哀在于思考能力匮乏。

人不能没有理想，一所学校不能没有理想。如果人生存在迷宫，理想是人走出迷宫的动力。在漫漫人生路上不懈求索，向着自己确定的方向顽强地前进。学校是人生理想的启航点和加油站。学习人类简史可以帮助我们较早地认识迷宫，破除事业发展、生命历程中的困惑。

4. 不要辜负的时代与人生

如今欧盟的衰变，欧盟的分裂，释放了一个人类文明转折的信号。

西方的所谓民主宪政，通过福利收买民众，最后使民众成为瘾君子，只顾自我自由、人权权益，不顾国家命运与社会发展，造成极端个人主义泛滥，最终必然形成国家发展乏力，创新停滞不前，民众欲壑难填，政客空头许愿，政客民众相互失信，政府赤字裂变，国将不国，民将不民。就欧洲的未来看，欧洲的沉沦是不可逆转的发展趋势，欧洲之死，死得悲凉、凄惨，50 年内未来统治欧洲的是信仰伊斯兰的非洲、中东的移民，未来的 200 年，欧洲彻底沉沦。死过的欧洲或许有希望，那是未来不可知的。

经过近四百年的发展，欧洲为何衰败了？是因为关键生产要素突然之间变化了。经济学家们原来一直把这些差异归因于资源禀赋、技术水平、制度变迁等因素，越来越无法深入解释问题的本质。在信息时代，土地、资本、人力全部都抛到后面，什么厂房、设备、机器，在快速迭代的商业模式面前，都不是瓶颈。一个 idea 就是一个商业帝国，所以就出现很多数字英雄，像微软的比尔·盖茨，苹果的乔布斯，包括中国的马云，这些人有一个共同的特点，没有什么完整的教育，前两个都是大学没毕业，退学的，后一个大学毕业了不错，却是一个"五本"大学，有点野。

而那些名校的、有家世的、有着充分资本积累的名门望族，被这些在数字时代新崛起的贵族远远地抛在了后面。这告诉我们，新的时代来临了，这个时代就是新文明信息时代，信息时代特质是什么？数字创造一切，信息成就梦想。

美国目前光明，未来堪忧。美国生命力来自创新能力，一旦美国欧洲化，原来的活力荡然无存，美国的兴盛是资本主义的回光返照，其彩亦光，其死尤哀！美国保守主义崛起，特朗普的上台就是最好的证明。

人类何去何从？

我将在接下来的课程中抽丝剥茧，讲解世界文明的起源与演变，会把我游历世界亲眼所见、亲耳所听、亲身所学的知识、视野、观点一一呈现出来。

在人类文明简史中，我们还可以发现许多人才华横溢，就是走不出属于自己的成功之路，并非因为他们天生的个人条件比别人差，而是因为他们读不懂时代，走不出困扰，总是徘徊在命运的十字路口，止步不前，或就此沉沦。

把酒对月歌
我也不登天子船，我也不上长安眠。
姑苏城外一茅屋，万树梅花月满天。

唐伯虎一生看似风流倜傥，风华绝代，钟鸣鼎食，而实际上他一生贫困潦倒，54岁即病死、饿死。

我们不能到了死后，才能让人知道自己。不要像凡·高、莫奈、约翰内斯·维米尔，在升平盛世，当有所作为。

世界潮流浩浩荡荡，顺之则昌，逆之则亡。

晏子："识时务者为俊杰，通机变者为英豪。"

红尘中修行是最好的修行，在当下努力是最好的努力。

有的生前有名，却遭惨死：商鞅、李斯、韩非子、韩信、晁错、方孝孺、袁崇焕……

这个世界不是有钱人的，也不是有权人的，而是有心人的！

当前的信息时代是一个不平凡的时代，新技术、新市场、新模式、新产业不断改变社会生产方式和生活方式。学习改变命运，行动创造奇迹。

修行的路上，你我同行。

三、人类文明史中个体与总体

宇宙大爆炸、星系演变、生命进化、早期社会的诞生、农业文明的出现、现代社会与文明危机，现代智人10万年发展轨迹，8000年文明演进史！

人类从动物大家庭中衍生并脱离出来，始于800万年前的东部非洲。非洲猿的一部分，由于东非大裂谷的出现，被留在了其东至沿海的地带，当森林退化为草原，这部分猿随着环境的变化，逐渐进化为类人猿、猿人、人类。这些人类的多个分支，在漫长得令人窒息的年代里，曾经到过世界上的许多地方，但因为环境、气候、天敌等各种因素，大多成了散落各处的零星化石，只有非洲的一支得以繁衍，这就是当今人类共同的祖先——现代智人。

轴心时代，理性主义确立！

公元476年，西罗马帝国瓦解，黑暗时代来临。相比沉闷的欧洲，越来越多的人将目光投向了东方。同时期的中古亚洲则正处于最辉煌的巅峰，在那漫漫千年中，亚洲才是整个世界的中心。

1492年8月，哥伦布受命出航，大航海时代来临。

"二战"后，科学技术飞速发展，大量新兴学科兴起，人类创造了互联网，逐步进入智能时代，人类正式开启全新的时代——信息文明！

人类走过了渔猎文明、农耕文明、工业文明，正处在工业文明与信息文明交织阶段，巨变正在来临！

学习人类文明史，使生活在知识经济时代的人们，正确地认识古往今来，认识人生历程，科学地设计人生，开拓地创造人生，有效地驾驭人生，无私地奉献人生，合理地享受人生。

探讨人生目标、人生道路、人生矛盾、人生管理以及人生困惑的种种问题，普及高尚做人的科学人生知识，开展各种层次的人生教育、生命教育。

1. 人类文明与人生模式类型

没饭吃会饿死，没有知识会糊涂死，没有思想活着也是死。

思想从哪里来？思想库中来，思想库在哪里？在文明废墟里。要明白中国为什么大，去长城转悠转悠，就明白了。中国历史上的征服，一般都是从外征服内，而又归附于内，因而征服者认同中华文化，成了中国的一部分。

雪球不就越滚越大了嘛！

再比如，西方国家为何坚持私有制？

私有制是自由的最重要的保障，这不单是对有产者，对无产者也是一样。只是由于生产资料掌握在许多个独立行动的人的手里，才没有人有控制我们的全权（哈耶克《通往奴役之路》）。

去英国白金汉宫、温莎皇宫、法国凡尔赛宫、美国白宫转一转，啥都明白了。

人类八千年的思想，全浓缩、沉淀在文明现场和书本里，有了蜂王浆，何必要喝糖水？文明史就是我们的蜂王浆。

学习了放得下、拿得起的道理，就要开始好好干。明白了这点，还要有点诗和远方。

2. 认清人类的基因缺陷

极致状态下的人性与人生思考。

我原来做过两年的记者，很喜欢采访死刑犯，临死之前的采访很有价值。

后来到了北京，就没机会了，于是就喜欢开追悼会，有请必到。每每在火葬场，看着尸体推进火炉，正是人生思考时。

几乎所有的人都知道开赌场是必赢的，开赌场的人个个赚得盆满钵满，个人往往输得丢盔卸甲。赌博是零和博弈，为什么还有那么多的人依然前赴后继，赌场天天人满为患？

就是一直抱有侥幸幻想！以为自己更胜人一筹。而实际上，这样的人除了极个别的，绝大部分都输得倾家荡产。所以人的错误往往是理性的迷失，进入盲区。

其实，从概率上讲，赌场只是占些许优势，如果赌客有自由的选择权，赌场的优势也就没有了。但赌场为何几乎天天完胜？因为人有基因缺陷，一时的狂赢能让人癫狂，所谓利令智昏，狂输也会让人不顾一切，其结果都是输得一干二净！

这就像人类把握住了动物的特性，就可以对其任意捕杀和奴役。

公牛倔强，把它给骗了，以后不产生荷尔蒙，就会特别温驯；老鼠贪吃，就给它设计个匣子，里边放块肉，就被乖乖地关在笼子里；鱼类夜晚好光，灯一照，一网下去，都被网住了。世界上所有的生物，人类都可以利用其特点进行捕杀。

如果采用基因技术，再大的群体都可以很快灭绝，比如蚊子，是人类的数百倍，但可以采用基因技术，使其种群绝育，进而也就灭绝了。

现在人类想灭绝任何动物，都可以实现。

赌场想让任何赌客输得倾家荡产，也都可以实现。

其他动物有没有能力逃脱被人类捕杀和奴役的命运？因为动物没有抽象思维能力，无法进行复杂的知识创造和传承。所以，除了人类，其他动物都无法进行思维模式的突破，世世代代都是在简单重复生命模式。

赌客有没有可能让赌场输得倾家荡产，没有可能。因为人类作为动物，有其基因缺陷，如感性的判断和情绪波动。修复基因缺陷无法自我完成，要想不输，只有一个办法：不进赌场！

未来如果有外太空的生命来到地球，只要利用人类基因的缺陷，就可以对人类进行屠杀和奴役，就像人类对待牛马一样。如果他们对人肉感兴趣，还可以烹炸煮炒煎烤蒸烧不同口味，当然也可以烤全人和刺身活人，他们也会讨论调料搭配，如有的外星人喜欢蘸芥末，有的则喜欢抹辣椒油。这也是外星人闲聊时的有趣话题。

学习人类文明简史，认识人类基因缺陷的种种表现，好好把握自己的人生。

四、人生规划与人生模式设计

人生科学是研究人的生存、发展和实现自己价值的一般规律的科学。它研究人生现象，揭示人生规律，探索人生理论，指导人生实践。帮助每个人正确认识和设计人生，有效地创造和奉献人生，挖掘人生潜能，造就人生辉煌。

1. 人生模式设计师

与人生成长发展相关联的因素很多：与性格类型相关联的如血型、星座；与出身相关联的如家族资源；与素质相关联的如能力、知识结构、智商等。

问题是：为什么同样出身的人，事业可以有巨大的差距？智商高的人为什么往往事业平平？高考状元往往毫无大成，人生了了？

这两份名单你认识多少？

第一份名单：傅以渐、王式丹、毕沅、林召堂、王云锦、刘子壮、陈沆、刘福姚、刘春霖。

第二份名单：曹雪芹、胡雪岩、李渔、顾炎武、金圣叹、黄宗羲、吴敬梓、蒲松龄、洪秀全、袁世凯。

哪份名单上你认识的人多一些？

前者全是清朝科举状元，后者全是当时的落第秀才。

人生无限！真正的考场其实从来就不在学校！人生的打开有 N 种方式。

敬请没上北大清华的兄弟们淡定！只要爱学习，哪里都是北大清华。

2. 起点决定命运吗？

古人说，一命二运三风水，四积阴德五读书。人的命天注定，胡思乱想没有用。

有的人说我一无所有，命苦！

一无所有不可怕，不学习才可怕。

孔子：吾尝终日不食，终夜不寝，以思，无益，不如学也。

庄子：吾生也有涯，而知也无涯。以有涯随无涯，殆已！

开经偈：无上甚深微妙法，百千万劫难遭遇，我今见闻得受持，愿解如来真实义。

能力强的人为何容易高智商犯罪？在高薪酬的证券业里，在普通人看来已经走上了金字塔尖，为何相当部分的金融精英都在监狱里！

曾经的弄潮儿、金融市场之父管金生，德隆帝国掌门人唐万新，资本冒险家张少鸿，"中科系"神笔策划人吕梁……

可见，人生发展更为关键的是：聪明与智慧的不同模式！

前些年，我的工作是教师，传播管理智慧，授业管理哲学。今后我的主要工作是：人生模式设计师。这个岗位是我自己开发出来的，我也将成为第一个从业者。

为什么要开发这个行业，因为我发现很多人活错了，需要重新再活一遍。但即便再活一遍，如果没有一个好的人生模式选择，依然是重复错误。其实放在人类史这个角度，人类的历史就是重复错误的历史，人类的未来在于选择适当人生模式，活出自己的价值，这才是人类最期待的状态。比共产主义按需分配还要优越的社会形态：按理想分配，分配什么？工作！

思维模式决定人生模式，人生模式的选择是人生最根本的事情！

选择对了，幸福一生！选择错了，一生烦恼！

3. 人生模式与设计

早期的国家领袖都是猴王式的人物，后来的帝王都是武功赫赫的强人家族。革命时代的领袖是政治家、政客，工商业时代轮到了商业精英、企业家。总起来说，这与时代特征有关。

盛世就是学者的天下，这需要人生科学来研究！

人生科学由来于对人生的理性思考，从两千多年前就已开始。"天人合一"的思想就是中国古代先哲关于人生和自然界关系的一种观点，古希腊哲人苏格拉底的格言"认识你自己"，表明人类早就有认识人生的要求。

人生问题是伴随人类社会始终、伴随每个有生命个人终生的问题。创建人生科学既是当代社会发展进步的需要，也是人生主体解决人生问题的需要，更是人生科学理论研究的需要。

人生科学是社会科学领域的新事物。对人生领域，从多学科、多角度的分化研究，迈向整体性、综合性研究。

4. 人类文明与人生模式类型

人生科学的产生是对传统人生思想文化的新发展。开创人生科学研究工作的新局面，必须从人和社会的互动关系中寻找人生科学的生长点。

塔尔·宾－夏哈尔博士（Tal Ben‐Shahar, Ph. D.）开设的"幸福课"是哈佛大学最受欢迎的一门课。他希望他的学生学会接受自己，不要忽略自己所拥有的独特性；要摆脱"完美主义"，要"学会失败"。他提出人生的四种模式：

忙碌奔波型：痛苦的消除不是幸福的来临；

享乐主义型：无所事事是魔鬼设下的陷阱；

虚无主义型：被过去经验击垮的胆小鬼；

幸福型：永远可以更幸福。

5. 人生设计师从业资质

如果有人生设计师从业资格考试，那就出命题作文：自由发挥写作。

黑夜给了我一双黑色的眼睛，我却用它寻找规划的人生。

做自己的人生梦想施工图，让别人羡慕去吧！

人生重要的不是所站的位置，而是所朝的方向。

如果耐不住寂寞，你就看不到繁华。

五、精进不已，不负此生

做人的道理学了很多，为何依然过不好这一辈子？《庄子·齐物论》语：大知闲闲，小知间间；大言炎炎，小言詹詹。道理太复杂就听不懂了，简单而言就是：放下，拿起，再放下。

我们生下来就没准备活着回去。一位伟人说，有的人重如泰山，有的人轻于鸿毛。以前不太明白何意，现在理解了：人生是个毛，不管轻重，大不了一死，不是多大的事。

做人其实很简单，尽到本分！

人应当有所敬畏，首先要敬畏职业，具有职业精神。老师的三尺讲台比天都高，士不可不弘毅，任重而道远。仁以为己任，不亦重乎？死而后已，不亦远乎？你说讲台是不是比天高？艺人的方寸之地，比天都大。

学习就是学生的天！不知何时出现所谓的：上课一排全睡，反恐如痴如醉，传奇不知疲惫，短信发到欠费，抽烟搓麻全会，白酒两瓶不醉，逃课成群结队，大学生活万岁！希望大家不要这样。

服从命令是军人的天，所以称为天职。要用饱满的热忱和昂扬的精神对待工作，如果上班的心情比上坟还沉重，咋可能做好工作，守护好天道。

过去心不可得，现在心不可得，未来心不可得。安在当下，尽到本分。

这就拿得起。

恺撒的名言，总结了征战高卢 10 年的峥嵘往事：我来、我见、我征服！

天下英雄出我辈，一入江湖岁月催，皇图霸业又可图，不胜人生一场醉。什么意思？

人生成功，三分靠打拼，两分靠运气，剩下的就是靠江湖上黑白两道的兄弟。事业成功与否关键靠朋友，狐朋狗友，知己心腹，多少得有几个。没有事业没关系，不能没有喝酒的朋友，喝酒的时候除了拼酒，也多少做点诗，哪怕是薛蟠体：一个蚊子哼哼哼，两个蚊子嗡嗡嗡。三个蚊子炒盘菜，哼哼嗡嗡香香香。

人生得意须尽欢，莫使金樽空对月！

五花马，千金裘，呼儿将出换美酒，与尔同销万古愁！

痛饮狂歌空度日，飞扬跋扈为谁雄？

这就是再放下。

一切有为法，如梦幻泡影，如露亦如电，应作如是观。

汤之《盘铭》曰："苟日新，日日新，又日新"。

《周易》："生生之谓易"，"刚健日新"，"天行健，君子以自强不息。地势坤，君子以厚德载物。"

冯友兰："旧邦新命"。

《周易·系辞上》："形而上者谓之道，形而下者谓之器。"

人类文明的波澜壮阔中，都在说人生的每日精进，放下昨日，开启今日，不断超越自我。

人生：取向要高远，体验要深刻，能量要充沛。

世界是一粒沙，一朵鲜花见天国。

人生就是一场修行。

愚蠢的人用嘴说话，聪明的人用脑袋说话，智慧的人用心说话。人生成功并不偶然，可以规划，可以谋划。

而今，我依然坚守自己的信念，做好人类文明的比较，虽有困难，但不改初衷，因为我自己怕配不上曾经的梦想，也怕辜负了曾经所受的苦难！

我有一壶酒，足以慰风尘。一口饮江河，半杯装星辰。尽倾江海里，赠饮天下人。

在修行的路上，我与你同行：精进不已，不负此生！

2017 年 8 月 27 日

活好剩下一百年

据每日电讯报近日报道，在BBC将于6月份播出的纪录片《探索新地球》（Expedition New Earth）中，霍金再次发出警告表示：人类在地球上生活的年限仅剩下一百年。在未来的一百年内，人类必须离开地球，到外太空寻找可能居住的星球，否则将面临灭亡的命运。

霍金认为，未来的一百年可能是地球最危险的一段时期。他认为导致地球灭亡的威胁包括：核战争、基因改造过的病毒和全球气候变暖等。

如果地球真的只剩一百年，你最想做的事情会是什么？

我不想到外太空去，我与地球生死与共，当你们都离开的时候，我来守护这个或许不再蔚蓝的星球，将八千年人类文明史浓缩为喜马拉雅的音频：《极简文明史》，带到外太空，银河系乃至更远，更远……

人类文明不过区区八千年，就将走向终结，没有一个正确世界观、价值观和人生观，再多的星球，也不过是一个个未来的地球：一个荒凉的大蛋蛋，光秃秃地悬在太阳系，要多难看就多难看。

我决定再活一百年，不到外太空去，我就安葬在地球了，我的坟墓里有《中国管理C模式》《新文明的崛起》《禅与现代管理》《人类极简文明史》等，都是反思人类价值观和发展观的一些著作，当你们在外太空想家的时候，到喜马拉雅去找我，那里离你们最近，一百年后我就葬在8848米的山顶之上，墓碑刻着对我今生今世的总结：生的伟大，死的憋屈。

离开地球以后，为了适应外太空的环境，你们就会开始进化，未来的你们长相，是自己想象不到的。

因为就剩一百年的光景，我决定强身健体，彻底告别慵懒贪吃的个性，走向一个不再胖乎乎、不再圆咕噜、不再肥嘟嘟的自己，一个玉树临风、气定神闲、不打呼噜的我新鲜出炉。

为此我做出如下决定：

1. 自下周一（5月15日）起，戒烟。请送烟的同志不要再送了，改送别的礼品，比如人民币等小巧精美便于携带的小物件。

2. 自下周二起，控酒。特别是劣质白酒，要喝就喝红酒和酱香型的酒，鉴于冰酒是人类的好朋友，不戒。没有二十年的交情，不再傻喝，三十年以上交情的依然可以喝傻，特别要好的哥们除外。

3. 自下周三起，跑步。每天早上 7 点绕未名湖跑步半小时，雾霾天及有重要事情除外。

4. 自下周四起，打球。每周到邱德拔体育馆或二体打羽毛球或乒乓球两次，每次 2 小时。

5. 自下周五起，尽快制订新的人类文明考察计划，启动非洲、南极、北极及太平洋、印度洋、大西洋一些岛屿考察，把考察半径由人类文明考察扩展到人类生态。

以上是本人的决心书，撼山易，撼我心难。请广大社员同志们监督我，看我的表现吧！

欢迎各位球友、跑友、酒友、文友到西北四环一带找我一起跑步、打球、读书、品酒、吹牛；请各位驴友到南北极及各大洋某些小岛找我，一起寻找、搜集人类这个物种未及之地生态之貌。具体联系方式仅限微信，本人微信号，自己打听。

八千年文明，行将告别。

文明，安息！文明，魂兮归来！

泪洒江河流满海，嗟叹号啕哽咽喉！

只有百年的光景了，活好剩下的一百年，且行且珍惜。我会目送大家离开地球后，才会闭眼。请放心你们的家产，再没人偷了，放心走吧！

2017 年 5 月 12 日于清华照澜院东楼

不为"良相",则求"上医"

——北大经济学院西南分院的北大第一课主持辞

1

亲爱的各位同学,首先祝贺大家成为北京大学的一员!

开学典礼过后就是我们北大经济学院西南分院的北大第一课,今天为我们开讲北大第一课的是位深受爱戴的老师,2014 年她荣获国际保险界最高奖约翰·毕克利奖(John S. Bickley Founder's Award),成为获此殊荣的首位中国学者,是 IIS 董事会里的第一位也是唯一一位中国大陆学者,还是连续 13 年应邀作为学术主持人主持分会讨论的唯一一位亚洲学者。2017 年她在北大开学典礼上的致辞被人民日报、新华社、中央电视台等数千家媒体轮番报道,视频被转播数亿次!

她就是我们北大经济学院院长、教授,我们的孙祁祥老师!

我们这期的学生真的很幸运,院长、书记亲临开学典礼并致辞,上下午分别开讲北大第一课,学员作为"黄埔一期",你们都享受了"熊猫待遇"!

今天,孙老师为我们开讲的第一课是:《新型全球化与一带一路》,帮我们领悟十九大报告中提出的"推动形成全面开放新格局,要以'一带一路'建设为重点"的会议精神,引领我们全面剖析全球化的演进逻辑,分享在"一带一路"新的竞合模式与格局中管理风险的策略。

下边,我们以热烈的掌声欢迎孙祁祥老师上课!

……

孙老师用短短一个小时,从六个维度把全球化发展的历史阶段梳理得透彻、明了,把全球化发展的现状与问题剖析得深刻、精辟,并层层分析全球化与一带一路的未来趋势。一幅文明比较视角、政经比较视角下的全球化与中国方略的全景图跃然而出。

2

同学们好！今天下午为我们授课的是北京大学经济学院党委书记、副院长、北大经院西南分院执行院长董志勇教授。

董志勇教授在高级计量经济学、行为经济学研究领域著作等身，成就斐然，是我国知名的经济学家。他今天讲授的题目是《中国经济奇迹——回顾与展望》，在以新思想引领新时代的关键时期，董教授将系统解析中国模式的智慧，为我们领悟时代主题提供深刻启示。

……

知其然容易，知其所以然难。经济理论与模型的价值就是推断出"所以然，之所以然"。这就是经济学家与算命先生的根本区别。

通过董志勇教授对中国经济现象的深入解读，抽丝剥茧，把乱花渐欲迷人眼的经济问题剖析得清清楚楚，明明白白，真真切切。

把好脉、开好方、看好病是好医生，但是最好的医生是"上医治未病"，高校经院的教授们就应当是"治未病"的"上医"。中国自古以来就是良相与良医相通。所以，北大经济学院既出"良相"，又出"良医"。

感谢我们的"上医"董志勇教授，也希望大家未来都能够成为"经世济民""悬壶济世"的"上医"和"良相"，才不负北大对各位的辛苦栽培。

努力向学，蔚为国用。北大第一课到此结束，让我们再次用热烈的掌声感谢董志勇老师。

同学们，下课！

2017 年 10 月 28 日

母兮鞠我

清明祭母文存序

　　门前的百合树，经昨夜的风雨，白花撒落一地，片片带着哀伤，仿若我母亲出殡时撒落的纸钱；百合树残花在风中摇曳，像是母亲坟茔的引魂幡，咿咿作响，又似母亲哄襁褓中的娇儿入睡时的浅吟低唱。

　　世界永远凝固在2018年12月28日下午2时50分，一位母亲，全天下最苦难的母亲离开人世，再也回不来了。

　　又是清明节，这是我母亲在九泉之下寄语白花诉说对她幺儿的不舍，挂念我工作、生活可好。

　　母亲大人，今年疫情，我可能回不了老家给您烧纸了，千里之外，儿子一切安好，您就别再操心了。

　　谨以过往文存汇编，寄托哀思，愿母亲大人九泉安息，天堂永生！

我的小学时代

我的小学是在有忧有虑中度过的，每天除了学习，还要防着被打。

我上育红班（幼儿园）时，学习的主要是到田地捡麦穗，谁捡的多就有大红花和铅笔，我虽个头小，但人小志不短，常常能得到奖励。因为太小，是不是常挨打都已经忘了。

上了小学，就记事了，小学在隔壁的村，隔壁村的孩子喜欢课外活动，因为课外活动的主要内容就是欺负小朋友，我人长得又瘦又小，直到小学四年级，才38斤，大家就经常拿我开心，我在读小学期间，整个学校没有出现过凶杀和致残等严重的刑事犯罪，为什么？因为我的存在。

凡是被老师骂了，被家长踢了，被社会青年揍了的，回头都会找到我，狂揍一顿，以发泄对这个万恶世界的不满。我自幼就对和谐社会的建设做出过重要的"贡献"。

直到今天，我从不参加任何体育比赛和活动，我最讨厌的就是体育课，因为我们小学时的体育课主要内容就是打架，或三五个或七八个组成不同帮派，相互开战，无论谁打败了，都会再找到我狂扁一顿，所以每周两次的体育课就是我的受难日，这种恐惧感直到今天。

小学的一位老师管理学生的方法很特别，一次我和一个学生骂架，他就让我们两个人当着全班同学的面对骂，而且不能重复，我在45分钟内对那位隔壁村的同学祖宗十八代的女性"慰问"了一遍，一句不重复，骂得全班同学都听得"津津有味"，我的"文学天赋"在那时候就显现了出来，同时也通过这种方式进一步得到了"培养"。

2018年4月3日

回家过年

考虑儿子不足六个月，我和太太原来计划不回老家过年，但父亲让侄女打电话，希望我和太太带小虎回家，他想看看孙子。

父亲年逾七十，常年哮喘，且多病，身体羸弱，很多人揣测父亲过不了六十六的坎，但这些年来母亲体贴入微照顾，儿女们也孝顺伺候，使他倒也气血复苏，比前几年反倒健朗些。但毕竟年事已高，积弱难返，虽有气色好转，但也难免不测风云。

考虑再三，我们夫妻两人还是决定携子回家过春节。

二月十日，我们一家五点就起床了，打点行李，食用早餐，不觉近七时，我们才驱车上路。一路上阳光飘飞，天色明净，太太不停地逗儿子，儿子时而笑声咯咯，时而手脚并舞，一路坦途，一路笑语，还有时断时续的儿子那匀称的鼻声，唯一不足是车内温度较高，儿子中途热得哭闹了几次。

到家的时候，夕阳依旧温热，显得整个故乡都是暖暖的，父母和哥哥早已守候在门口，车一停下他们就迫不及待地把儿子抱了出来。

白嫩文静、明眸圆润的儿子即刻引了全家人的喜欢，父亲摸着孙子，口中啧啧不已，在众人拥簇下儿子被抱入楼上我们的卧室。整个楼上被父母打扫得干干净净，一尘不染。

因为儿子，全家都融化在浓浓的亲情里。

2007 年 2 月 27 日

母亲的被子

同学联谊，有人搞来专供的53°茅台，在机场旁的度假村里，外边是大雪未融的瑟瑟寒意，室内是"尔虞我诈"的青梅煮酒。

我本已对外戒酒，不成想有同学故友相聚，想想西安之行，老邢同学撇下偌大公司不顾，在秦国故地，三天形影不离，在漫天飞雪的长安古城墙上携老董我等踏雪赏景，纵论五千年春秋轮回，八千里功名尘土。一个卖药的，不研究药理、市场，竟也被迫与我等研究起了"尘埃落定"的陈年往事，这是何等牺牲与情谊。

还有整日飘在天上的阿俊，从德意志远道飘来，也是让人欲辞难离，只能一醉方休了。

安排好山东新的调研计划，谢绝与省领导面洽盛情，驱车穿梭在灯火阑珊的京城，如期赶到西客站。

十年没有坐过K79了，车上的设施如旧，只是增加盏夜读灯，读了几篇净慧法师禅七开示的小品，已是酒意正酣，睡眼蒙眬。

一觉醒来，已是深夜丑时，耳边只有隆隆的列车声响和此起彼伏的鼾声。

明天的婚礼，假如让我讲话，我会讲什么呢？

"凤伟哥今天的婚礼完成了我多年心愿，多少年来，我等待、我期盼着这一天，今天终于凤愿得偿，幸甚至哉。

"今天的婚礼，是多年沉淀、凝聚的缘，虽然过程坎坷，但结果完美绚丽。

"凤伟哥在我们初识几年里，给过我温暖、鼓励和帮助，这些在今天看来可能司空见惯，但在那个岁月里，心灵世界只有孤独、困苦、绝望、无助，这些看似微不足道的砥砺都是难以言传的力量。

"他的善良、慈悲、宽容和坚毅，始终感召着我，直到今天！

"今天的婚礼，是上天的玉成，是众生的心愿，也是新的里程，自今日起，我们都将踏上征程，书写人生新篇章。

"让我们祝福他们，也彼此祝福吧！"

我反复琢磨，始终都感到未尽其意，这难道就是大爱无声吗？

折腾了几个小时，结果是：未遂。不觉间又睡着了。

醒来后，车就要到站了，儿子很少坐火车，坐在我的腿上，兴奋地张望着窗外的皑皑白雪。

到了宾馆,母亲竟然不在,母亲有早醒的习惯,估计到外边溜达去了。我们一家三口简单洗漱后,看了会儿电视,母亲和二哥才回来,母亲看到孙子格外高兴,她们祖孙也半年未见了。

"被子给凤伟带过来了,全部是绸布的面,可比你们结婚时的被子要好多了。"母亲毫不顾忌我是否嫉妒,信口而言。

母亲今年七十又一,凤伟自幼丧母,母亲这么多年一直把他看成亲生的,随着年事衰微,特别是去年又摔断了右腿,凤伟的婚事就成了她的心病"我当娘的要给他缝两床被子呀,你凤伟哥什么时候结婚呀,你催催他呀,我现在还能爬,还能动,再等我就缝不动了,可白(别)让等我老了(家乡俗语,去世之意)!啊?!"

只要我给家打电话,母亲总忘不了叮咛我,时间长了,就成了我的心病。

第二天一早,我和母亲就来到了婚礼现场,并当之不让地坐在了首席,这让我很尴尬,宋哥说就坐这儿了。

11点45分,婚礼庆典正式开始,司仪是河南电视台的某个著名主持人,口才何等了得,思维敏捷,语速极快,讲起故事来可谓口吐莲花,语惊四座。道白时一口一个凤伟哥地叫着,可见他们交情不浅。

双方的亲朋好友及省宣传部、省卫生厅、省电视台等各单位的代表达五百人之多,整个大厅热闹异常,喜庆异常。

当新人为双方双亲献茶时,妈妈泪流不止,这也是可怜凤伟幼年丧母,此时此景,博大母爱让全场唏嘘不已。

主持人引导新人来到烛光灯盏前,全场灯光渐熄,唯有中央的烛光迎着两位新人的脸颊,在舒缓浪漫的音乐声中,福光蔓延,舒展。

新人点亮他们心灵的灯盏,从此他们将手挽手,肩并肩,风雨同舟,不舍不弃,开始人生的旅程,这是漫长的旅途,但彼此相牵走完人生路……

想到此,我不由泪流满面,人生因此而绚丽,而精彩,而缤纷……这是人生的壮美,也是蚀骨的柔情!

敬酒的时候,凤伟以儿子之礼为母亲献茶,我再次流泪,十五年的情愫都在这一杯清茶里!

婚礼结束后,开车送母亲回家,回到郑州已是华灯初上。

第二日,宋哥、记伟、刘发我们相约萧记烩面,这里的三鲜面很经典。午饭后,在下榻的宾馆旁的咖啡厅小聚,悠悠的冬阳,软软的布艺沙发,浓郁的果茶,一个下午,就这样在上溯八百年、后测五百载中恍恍惚惚溜走,太奢佟，一年来从未敢如此消遣时光了。

临近傍晚，凤伟跑来小坐，说起了他第一次面见岳父母，岳母开口就是"不高啊?!"

"我哥哥高，我小时候没好好吃饭，耽误长个了"他诡辩十足。

"也不白啊?!"

"我小时候白，长大了爱晒太阳，所以就黑了，等过段时间，不晒太阳，就又变白了。"

哈哈，笑死了！

凤伟走后不久来电话说要举行家宴欢迎我们一家，并要亲自下厨，规格之高，颇有小布什农场宴请大国政要之声势，结果久等无果，搞得大家饥肠辘辘，如果不是想一睹洞房尊容，定然要去喝羊肉汤了，商城路一家羊汤常常让我在京回味不已。

新房布置得很简单，但新婚喜庆之气四溢。进屋打开电视，正在播凤伟拍的电视剧，可惜刚品出点感觉，最后一集就结束了。

果然名不虚传，凤伟一手信阳菜烧得炉火纯青。

"尝尝，弟，这鸡蛋西红柿汤，中州宾馆的水平！"

"是啊，将来中州宾馆倒闭了，肯定跟这汤有关。"

我的回答让大家哄堂大笑。

酒足饭饱，新娘带我们参观洞房，两只肥硕的大被子安静地躺在卧室里，一绿一红，均为绸缎面，粗布里，厚厚壮壮，棉花弹性十足，其中被面还绣着"麒麟送子"。这正是母亲缝的被子，母亲不会刺绣，为此可能还央求别人帮忙了。

为缝这两床被子，母亲整整等了十五年，十五年说短也短，说长也很长。

2009年11月24日子夜于郑州宾馆

娘亲老了

以前,每每受伤后总能得到母亲爱抚,看到母亲,就很有安全感。所以母亲在,家就在,一切就在。

这些年,看着看着,母亲就老了;身体佝偻蜷曲,牙齿脱落殆尽,脚步迟钝蹒跚,眼神浑浊无光,再也不是当年做事利落、说话柔和而坚定的母亲,再无法回到她的怀里撒泼耍赖。

而今看着母亲,我感到自己的无助,母亲再也无力呵护她的小儿,她的手,越来越干瘦,寒凉,她的身躯越来越衰弱。

母亲老了,脸上只留下谦卑的微笑,手上留着厚厚的老茧,脑子装满的只有苦涩的回忆。

在母亲面前,我再也不是孩子,而是家中男人,她唯一的依靠,她的天地,她的世界的一切。

母亲看到我就想拉我的手,我想她一定愿依偎在我的怀里,安静地,温暖地,长长地睡一觉或发阵子呆。

我的娘亲老了,我却在他乡。

2017 年 12 月 2 日

母亲的灯盏

母亲病了,此次非同往常,短短三个月,已骨瘦如柴,仿若少油的灯。

母亲目光已开始浑浊,我已无法读出她细腻的心思,以前我们可以用眼神交流,而今天必须用语言了,离开家乡多年,乡音已不如从前,母亲与我乍然有了陌生与隔阂感。

那位谦和精干、双手灵巧、忙碌不止的母亲不在了,眼前的母亲像个襁褓中的婴儿,吃饭需要喂,走路要坐轮椅,说话含含糊糊。

小时候,母亲似乎是万能机,无论缺什么东西,一问母亲,母亲总能说出具体的位置;母亲似乎什么都会,做饭炒菜,纳鞋裁衣,种田打场,喂猪养羊……样样精通,所以,母亲在,衣食无忧。

一盏煤油灯,光,微弱而柔和,母亲缝缝补补,我枕着母亲的腿,听母亲讲家里家外的故事。

父亲虽然生在农村,却不会干农活,家里家外全靠母亲一人操持。那时候,家里的麦囤很大,这是劳动水平与成果的象征,全村有名,使那些原本想看笑话的村人羞得无地自容。

麦囤是我的须弥山,也是我的银行。

粮囤都是用秸秆编制的长席一层层盘上去的,母亲习惯把家里的零钱放在席缝里,我常常拿一两毛去买小人书和冰棍,母亲看到了,只能苦苦一笑。

除此之外的乐事似乎很少,4岁,就开始记事了,5岁开始帮家里干农活,童年几乎是在泪水中泡过来的。

春节一过,破五就要施肥,初春的风有时凛冽得像刀片,吹在脸上,如划破皮肉般疼痛,最倒霉的是双手,冻得已失去知觉,但还要端着盆,一把一把抓化肥投放到一个又一个坑里,手和胳膊像装的假肢,动起来如得了半身不遂,怎么都不听使唤;腿如同两根木棍,胡乱地戳着,把土给封上。冻土与脚趾透过单鞋碰撞得痛钻心一般;两眼因为化肥刺鼻的味道,呛得全是泪,泪被冻成冰碴子,凝固在麻木的脸上。我不知道地狱是何等熬煎,但如果不让我此时施肥,我宁愿到地狱去躲一躲。

这时候,母亲就会把锄头放到地上,用口中的热气哈下我的小手,然后放到她的袖口里暖一会儿。

夏天割麦子,天气闷得像待在闷罐里,一丝风也没有,喘气都困难,加上热，全身湿漉漉的，不小心让麦芒割破手或身上剐蹭个口子这是常有的，汗水中的盐分沁入，酸胀疼痛，此时此刻，活着已精疲力尽，生死没有太大的分别了。

看我痛不欲生的样子，母亲就会心疼地苦笑下，给我端来一碗用竹叶泡的凉茶，帮我解暑，轻声说一声"就要上学了，好好念书吧"。

书上说劳动最光荣，那时我从未感受到过。

从记事起母亲就不停地劳作，总是挑家里田里最重的活，但家里依然很穷。她把好吃好喝的都给了子女，两个冷馒头，一勺豆瓣酱，半碗残汤，往往就是母亲的一顿饭。

初中开始到镇上上学，每一个周末，都特别想回家。回家第一件事就是喊妈，母亲答应一声，心里就特别踏实，仿若世界安然依旧。临行返校，母亲又犯难了，又要向人借钱，其实母亲是个很好面子的人。

跳农门，就是农家子弟的跳龙门，而读书是唯一跃水而起的机会，所以读书、死读书，读书至死，是深植内心的观念。

我慢慢知道发奋了，无论何时何地，书不离手，学不离心，于是成了村里的第一个大学生……第一个双博士后。除了大学生，其他母亲就不懂了，作为全村第一个大学生已经够她骄傲了，母亲对我要求不高：有学问、有良心、自食其力。

上了大学，我就开始做家教，为报社写稿，贴补家用。大学毕业，我第一个月的工资，除了留下一百块饭票钱，剩余的全交给了母亲，我给母亲说从今天起，咱们家决不再借外人的钱了！

大学毕业22年了，母亲再没有外出借过钱。让母亲有尊严地活着，是我给母亲暗中许下的承诺。这次母亲病了，姐姐帮着母亲打理钱匣子，一算竟是庞大的数字，20多年来，母亲舍不得任何花销，把我给她的钱一张一张竟都存着。

母亲胆子小，自记事起，我从来不敢有狂妄恣意之举，以免她担惊受怕。上学时受人欺负默默忍着，没钱买菜，就干吃馒头，工作不顺心，也笑嘻嘻地给母亲"月贡"，而且要一次比一次多，避免母亲多虑。只要母亲在世，我就会压抑秉性，深埋张扬，忍让隐忍，委曲求全，只为母亲能安享晚年，有了母亲这根线，我这个空中的风筝就不会乱飞。

今天，看到母亲消瘦的样子，知道母亲油枯灯干，可能大去之日不远矣，没有了母亲这盏灯，我是否还能找到回家的路？

母亲，您一定要拉紧我的手，我不能没有娘亲！

2018年6月3日于文津书屋

黄泉路上儿相伴

深夜噩梦,母亲病故,号啕痛哭,惊醒方知是梦境,但伤心未止,想想母亲身体赢弱,病魔缠身,不禁悲由心生,难以自制,挥泪草成此文,祈愿母亲安康!

母亲,黄泉路上,有儿相伴,孟婆汤熬上千年,鲜美无比,但即便我们喝上三千碗,也忘不了我们此生母子情。

我以生人赴黄泉,只求与娘亲生死一见!

过了奈何桥,如有恶狗,恶狗啊,宁肯你们把我撕碎果腹,也不要动我的母亲,她今生比你们更苦、更难,可怜可怜她,让她平安走过,往生天国,不受轮回之苦。

母亲一生笃信基督,天国的大宴席,已样样摆齐备,男女老少都来聚会,共享主的荣耀,天国的富贵!

如果有花,那是彼岸的花,哪怕我登临须弥山巅,双腿磨碎,也要为您采下最圣洁的花,花开四季,花香十里。母亲,往生、今生、来生,生生世世,您都活在春天里,普天下只有苦命的母亲永远活在春天里!

母亲,我想家了,家里麦田还飘着麦香,风很柔和,如同您的手,您随手揉搓的麦仁丰硕饱满,颗颗晶莹剔透,嗅一嗅香气沁透身心,您给了儿最暖的童年,在麦田里写了母爱最美的诗篇!

明月悬空,星斗满天,母亲,我躺在您的怀里,数星星。您给我讲牛郎织女,讲北斗七星,讲天河,讲鹊桥,您目不识丁,知道的太少,有的故事并不完整,也没有锦绣口才;但您却给了我灿烂的夜空和坚韧,因为我是天上的星宿下到人间,我不同凡响,这是您告诉我的,天上一颗星,地上一个丁。

母亲,您不在了,我就是一个孤儿,天地虽广,我却处漆黑的夜,那里的风阴冷,那里的夜漫无边际!母亲,您不在,我怕,我怕天黑,我怕刮风,我怕有人敲我家的门,我只想紧紧地抱着您。

今生未尽,我们续约来生。来生,我们再做母子,我依然是您的儿,您还是我的娘亲,依然在您的膝下玩耍,依然依偎在您的怀里。

母亲在,人生百岁,我们依然是孩子,母亲在,家才在。

2018 年 3 月 31 日

无家可归

借道郑州讲学机会，回老家看看。

这是我的家园，40年前我生于斯，长于斯。原想着死于斯，葬在屋前的田野里，守望南坡的大河和树林。数百年来祖祖辈辈皆如此，我也没有例外的缘由。坟茔连着村庄，村庄四周都是坟墓，葬在这里，就永生了，因为这里太过熟悉，闭眼睁眼所看到都是一样的。冬天有一望无际的青青麦田，夏天则如同连天青纱的玉米地，秋天则是棉花，开得满地纯洁，穿梭其间，仿若天宫牧云。春天里沟沟坎坎都是野花，开得烂漫近似疯癫，如同幼儿的狂野，撒花，打滚，爬树，跳坑，漫天地张狂，到了垂暮，佝偻着腰，耷拉着头慢慢等死。生生死死，只是换个姿势而已，一个躺着，一个立着，一个眼睁着，一个眼闭着，这是我们这个族群，或者说阶层的命。躺着，坐着，立着，倚着，趴着，走着，爬着，都不会错道，屋还是那个屋，井还是那个井，床还是那张破床，几代人生在这张床上，老死在这张床上。

我应该认命，可我没有认命，我任性了一回，我离开那里，去上学了。

二十年前大学毕业，我在原来的瓦房基础上新盖这个小院，新房立起，我和我哥栽了两棵银杏、一株石榴、两根葡萄苗和两个柿子树，当时都是指头粗细的小苗，而后就很少住过这个院子。十四年前结婚时简单布置下房间，购置沙发和家具，并短暂居住了几日，此后每次回来都是匆匆而来，匆匆而去，很少再住。再回到这个小院，我原想着终老的小院，似乎特别的陌生。

当年的银杏小苗，已是挺拔伟岸，超越二楼的楼顶，小柿子树也已甚是粗壮，果实累累，石榴也铆着劲苗壮，小院子都是它的枝桠，果实飘香，整个院子枝枝叶叶覆盖，仿若一个微观的雨林，阳光不透，风雨难入。

这不是我想象的荒芜与衰败，我想缅怀童年的困难，而却莫名给我无谓的希望。我所居住的二楼，已铺满晾晒的棉花，直接铺到了我的沙发上，我的卧室空空荡荡，有些发霉的气息，柜子桌子里栖息着不少农田里的小生命，躺在我的被子里，酣然入眠。墙上油画，被虫子磕食了大半，这里又被农作物所覆盖，只是少了人的气息。

这里的生活依然面朝黄土，依然浑浑噩噩，依然混吃等死，依然坐井观天……我憎恶这样的生活，三十年前就憎恶，所以选择离开。

我终究是要回家的，所以我回来了。

这是我的家园吗？我还愿意生活在这里吗？我还会在这里终老吗？看着夕阳慢慢死去，葬在祖辈生养安息之地？

离开，就回不去了！这是我不愿接受的，人怎么能没家呢？

乡关何处？哪里安居我死后静静的长眠？

北京！这只是我寄居的地方，死后，甚至没死，都是要拆迁的。

终于无家可归了。

母亲的年轮，母亲的城

今日，母亲又住进了医院，浓痰黏喉，气喘不止，备受苦痛。母子连心，垂泪不止。母亲在，家就在，母不在，家破碎，鸟巢若倾，我们都将无家可归。

母亲早年就患病，忍着不去医院，省钱送儿到学堂，嘱咐人穷志不短，有志者事竟成。家境好转后，母亲不炫耀，不自负，自始至终，得失如一，荣辱不惊，街坊邻里，无不敬颂。

回首望，60 年岁月如刀，家世万般艰辛，年年水深火热，母亲始终羸弱如柴。这些年来她怎擎得起倾覆的家园不倒？又如何忍得住这凄雨苦风？

60 年前，
母亲过门，家族失睦，
寒冬腊月，洗衣做饭，
三伏炎夏，农田劳作，
忍辱负重，母亲委屈受尽。

50 年前，
祖父母病患在床，无钱医治，
母亲守孝在前，
汤匙伺候，寸步不离。

40 年前，
门庭受难，求告无门，
家如风中烛，老小命如芥，
家舍飘零，母亲苦撑，
日食黄连，夜宿寒风。

30 年前，
病人不断，家徒四壁，
母亲筹钱卖棉花，
又被车撞倒在血泊中，
求天天不灵，求地地不应。

20年前，
孩儿考大学，
母亲送儿到村口，
自己的路自己走，
何时不要忘本，自己是种田人。

10年前，
儿在京学业初成，
家境好转，衣食无虞；
待人尤诚实，说话更亲善，
老人日日依旧残羹剩饭。

而今，
苦难受尽，风烛残年，
躺卧病榻，忍受熬煎，
天也，何为天，地也，何为地！

未来，
我要筑天国，
取名母亲城，
七宝铺地，墙城碧玉精金，
天下母亲，
永享荣华，世世太平！

2018年11月19日于燕园

母亲的天国

母亲还是没能走进新年，在 2019 年到来的三天前辞世，时间永远定格在 2018 年 12 月 28 日 14：50。这一天北京与河南两地都出奇地阳光明媚，天蓝云白，但气温却在零下 10 度左右，阳光从 603 报告厅高高天花板窗棂射下，仿若天国发出的召唤。

我侄女说她昨晚梦到了她前些年去世的爷爷，爷爷要带奶奶走，侄女哭醒了才知道是梦魇，但梦与现实就这么十几个小时的距离。

母亲在 79 年前的春天里出生，在戊戌年最寒冷的冬季离去，她留下一生的苦难，到天堂里与我父亲团聚，一生彼此相守 55 年，在分别 5 年后，母亲追随父亲踏进天堂的门，永生不再分离。

父母这代人，赶上了日本侵华、国共内战、"大跃进"、"三反五反"、"四清"运动、"文化大革命"，童年、少年都是在兵荒马乱的年代渡过，命如草芥，能够活着已属不易，更说不上把握命运，追求自我价值。青年和中年时代是一系列的运动，作为农村干部，父亲始终也搞不明白，斗来斗去究竟是为个啥。等到安稳了，已经是老年，再也不敢奢望有甚梦想，没病没灾平安活着就好，但由于年轻时吃不饱穿不暖，身体亏欠不少，虽然二十五年来，家境渐好，父母都长期有病，在富庶太平的岁月也没能安享晚年。

命兮！运兮！

母亲的幸福也许会多些，这是因为她是位虔诚的基督徒，我从记事就跟着母亲进教堂、唱教歌、学教义，别人进了教堂才祷告，而母亲饭前、寝前必祷告，日日如此，年复一年。母亲常说一句话，一切依靠主。一切依靠主是母亲强大的精神动力，大难临头母亲也无所畏惧，家有丰收，哪怕我考上大学，成为博士后，母亲也是平淡地说，这都是主的恩典。母亲说一个人的所作所为，主耶稣都在天上看着，母亲从不做亏心的事，从不做损人利己的事，这一点影响了她所有的孩子。绝不构陷别人，永远与人为善，永葆一颗善良的心，不偏激，不极端，中庸待人，温情处事，这是母亲教我做人的原则，母亲自己以身作则。

主耶稣都在天上看着，所以母亲才如此沉稳，每临大事有静气。宗教给母亲的还有临终的平静，母亲患有肺癌，其实是很疼痛的，母亲不喊不叫，不哭不闹，像个懂事、听话的孩子一样，吃药打针，静静地等着临终的一天。母亲一生上孝敬公婆，中相夫持家，下教化子女，左右善待邻里，人伦本分，恪尽职守，所以她知道天国的大门时时刻刻为她敞开，"天使唱赞歌，天国门已开，天父心喜悦，家人都回来"。

天国是母亲终极的归宿，回家的路，母亲走得如此从容，不急不慢，她瘦小的双脚一步步走来，她单薄的身躯在圣光中留下长长的背影，天使已在等候，执手牵上母亲孱弱的手，引领母亲飞升而起，奔赴天堂。

"天国的大筵席样样摆齐备，男女老少都来聚会，享受主的恩典，领受神的恩惠！"

回家，回到天国，我的母亲到家了，我苦难的母亲回到天国的家了！

母亲大人安息吧！

2018 年 12 月 28 日返乡高铁泣书

风月词话

凤凰花落

踯躅花园小径
凤凰花残香似酒
伴着玉影斟酌
醉卧花荫下
看一窗两世界

归去来兮

花园踱小径
凤凰花似酒
伴着玉影酌
烂醉君知否
只待紫荆开
又恐乘风去
友邦荷枪立
院外独无趣

物　种

人就是试错的机器
挫折是生命的印记
每一个点连成心电图
起伏高低是心跳的频率
人生是副棋盘

走好自己的步伐
然后要做的
等待对方失误
人类基因的缺口
如同太阳黑洞
补丁不及时
吞噬的
是所有的生灵

    2015年12月8日于海南万宁神州喜来登

喝　彩

遥望星空
寻找着耀眼的自己
照亮的
是寂寥和广袤
俯首时空
检索座座丰碑
挥写的
是深邃与激烈
天地生人
宇宙因思想而博大
碌碌人生
生命为激情而多情

    2015年12月8日于海南万宁神州喜来登

霉

凝固的房间
窒息的空气
凑合苟且
生命的喘息
湿漉的床头
阴潮的被褥
无休无止的时光
在昏暗中躺着
想去嗅嗅太阳
却无力挪动身躯
想听听花开花落
身心无法合一
躺着挺着恍惚着
发臭腐烂　入土化泥

2015年11月24日

秋

京华的秋
枯叶落尽
幽深的长安街上
微弱的冷光下
撒下寂寥的心跳声
湿漉漉的衰草边
无家可归的小狗

看到人的脚步

眼巴巴地摇着消瘦的尾巴

脚步没有停下

你我都是彼此的过客

在皑皑白雪的高岗上

才是我们本该相遇的季节

2011 年 11 月 16 日

壳

当爱成为身体的撞击

情就成为荷尔蒙的外衣

霓虹灯炫得醉眼迷离

爵士乐震出旋天转地

饮下蛊毒

万籁俱寂

北风吹过

留下孤零零的躯体

雪片飞下

魂魄散去

大地上

只剩下赶尸的人

2015 年 10 月 9 日

诗家故园

曼妙轻纱
佳人二八
口吐珠玑
恰似兰花

青瓦白墙
溪水青塘
扁舟一叶
红藕一筐

轩榭亭台
婆娑烛光
红菱轻舞
霓羽飞裳

词人三五
骚客轻狂
飞扬跋扈
曲水流觞

诗书满藏
著作成行
偶然翻阅
天下飘香

2015年10月7日于云湖轩

颓废的诗人

前些年，在未名湖畔喜欢上了海子
纯净的天真高贵
常在湖边忘情朗诵
面朝大海，春暖花开

而今我依然喜欢未名湖
里边的鱼儿可真够肥的
扭动的全是小鲜肉
清蒸干焙油煎

以前撞到女生的眼神
全身触电
前些日子
巴黎红磨坊里看着白花花的大腿
酣然入睡

诗言志
为诗而生的人
今天才明白
诗人只有食指

2015 年 10 月 6 日于云湖轩

如果还能诗

如果给我再次的选择
我依然选择校园
汩汩的荷尔蒙
播撒在马尔科斯、纳博科夫和莫泊桑的经典上

洗浴中心的二人转
三里屯迪厅的低音炮
拉斯维加斯的威尼斯人
当下的生活
就是这么乐活

以前看周润发风度翩翩
今天看来
远不如冯小刚自然

如果还能诗
还能再次选择
我还是选择校园
简单，再简单

2015 年 10 月 6 日于云湖轩

诗人还活着

今天还能写诗的
都是稀有动物
类似于熊猫，或者藏羚羊

熊猫能评为国宝
是因为胖乎乎的傻得可爱
实在不忍心作食材

藏羚羊能存活
完全是因为
西西克里的高寒缺氧
人在高海拔处不胜寒

诗人还活着
因为不是熊猫
黑市人工饲养的熊猫

也可以刺身、溜片、慢炖

诗人可能是藏羚羊
哪凉快哪呆着去
因为太凉快
西西克里才没人去

2015 年 10 月 7 日于云湖轩

诗人冻死了

诗人死了
在城市犄角旮旯里
北京三九，寒风如刀
被一刀一刀地割下
三万六千五百刀

被凌迟处死的
还有精神病患者
街头乞讨的重残疾患者
以及上访户和拾荒的

精神病原来挺精神
后来被精神病
再后来就真的有病了
开始信口开河

重残乞讨的
在田野玩耍时
被拐到城市下毒
眼瞎、耳聋、秃顶、塌鼻、歪嘴

上访户和拾荒的
有时相互兼职
原来也曾住过北京饭店

吃过全聚德

诗人死了
和精神病、上访户、乞讨者
挤在一起取暖时
冻死的

2015 年 10 月 7 日于云湖轩

吟诗与淫诗

吟诗与淫诗
有时确实分不清
反正都是自娱自乐

吟诗
就如同羊癫疯
不知道什么时候犯
又如同例假
每月总会来一次

淫诗
有时候是身体的需要
有时又是精神的需要
更多的时候
身体更需要

所以网络上
出现很多淫诗的写手
以前他们也都是
吟诗的

2015 年 10 月 7 日于云湖轩

回归田园

捂着脑袋,嘟囔着
要回到故乡的田园
南山采个菊,门口打个小篱笆
夜来卧听风吹雨

二狗成了养猪大户
猪屎味道飘满了山村
三柱开了碎石场
轰鸣声惊天动地

二婶开了小饭馆
雅座里村镇干部逗得服务员花枝乱颤
洗头房、麻将馆欢声笑语
只有头顶的月光洁净如初

按着肚子,骂咧咧
回到城市
还是城市好
安静、舒适,夜夜春宵

2015 年 10 月 7 日于云湖轩

诗人的历史

历史上的诗人
真牛逼
高力士脱鞋,贵妃研墨
酒馆喝酒一掷千金

没有钱了挥毫泼墨就能埋单

今天的赵本山
特牛逼
走到哪里,开专机
市长书记红毯铺地,两手垂立
新加坡歌星全身心奉献
只为等着上春晚

今天的释永信
更牛逼
人间佛教凿开
红尘与净土隧道
东方育种,西方极乐
因缘化身,嘛事不误

今天的诗人
最不牛逼
自费出诗集
还要免费邮寄

2015 年 10 月 7 日于云湖轩

CCTV 的诗意

毕福剑善于亲和
星光大道很火
看星光大道
才明白
人生,就他妈是个笑话
笑完了,也就 OVER
百家讲坛
坛坛是好酒

酒是五谷发酵
尿是水过食道

最好看的
还是动物世界
因为能偷窥
野生动物的私生活

诗人最爱看新闻联播
想象、朦胧、白描、空缺
最文艺，最文学
接近于诗的风格

2015年10月7日于云湖轩

错过了写诗的季节

想写诗
没有故事，没有构思，没有文采，没有心境
心很乱，不是写诗的季节

我以前可是个诗人
偶尔也被称为青年才俊
随口就是李白、苏轼、北岛、舒婷

现在，即便是无聊至极
也没有写诗的冲动和想法
而今就喜欢看看赵本山、郭德纲，还有黄渤
也会到大排档吃螺蛳、麻将店熬一宿，足疗店按按摩

生活果真是把杀猪刀
时光烧开水褪去华丽的毛

光秃秃的凤凰
既没有了鸡的白嫩，更没有鸡的味道

怀念写诗的季节
湖水落叶丛林山坳
草窝里的小天鹅

2015 年 10 月 6 日于清华图书馆

走向远方（外一首）

幽径
精心设计的
花园

曲径通幽
探索秘境
忘却了来路

疲惫后
安睡在里边
身上却爬满了饥饿的蚊子

2015 年 5 月 13 日

走向远方

里尔克：离开村子的人将长久漂泊，
也许，还有许多人会死在途中。
家，越走越远；
路，越走越荒凉。
前方是一片白茫茫，
沙漠、沼泽或是大海、戈壁都不重要。
总是挽手前行，左手牵着右手，
总是彼此砥砺，嘴里不时为心吐着热气。
野风掠过荒原，我望着北斗，走向远方。

2015 年 5 月 13 日

台北·除夕夜

艋舺龙山寺，
香客如织，梵呗声声。
佛陀很忙，众生很苦。
妈祖很冷，海浪很大。
最累的还是关公，
大殿里是伽蓝菩萨，后殿里是文圣帝君，还是武财神……
从北京到台北，
不是因为荷尔蒙，早戒了。
无非身与灵的撞击，
随顺觉性。

台北的女生淑雅、腼腆，
北京的汉子彪悍、躁动。

东南的风，暖醺，
北国冰封，
神州春泉铺地，两岸香草丛生。

2015年2月18日（羊年除夕夜）于台湾艋舺

春雪里的时光

——北京大学120周年纪念

二十年前的春天，
我在未名湖畔矗立，
水波塔影收了我的心，
自此再未远去。
春天的风，冬天的雪；

夏天的虫，秋天的荷。
都是我听过的课，读过的书页。
华表跟前，银杏树下，
朗润园中，图书馆里，
一教，二教，三四教，
学一，学五，农园，勺园，
我的脚步丈量过时光，
我却依然看不清与你的距离。
夜深人静时，
我想喊一声——母亲，
话未出口，羞得我内心彤红。
只能低头对草中的虫儿，
弱弱地说，我爱你！
春天，今晨雨夹雪，
湖边独我一人踟蹰，
博雅塔下，石坊之上，
这是我与您的约定，
暴风雨里，茕茕我与您！
二十年光阴的故事，
我已非少年，
而您百廿期颐。
我原想苟且余生，
散漫诗情，
您却志在千里。
我想赶上您的脚步，
却甚是乏力，
去年的冬天，没有雪，
却打湿了今年的春意！

2018 年 3 月 17 日晨于北大办公室

秋　意

任凭枫叶如炬
怎忍心碎如雨

在彩虹斜挂的湖边
隔窗看到西山的云

执手扯下一片霞
随她飘过太原府

在晋中的一个小城
是否已是晚霞满天

扯一片
载你飞至
初雪的京城

2015 年 11 月 16 日

故城孤心

在庭院深深的花园
一位操琴的姑娘
玉笋轻抹
悲秋声声

一道围墙，两般光景
一位疲惫的商人
驼队载满江南的茶砖
远走库伦
贩卖人生

一位籍贯九原郡的姑娘

落户西大街旁

绣房重重

笛声凄婉

庭院深深,两心依依

一位新任知县

打马北大街前

一腔为民请命

治下万世太平

一位踏青的姑娘

迈出清香闺房

远望县令打马过

留下一缕爱怜的目光

青春荏苒,遗恨绵长

2015年11月16日

红旗渠浇筑灵魂丰碑

红旗渠流淌的不是水,
而是倔强的血性;
红旗渠不是引水渠,
而是精神的堡垒。
红旗渠人在三年大饥荒中凿石建渠,
向大干旱宣战,
修渠10年,全长1500公里,81位修渠人献身,最小的只有17岁。

在当下理想干瘪的时代,
红旗渠扯起理想的旌旗。
梦想被讥讽的时代,
红旗渠高擎梦想。
人生俱来,有着使命与责任,
红旗渠浇筑灵魂丰碑!

童学时代

破落的校舍
破败的池塘
黑黢黢的小河
依然曲折

春天来了
油菜花嫩黄泛青
两岸蔓延
失去了本色

夏天来过
蚊虫肆掠
只有那飘飘的裙裾
才知本为浪漫的季节

秋天的约会
落叶缤纷
无望的守候
只有清辉明月

冬天的风
有音有韵
吹弹即破
只有颜如玉
在书中藏着

泛黄少年
黑白的胶卷
青春梦想
还没有褪色

2015 年 10 月 18 日于云湖轩

初中写生

小镇的景致
就是门口的小馆
清水兔头
两毛一个

窄窄的柏油路头
就是十中的大门
也曾实学真修

与联中合并后
堕入了风尘
阿飞阿毛各领风骚
校领导倚门卖笑

师生们自此得过且过
但等毕业

2015 年 10 月 18 日于云湖轩

懵懂时光

一年级上村里的小学
土桌土凳土娃

二年级到隔壁的村小
土条几土椅子土坷垃

最好的是体育课
跑得漫山遍野
老师们都有农活干

剩下的就是自习了

三年级搬到了新校舍

有门有窗有院墙

晚上自习

早上晨读

还办起了板报墙

才有了点学堂的模样

五年级就是紧学快赶

争取到十中上一上

2015 年 10 月 18 日于云湖轩

不声不响

时间好像泥浆

在沼泽的最深处

沉重的肉身下陷

淤泥没胸水草缠脚

没有路人　也没声响

只有水蛭还有秃鹫

在我身边彷徨

眼前的彼岸花格外妖艳

幽幽黑洞　无边无涯

恍恍惚惚似飘似坠

要穿越还是要冬眠

悬在这第四空间　不声不响

2017 年 3 月 17 日

倒春寒

今年的春天
没有面朝大海
凝固的水面
一颗心
哈出最后一缕热气
变成了冰雕

春天的脚步
没有花开的节奏
伴随着思想的蠕动
消失在
无尽的雪夜

这是迟来的春天
没有等来燕子呢喃
没有等来福满人间
等来的是一场
始料不及的倒春寒

2017 年 3 月 13 日

奈何桥上诉衷肠

生一程
死一程
生死本是树与藤

花开了
花凋零

花开花落尘世中

山蒙蒙
水隐隐
山水难得一世情

人间风月看不尽
冬去春来似柔情

我看山花似明月
明月哪知我心境

万世愁绪乱如麻
风声雨声似针扎

人生不过三万日
何必煎熬锅中蛙

绵绵江水如佳酿
一醉难解愁断肠

与其生来不如死
何必人间走一场

2017 年 3 月 29 日

虫洞的时光

假日里难得的清静,在书斋里拿来一本本书,随意地翻看,不用看电脑,不用接电话,不用查微信,尽情消耗时间。外边阳光高照,绿上柳梢,室内一壶茶,一支烟,一摞书,一整天……真的很想就这样活着,不厌其烦地活着,活得像诗一样——清净、恬淡。

　　羡慕一只虫子
　　在幽深的洞里
　　品享悠闲的时光
　　煮茶　品酒　读书

更多的时候是一只蝴蝶

在红尘中翩翩起舞

吞噬大把的岁月

斗茶　斗酒　斗气

相忘江湖

不如相濡以沫

慢嚼虫洞的时光

散漫的生活

2016 年 4 月 2 日

斟满 2017 年的期待

新华社北京 12 月 15 日电（记者高敬）环境保护部 15 日发布，从 2016 年 12 月 16 日起至 21 日，受不利气象条件影响，京津冀及周边地区将发生今年入秋以来最严重的一次重污染天气过程，可能出现重度至严重污染过程。根据预测信息，北京、天津、石家庄等 23 个城市应当启动红色预警，9 个城市应当启动橙色预警。

2016
最浓郁的一场雾霾，
将如约而至，
这可是辞旧的沉醉？

都市 22 年，
步履匆匆，
终于懈怠下，
看看风景，
却怎么也看不清。

江南莺飞草长，
西湖岸烟雨朦胧，
我端坐成雕像，
可再无诗情。

广袤大草原，
无马驰骋，
辣喉烈酒，
却久饮不醉。

初中的班主任，
已想不起我的名字，
高中的老师，
卧床久病，
儿女太忙无人照应。

家乡还在，
没有了炊烟，
小河弯弯，
不见鱼儿撒欢。

当年的校舍，
残砖断垣，
蒿草荒芜，
早已灰尘满面。

留给我豪饮的，
雾霾醇馥幽郁，
满胃满肺的醉，
斟满2017年的期待。

2016年12月17日于北京云湖书宅

为人民服务

感谢革命的时代
虽然我生下来就吃红薯
和小米粥
但我有学上
五毛钱入了小学的校门

感谢改革的时代
我每周吃着豆瓣酱
和长毛的馒头
但我有了自行车
挎着三角入了初中的校门

感谢教育兴国的时代
我每周都可以吃上白馍馍
和炒豆芽
我坐着拖拉机入了高中

感谢教育产业化的时代
我开着二手车
吃着地摊烤串
抽着中南海
迈入了大学的大门

感谢伟大的时代
尽管理想主义在退潮
生活依然有滋有味
除了地沟油和三聚氰胺
还有纯正浓郁的雾霾

如果喊出一句心里话
我想对着天安门吼一声
同志们辛苦了
为人民服务

2017 年 3 月 15 日

文明苦旅

春风十里长安街
四十而今从头越

踏马扬鞭杏坛路
水木燕园笑如歌

负笈而行跋与涉
文明苦旅书一册
沧海桑田读不尽
日月旋转自经纶

风雨交织是征程
十年风尘不如卿
民族复兴谁问计
可怜天下取经人

2017 年 3 月 30 日

修行从当下开始

修行，从平和待人开始
骂人只顾一时，而我们要活一世

修行从戒赌开始
赌博可能赢了一时，但却输掉了一辈子

修行，从酣睡开始
睡去的是过去，醒来的是新生

修行，从洗澡开始
沐浴冲掉的是烦恼，获得的是欢喜

修行，从不抽烟开始
清洁的身体，才有清洁的思想

修行，从节食开始
暴饮暴食是欲念，贪欲是心智的毒药

修行，从着装开始
装束是心态的表现，好心情才有好运气

修行，从深呼吸开始

呼出的是社会戾气，吸入的是天地精华

修行，从当下开始
安在当下，焕然新生

2017 年 3 月 31 日

净坛使者

当小屋
乱成了猪窝
我的小肚又圆又鼓

猪也有成仙的
比如八戒
爱吃爱喝爱生活

我没有成精
却也爱吃爱喝爱生活

同为净坛使者
我是邋遢
他是修行

2017 年 4 月 1 日

命 运

千万次的磨难
是上苍的赐福
我把它当杯烈酒
细斟慢品

一次次摔倒

权当体育锻炼
摔下的是身体
升腾的是精神

我愿吃尽人间所有的苦
只愿这世界从此顺遂
不再有人祸与天灾
安宁祥和，风和日丽

我愿吃下三生的苦
上世今生与来生
生生安静
无忧无虑

归去来兮

万里烟波浩渺，他乡故知安好？
一句别来无恙，方知念你心上。

满头青丝霜染，大雁成行向南；
京华秋韵依旧，独缺你我少年。

韶华如水长东，怎奈香山叶红；
当年凌云壮志，而今只剩龙钟。

佐料悠悠往事，就着岁月峥嵘；
你我一壶而尽，难慰今生风尘！

酒浓不论归期，又添离愁别绪，
功名利禄堪破，今宵烂醉如泥！

2017年8月14日子夜醉草于Flemington，New Jersey

醉·癫

　　戊戌年戊午月乙酉日应太守之邀，造访泉城，刺史导游泉城夜宴，霓虹之下，波光云影，火树银花，仿若天上人间，狂醉不已，难以自持，口占小诗一首聊以纪念，待闲暇之时，再做鸿篇抒怀。

　　　　趵突泉水琥珀色，仿若琼浆与玉液；
　　　　太白邀月与之饮，酒量我稍胜三分。
　　　　人间才情一百斗，大小李杜与阎均；
　　　　大明湖里洗笔墨，文章一篇惊天人！

在此处安歇

酒就是天府，甚至是天国。
一盅，饮尽惆怅，两盅，喝下孤独，
三盏四尊五碗六瓢七壶八觚九鼎……还酹江月。
俗世的冰垛，万仞的娑婆。
千杯万盏，醉中忘却的只是人间失意客。
倾尽这觯杜康于这府南河，赠与我天涯沦落。
在这草堂处结庐，寻一偏僻处，与文殊院对过，静听这梵呗声声。
在此处安歇。

2018 年 9 月 1 日

假　日

雪茄烟味溢满阳台
花儿伸腰数着阳光

知了唱唱歇歇

像是在练嗓

只有茶台最忙

一盏盏沏满

书摆放得太久

睡着只肥嫩的懒虫

我把本子合上

怕打扰他安静的时光

2018年7月17日于文津书屋

秋染燕园

未名湖如酒，每日醺醉，白发染鬓而浑然不觉，再看园外的江湖，依然飞雪连天，刀光剑影。本想仗剑天涯，无奈腿脚不便，大腹便便，园子里游荡二十年，从青涩少年到油腻大叔，再顽强的青春也经不起时间的消磨。

眼前未名水，心中黄河月。江湖，怎独少我？侠客天地黯然无色。

试想有朝一日，风云再起，跨马执戈，登高一呼，应者云集！

心中是笑傲的江湖，眼前是无名的池塘，除了激情高，血压、血糖、血脂无一不高，本想读书、骑马、带兵、射箭样样突出，而今唯独腰间盘脱出。

罢罢罢，人间万象，以酒当歌，尽归一残阳；烹梦佐酒，天下英雄出我辈，哪如人生醉一场！

真哥们，走一个，是兄弟，干一杯！将进酒，杯莫停！

未名水，鱼儿跳动的喧闹，
银杏叶，鸟儿鸣叫的聒噪，
博雅塔，背影投掷的响声，
玉华表，时光雕刻的轰鸣。

风起，飘落，坠地，
搅乱了侠客的安眠。

踏着时光隧道，

在斑驳光阴中拾步，
一地枯叶萧瑟，
二十年，酒凉了又热。

在这园子里晨读，
念的是五千家国，
从黄河到未名，
完成了华夏的穿越。

在博雅塔下，
学的是八千里云月，
从希腊到罗马，
对话的是先贤与大哲。

矗立中南海岸边，
看着故园残荷，
紫光阁海棠依旧，
只有京华染秋。

李白的身影，
屈子的魂魄，
挂在枝上，
压落一地诗篇。

待到秋风起，
水依然暖，
这是最后的缠绵，
难以诀别。

未名湖是一坛好酒，
出门就是江湖，
尚未温热，
外边冬已寒彻。

2018 年 11 月 25 日于云湖轩

雪落的声音

这些年,经历多场雪,
唯有今晚,我听到了雪落的声音。

雪落在武汉,落在湖北,
落在神州每一片土地,
医护人员在雪中,志愿者在雪中,
快递小哥在雪中,环卫工人在雪中……

雪,冰冻毒疫,净化大地,
雪,渲染悲情,升华图腾。

生在这个国度,饱受苦难;
生在这个国度,与生光荣。

这些年,经历多场雪,
尤为今晚,雪落的声音令人心动。

2020 年 2 月 5 日京华瑞雪纷飞

媒体传播

大咖高端对话为晋江创客指路

问：在供给侧结构性改革的背景下，晋江未来的创新创业应该如何发展？

阎雨：我们可以从美国近几年面对经济危机逐渐复苏的经验，来看国内面临的供给侧改革问题。实际上，发达国家曾经也是从传统制造业起家，发展到目前的高端制造。在经济下行压力下，新兴产业的崛起激发了美国全新消费形态的出现，从而刺激了新产业模型的出现，带动经济的复苏。国内当前的发展模式结构就需要这样的改变。最核心的部分就是制度创新，比如金融创新，要在高层级上做一些改革，在经济发展的三大成本（行政成本、融资成本、税负成本）上做出调整。对供给侧改革要下定决心，国内有不少地方理解还不足，措施还不到位。

晋江是县域经济的标杆和楷模，资本市场活跃，产业成熟度高，需要而且也有可能通过这些改变真正达到供给侧改革。我觉得，应该借助现有经济基础，不仅要做好技术创新，更要尝试制度创新，比如金融创新，做一个突破者。

2016年12月27日首届"海峡杯"（晋江）创新创业高峰论坛暨资本对接会圆桌论坛对话

2016年北京大学品牌论坛主持辞摘录

尊敬的各位领导、各位嘉宾、老师们，亲爱的朋友们：

大家下午好！

今天是圣诞节，离2017年不足一周的时间了，在过去的一年里，是各项指标全面升高的一年，比如血压、血脂、血糖、胆固醇……呵呵，总之，除了我们的个子和经济没有升高外，形势一片大好！

圣诞节是耶稣基督降临的日子，期待这位"弥赛亚"来拯救挺不起来的世界经济和软不下来的北京房价！还有心有余而力不足的中国品牌！

中国的品牌也曾打过鸡血，昙花一现之后，"太阳"落山了，"霸王"别姬了，"巨人"倒下了，"飞龙"折翅了，"三株"枯萎了，"秦池"干涸了，"幸福"痛苦了，这些都是中国企业品牌现象的残酷写照，也是第一代名牌企业的瑟瑟挽歌。然而中国的名牌企业仍在前仆后继，2008年暴发的"三鹿门"事件，让我们再次领略了名牌企业倒下的这份悲凉。

品牌是经济强弱的表征，是国家软实力的表现。

经济全球化时代，品牌是企业最有价值的无形资产。强势品牌占领全球产业链的制高点，是撬动国际市场的无形杠杆，国家核心竞争力的重要体现。

闻名世界的美国可口可乐公司总裁说，即使一把火把可口可乐公司烧得分文不剩，公司仅凭"可口可乐"这一驰名商标，就可以在几个月之内重新建厂投资，获得新发展。

2010年，本人亲赴亚特兰大可口可乐公司总部考察。

可口可乐公司是全球最大的饮料公司不是吹出来的，拥有500多个汽水和不含气饮料品牌，以及超过3800种饮料可选择。福布斯（Forbes）公布的2016年度全球最有价值品牌排行榜中，可口可乐排第四，价值585亿美元。

著名学者吴敬琏先生认为中国经济刺激效果近零，当警惕"改革空转"，对此主流经济学家束手无策，只会造新词。他强调，换一个新名词并不能解决中国经济的困局。

当下造词现象很严重，不把一个简单问题说复杂了，就好像没有学术创新。比如"书"，不能说成是书，这样显得不够高大上，不够创新，而要说成是："一种记录、分析、总结、组织、讨论及解释信息的、有插图或无插图的、硬抄或平装的、加套或不加套的，包含有前言、介绍、目录表、索引的，用以增长知识、加深理解、提升并教育人类大脑的装置，该装置需要视觉、有触碰的感官形式使用。"剪发不说成是剪发，而是人体无用副组织群体切除手术。

风生于地，起于青萍之末。

品牌的发展，不能制造新名词，抓铁有痕，踏石留印，用心经营，战略规划头顶青天，战术实施脚踏实地，一步一个脚印。

奥美在1950年首次提出品牌概念，Gardner和Levy（1955）发表的第一篇品牌专业性论文《产品与品牌》，提出情感性品牌和品牌个性思想。

品牌理论经过古典品牌理论、现代品牌理论阶段，进入了当代品牌理论阶段，品牌关系和品牌力理论、品牌塑造方法、战略性品牌管理理论、范畴性品牌理论（源于品牌的外延不断扩展）及其他新兴品牌思想逐渐成熟完善。发展品牌再也不是盲人摸象，其科学性、规律性已完全显现，品牌与经济的关系也愈加明晰。

体现中国经济发展成就的绝不简单是GDP，不是企业的体格和体量，关键更要看质量和竞争力，如果用两个字来集中体现、概括这些核心的软实力，我想只能是品牌！

中国众多学者和企业精英意识到，品牌管理将成为中国优秀企业的管理重心，而建立科学的品牌价值评估标准是品牌建设的重要手段，也是打破发达国家垄断品牌价值评价话语权的关键。推动中国产品向中国品牌转变，走品牌强国之路，是供给侧改革的突破口，关系国家的经济安全。

从长远来看，立足国际视野，挖掘中国品牌独特内涵，需要我们整合力量、跨界合作、协同创新，建设完善的品牌价值标准体系和发展机制，助力中国品牌跻身世界强林。

我们的使命如此崇高，品牌兴盛，匹夫有责，何况在座各位名宿大儒，国之栋梁！

曾子曰：士不可不弘毅，任重而道远。

实践出真知，春江水暖鸭先知，品牌价值几何？如何发展？下面请在商场江湖里畅游的先知先觉的鸭子女皇、平台秘书长、深圳大观广告公司董事总经理宋金红女士致辞，介绍本次活动的缘起、愿景和科研框架。

感谢宋秘书长的精彩致辞。

……

感谢晏教授的精彩发言。随着新经济的发展，企业经营业绩评价、投融资、兼并收购、市场拓展、对外合作都需要客观评估品牌价值，研究平台将制订符合国际形势的价值评价规则体系，引导品牌整合资源，增强品牌文化力、竞争力，推动价值提升。晏教授的发言坚定了我们对中国品牌价值的信心。

……

感谢陆教授的精彩发言。社会责任展现品牌精神，互联网思维拓展品牌布局，品牌传播引领消费者认知，体现品牌的生命力。在专家的前瞻理念引领下，平台将借力丰富的研究成果，利用多学科理论、多种模型方法，探索深层次的理性认识，共筑品牌价值。

品牌价值是资源配置、科技水平、创新能力、经营管理多种因素的集成，又是政策制度、法治环境、文化教育、价值体系、诚信建设等外部环境的综合反映。每位专家学者都从各自领域提出了独到见解，研究平台将凸显品牌价值与经济形势、产业动态紧密结合的特色，推动品牌价值评估研究的创新发展。

学术平台承载着中国品牌的文化信仰，结合重大理论研究和产业实践，挖掘品牌价值，不仅是对社会经济的促进，更是传承中国民族品牌精神。期待研究平台履行使命，追求卓越，全方位为中国品牌可持续发展贡献力量。

再次感谢各位嘉宾的出席，今天新闻发布会及品牌论坛胜利闭幕！

中国崛起，缘何离不开高效的政府管理

记者： 阎院长您好！近几年全世界都在关注中国崛起，而中国崛起离不开政府高效的管理。您作为政府管理学方面的知名专家，能否介绍下政府的管理活动与我们一般的管理活动的区别？

阎雨： 政府管理与一般管理活动的根本区别在于价值选择的公共性。政府管理的主体是以政府为核心的公共组织，管理的客体是公共事务，管理的价值取向是追求公共利益、社会责任；公共性的实现以合理有效制约公共权力为基础。而一般管理活动的价值基础则以效率和效能导向为主。公共性是政府管理活动内在的基本属性，一般性投入产出比的效率评价不完全适用于政府管理活动。

记者： 政府管理对国家崛起的作用，主要表现在什么地方？

阎雨： 政府管理模式可以归结为两种典型模式：自由放任型和积极干预型。日本、韩国等东亚国家及中国崛起的事实均表明，在经济启动阶段，需要一个强有力的政府，需要政府在国际环境和国情上作出正确判断，确定经济社会的优先发展目标，制定科学政策并保证其正确实施。政府管理对国家崛起的作用不仅仅是提供必要的制度和秩序，而且是积极推动政策执行。

在中国崛起的进程中，政府管理同样发挥了积极引导的作用。美国驻华商会前会长麦健陆认为，美国可以从中国学到的重要一点就是确定目标、制订计划并动员全部力量来推动国家发展。

在中国，政府的权力是广大人民赋予的，为广大人民服务的理念、天下为公的正义性、社会主义核心价值观的凝聚力，是中国政府的思想保障，也是施政纠偏的标尺。秉承这一理念，中国政府管理的优势之一是长期发展规划的制定及执行能力。中国各级政府根据经济社会发展情况，以整体性和科学发展的思维制订总体规划和产业、投资、科技创新等子领域的长期规划，利用政策杠杆加以引导，在全社会形成相对稳定的预期。规划形成的过程集思广益，充分考虑和吸纳各方的意见，使制度与政策本身能兼顾各方利益，并以法定程序转化为国家和人民的意志，执行起来自然也能动员多方力量，因此能够保证贯彻力度，具有很高的效率，这就是中国政府管理"集中力量办大事"的民意基础。而在一些国家，政府在制定具体的公共政策的实践过程中，不乏各种利益集团博弈、政党更迭、权力机关之间互相牵扯，议而不决，行而无果，行政效率相对低下。

世界银行通过大量考察和研究曾得出结论:"政府对一国经济和社会发展以及这种发展能否持续下去有举足轻重的作用。在追求集体目标上,政府对变革的影响、推动和调节方面的潜力是无可比拟的。当这种能力得到良好发挥时,该国经济便蒸蒸日上。但是若情况相反,则发展便会止步不前。"中国政府始终致力于自我变革以推动改革进程深化,激发市场和社会活力。中国政府这种不断自我超越的勇气和智慧,是国家崛起制度和能力的保障。

中国政府管理模式特色还在于传承了中庸、和谐等传统文化的精髓,在干预与自由模式之间取得了一定的平衡。例如,逐渐建构起公平公开、公正竞争的市场环境,又以必要的管制抵御了多次世界经济危机。形成中国特色的社会维稳系统,有效制止分裂分子、不法分子的破坏,维护安全的发展环境,又成为世界和平的重要力量。建立健全了各种突发事件应急机制、社会保障机制,保障全社会成员基本生存与生活需要,又避免了福利型国家的效率低下。其中都蕴含了传统文化基因。

记者:通过您的介绍,我们看到了政府管理在国家发展中的重要作用。我们也知道东西方在历史文化及价值观方面存在差异,管理理念也不同,请介绍下西方国家的管理理念或方式都有哪些?

阎雨:西方政府管理理念和方式主要经历几个阶段:

资本主义的原始积累阶段,国家积极干预和重商主义、保护主义的管理模式发挥作用。在西方市场经济发展的早期,洛克、亚当·斯密等思想家认为市场本身能有效配置各种社会资源,主张发挥市场"看不见的手"的作用,从保护私人产权出发,政府职能被限定在维护基本的社会秩序上,扮演"守夜人"角色,形成了自由放任型的政府管理模式。

但频繁爆发的世界性经济危机与战争,表明市场的局限性。自由主义遭遇凯恩斯主义的批判,罗斯福新政的成功使积极干预型的政府管理模式成为当时的主流,造就了近20年的繁荣。

直至20世纪70年代西方国家普遍发生滞胀,福利制度走向困境、财政危机严重,以效率为导向的新公共管理运动兴起,政府定位由所有者、经济活动的直接管理人、公共服务的直接提供者向"监管人"和规则制定人转变,公共管理社会化成为一项重要内容。引入市场机制,通过民营化、竞争、质量管理、组织创新、绩效等手段进行政府再造,以追求效率最大化。但这一模式并不完美,存在着公共性价值理性与市场机制工具理性的冲突。

记者:我们也了解到您基于中国传统文化提出中国管理C模式,作为一种对知识管理与智慧管理模式的创新,能否具体介绍下?

阎雨:中国管理C模式由两大系统组成:一个是C理论,一个是A体系。

中国传统文化作为一种上行文化,侧重于哲学思辨,具有丰富的价值理性。成中英教授将儒家、道家、法家、兵家、墨家的核心文化加上《易经》与《禅宗》,所形成的理论框架被学界称之为"C理论"。而西方现代文化则是一种下行文化,注重工具性和实用性,国际上习惯把以美国为代表的西方实用管理文化称之为"A体系"。

中国管理C模式将两者有机融合,形成东方重价值、伦理、情理的价值理性与西方重理性、制度、法治的工具理性的整合路径,一方面将中国传统文化实践化、模型化、数量化,另一方面将西方管理工具融合本土文化加以改良,可以视为文化管理与技术管理的互动与升华,应用起来更加得心应手。

记者:前不久,韩国拍摄了一部颇具震撼力的大型纪录片《超级中国》,您如何看待这部纪录片?

阎雨:自朴槿惠上台以来,中韩两国的政治、经济、文化交流日益增加,两国的互利合作使中韩关系持续升温。《超级中国》是在跨文化交流中,韩国媒体基于国际视角与自身的需求,对中国形象进行挖掘和诠释,是国外媒体主动制作、主题鲜明、传播效果较好的一部片子。

纪录片刻画了东方巨龙的觉醒并以迅猛势头释放着积蓄已久的能量,描绘了超级中国引发的巨大市场机遇与宏伟的战略远景,同时也探讨中国发展对世界秩序带来的压力:例如中国投资对生态环境、能源、资源、产业结构、社会结构的改变,中国军事实力增强对周边国家及美国带来的忧虑等。正反两方面的内容,相对全面地展现了中国强劲崛起及其面对的复杂国际国内环境。鲜活又不失严谨的数据与案例引用,20多个国家的走访及世界权威专家评论,增强了该片的真实性、可信性、时代性和权威性,呈现了国际社会与中国相互了解的窗口。但该片选取的"仰视"视角、对中国影响力过于美化渲染的嫌疑,"霸权"这一词汇的高频运用,极易引起"中国威胁论"的误读。"潜在的超级大国"抑或"霸权国家"的中国形象建构将成为国际舆论争议的新常态,也考验着中国对自身核心价值观的文化传播能力。

记者:您对中国崛起有什么寄语?

阎雨:中国崛起是追求独立自主与文化自觉的自发进程,这一进程凝聚了整个中华民族的力量,建立起强烈的民族自豪感与中国理论、制度和道路的自信。中国悠久的文化根基和渊源决定了中国崛起是文明模式的更新,必然引导未来世界文明新秩序的方向。

2015年9月28日"价值中国"访谈

央视主持离职潮评析

主持人在节目品牌塑造中扮演着至关重要的角色，甚至是灵魂人物。和其他职业一样，主持人跳槽很正常，也非近期才出现。但由于央视的独特地位，中央电视台作为国家级电视台的窗口形象和数以亿计的庞大观众群，央视主持人离职潮难免备受瞩目。高收视率和高关注度总让人们把央视主持人置于风口浪尖。人们对这一现象的特别关注，更深层次上是在关注互联网时代中国传媒业的发展变革、广电体制改革的趋势与方向。主持人离职去寻找更广阔的空间不仅仅反映了个人的职业选择，也折射着人力资源在传媒市场流动将成为常态、传媒业市场竞争与产业转型加速的现实。

一、地方卫视蓬勃兴起

党的十八届三中全会通过的《关于全面深化改革若干重大问题的决定》提出建立健全现代文化市场体系，广电改制的政策环境发生重大变化，广电产权日趋多元化，上市公司越来越多，投资主体越来越多元化，包括央视在内的体制内人力资源成为市场争夺的有价值的稀缺资源，势必引发人才事业观的变化与抉择。这正体现出成熟的市场经济机制推动了包括人力资源、智力资源在内的市场资源优化配置。

在宏观层面，不同于早年间央视主持人偏好凤凰卫视及其他境外、国外机构，当前的更多主持人选择地方广电集团，代表着广电改革所引发的群雄并起的竞争格局。同一主持人也可同时加盟多家卫视，反映出省级广电呈现出横向联营趋势及灵活的体制。

在微观层面，国外主流的主持人管理机制被广泛引入中国。美国电视节目运作的特点是：优秀主持人就是节目的特种标识、品牌象征，同时又是节目的运作核心，操控着整个电视节目，他们是节目内容的体现者，是电视节目的代言人，这种运作机制被称为主持人明星制。凤凰卫视则以"三名制"来进行节目的品牌建设，即打造"名主持、名记者、名评论员"来塑造品牌，在世界传媒竞争中走出一条"低成本、高回报"的道路。央视主持人具有多层面的知识结构和综合素养，如犀利敏锐的传媒价值判断能力，扎实的新闻写作编辑能力，大型节目直播能力以及政治把关能力，吸引复合型节目主持人加盟成为地方卫视转型升级的策略，央视主持人必然将自身积累的节目理念与制作风格全面渗透到地方卫视节目制作的改革提升中。如何炅加盟湖南卫视，央视主持人方琼跳槽湖南卫视接替谢娜主持《百科全说》，鲁豫主持的《凤凰早班车》等。陈鲁豫在著作《心相约》中就曾提到，《凤凰早班车》栏目的推出并没有经过任何试演或彩排，她在不到两个小时的时间内看完所有的香港早报，迅速地提炼出内容并记熟它们，然后匆匆上场。之后，《凤凰早班车》获得了成功，主持人陈鲁豫也声名大震。高额的薪水、巨大的知名度和自由发挥的舞台是凤凰卫视能够成功留住人才的三大法宝，这一方法迅速被国内卫视借鉴。

在广电体制深化改革的背景下，灵活的机制、广阔的空间吸引优秀主持人加盟地方传媒，推动行业进入百花齐放的阶段，正是这些地方传媒集团的迅速成长及其差异化战略定位，才能集结出一批具有实力的品牌栏目和媒介集团，参与世界竞争。

二、新媒体风起云涌

数字技术日新月异的发展，正在变革着整个媒介的生态环境。新媒体在传播力、渗透力、广泛性上表现出特有的优势，民间议程、深度话语、意见领袖等借助新技术得以呈现，内容、渠道等新生事物不断涌现。跨媒介的多元与融合，生产视频、音频、文字、图片等多样态产品，创新衍生品，延长产业链，成为传媒业发展的必然趋势。优秀的内容集成创新能力与受众互动性是众多新媒体技术开发平台脱颖而出的关键，"及时""快捷"等市场需求也对新媒体主持人提出了更高的要求。在与新媒体的融合中，主持人不仅是传播内容的把关人、传播渠道的把控者，也是节目制作的参与者。央视主持人加盟无异于为运营平台增添了独特的魅力与价值。同时主持人也可以在新媒体浪潮中寻求到更大的自由度与经济收益。

很多央视主持人借势转入新媒体行业。如原《足球总汇》的主持人黄健翔和原央视主持人刘建宏都加盟乐视网。乐视网是一家以线上平台及影视资源为核心的典型的互联网公司，其中黄健翔在乐视体育频道中国第一档体育自媒体节目中担任主持人。原《财富故事会》栏目主持人王凯也踏入自媒体脱口秀之列。

2010年，曾担任《赢在中国》制片人和主持人的王利芬在博客上证实辞职央视，创办国内首家以创业为主题的原创视频网站优米网，成为第一个在网上曝光辞职事件的央视主持人。当谈及为什么要辞职时，王利芬认为，"应该说电视会一直存在，但观众的年龄会逐渐老化下去，这是个不可逆转的趋势。

我看到了电视行业的下滑。我认为互联网会无孔不入，互联网将变成一个工具而不是目的本身，你将很难再分别什么是新兴产业和传统产业，所有的产业都将在互联网上或都与互联网相关"。

2012年马东正式宣布离开央视，加盟视频网站爱奇艺，担纲首席内容官一职，全面负责爱奇艺内容采编与制作工作。他们在新媒体广阔的平台中显然已经超越了原来的主持人身份，成为更广义上的文化资本运营人。

新媒体体制下的节目制作比电视节目制作空间大，新媒体主持人较电视节目主持人拥有更多的话语权，新媒体为主持人提供了更多创作空间。面对电视台人才利用率低的现状，相信越来越多的主持人会在"互联网＋"的东风下进入新媒体领域。他们的加盟将有利于新媒体业态产生高质量的作品，运作也将更为规范。

三、进入投资领域

原央视主持人张泉灵跨界做紫牛基金合伙人。据张泉灵透露，紫牛基金已投资三个项目，都是以内容生产为主。

近几年，央视主持人辞职进入创业投资领域也屡见不鲜。原因之一在于，新兴传媒载体变化的最后结果只是把选择权利越来越多地交给了受众，受众还是会根据内容来做出决定。而内容生产是传媒的核心优势，仍然需要符合传播规律。这也是深谙行业规律的央视主持人进入资本界的王牌，也与文化产业蓬勃发展的整体形势密不可分。

消费升级、技术进步、文化与科技融合、政策引导成为推动文化产业发展的外因。但文化产业与其他产业相比不确定性更强。过去10年，文化产业平均增幅高达15%。而文化企业普遍存在的销售款回笼慢、抵押资产不足、轻资产、融资成本较高的困境，传统的信贷难以满足扩张需求。市场规模扩张势必引起资本的关注，尤其是近两年文化产业成为各路资本竞相追逐的投资热点，文化产业投资基金提速发展，成为投资界和文化产业界一道独特的风景。资金的聚焦点，包括影视、游戏、动漫、广告营销、在线旅游、新媒体等方向。

但文化产业投资存在自身的特点，文化产品开发难度大，企业资金回报周期长，加之市场反应难以预料，相对风险较高，难以评估其盈利能力；文化产业与传统工商业拥有持续的现金流不同，文化企业业务开展多为"项目型"的，很难产生长期稳定的现金流。文化投资更类似于天使投资，文化资源的评估、创意转化的可行性、投资企业的管理、商业模式的更新、风险的管控，对投资绩效影响显著。业内高端人士的发展理念、创作实践与市场化阅历、资源配置能力，必然将降低经营风险，提升文化产业基金的成长性与增值能力，成为文化资本与社会资本的链接桥梁。

跨界发展也将成为更多的行业人才的择业观。

四、小结

央视主持人的离职反映出广电领域体制改革走向深入的趋势，竞争改变了原来只有一家具有超级实力广电集团的市场格局，加速催生了多家广电集团，央视主持人的加盟使节目制作与品牌运营等更趋国际化，促进了体制内向体制外的转型。央视主持人作为稀缺的人力资源倾向于跨界发展，在新兴媒体、资本界亦大有作为，代表着产业发展方向，也实现了技术界、资本界与文化界的紧密连接，他们的加盟展示着市场作为主体与动力机制的独特魅力，也将有益于提升中国新兴文化创意产业系统的质量，在一个侧面反映了中国文化产业日趋繁荣的趋势。

中国管理 C 模式如何学以致用

——"价值家"专访答复

阎雨老师：您好！

您是管理方面的专家，价值中国一直在关注您的成就和贡献，我们期望对您作一个专访，谢谢！

价值中国是中国领先的社会化财经专家媒体，拥有近百万产业专家和数百万篇专业文章。今天的专访，我们将就您所关注和专长的中国管理 C 模式、互联网+政府管理、政府与创新创业进行沟通，向价值中国的百万级专业读者进行推广、传播您的专业影响力。

近期，价值中国旗下将推出建立专家知识服务交易平台"价值家"。以"微咨询"和"微学习"方式（网站+App），为千万数量的企业中高层管理者服务。我们也特邀请您作为价值家首批重点推荐的专家，引领广大知识工作者人群及知识服务用户。也期待您对我们价值家新业务给出中肯的评价、热情的肯定及积极的支持！

中国传统管理思想在中国管理 C 模式中是如何体现的？能否举 1~2 个案例加以说明？

中国管理 C 模式构建了自洽的管理体系。中国传统文化管理思想以儒家管理思想为主，道、墨、法、兵、禅、易等思想中的合理因素兼容并蓄，形成了极具系统性、整体性的文化型、伦理型管理思想体系。进一步与西方管理理念、方法、工具相融通，以中国文化的价值理念引领西方管理工具，形成更适用于本土的管理模式。

首先，中国管理 C 模式深入系统地挖掘了中国传统管理思想。中国管理思想作为情、理、法相互融合的管理哲学，强调重沟通、谋略的软管理、文化管理，体现在各家的论述中。例如儒家的仁、义、礼、智、信、中庸等思想，墨家的兼相爱、交相利，道家的无为无不为、道与德，法家的刑与赏，兵家的权变、五德，禅宗的持戒、禅定、慧悟，易经的不易、变易、简易等。这些管理思想具有传承性、开放性，许多以成语、典故等方式深入日常生活，我们日用而不知。因此，深入挖掘这些管理思想的元素，在追本溯源的同时，生动鲜明地呈现中国管理的境界、各家思想的精髓、深刻内涵、表现方式、作用方式，就是中国管理 C 模式的首要工作。

其次，在研究中我们发现，各家思想虽有百家争鸣之说，但更重要的是文化融合。成中英先生构建的 C 理论体系，侧重于在哲学领域用西方哲学的语言进行中国哲学的学术解释，借鉴五行模型整理出中国管理思想体系的哲学逻辑。中国管理 C 模式则侧重于利用整合学说，在管理领域系统解读中国文化。C 模式提出易的特点是自强，"五家"在从不同侧面具体解释如何自强，例如道家是外柔内刚的战略自强，儒家是人事管理的自强，法家是制度建设的自强，墨家是创新的自强，兵家是市场拓展的自强，"五家"从管理的五个维度建立了纲要与方法，组织通过践行五家文化获得成功后，是禅的归零、淡然、超越，在新的高度上再次精进、自强。因此中国传统管理思想就形成了一个自洽的、循环的管理体系。这是中国管理文化内部融合的体现。

同时在 C 模式中，实现了中国管理文化与西方管理工具的整合。以中国管理思想作为核心和基础，基于其对战略、组织、人本、制度、市场的价值指引，与西方管理理念、工具相互贯通，统领西方管理工具应用，使中国管理思想与现实分析更紧密，在实践中可以利用、检验，从而增强了中国管理思想的现实可操作性。经过传统文化的自身融合与工具的融合，中国管理 C 模式提供了一种管理思想现代化转化、创新性发展的思路。

中国管理 C 模式是东西方管理哲学融合的产物，这种融合是如何实现的？如何看待东西方管理哲学的共性和差异？

中西方在各自的自然环境和社会环境条件下形成了与环境相适应的管理思想。从人性假设这一共性出发是中西方管理思想的理论前提。在中国管理思想史上，人性假设以"性善论""性恶论""性有善有恶论"和"性情论"为代表。西方以"经济人""社会人""自我实现人"和"复杂人"假设为代表。其中，"性恶论"与"X 理论""性善论"与"Y 理论""性有善有恶论"与"复杂人"假设有一定的相通之处。但主体假设的指向不同，在一定程度上导致两种不同管理文化的演进方向。

西方管理诞生于外向型海洋文化，哲学基础是个体主义、科学主义、实用主义，研究方法重视科学化、规范化，发展出管理科学的主线，主张通过制定科学合理的工作制度、工作流程、管理模型等手段来提高管理的效率，促进人与物的最优结合。它将管理放在技术层面，强调用制度、法理、工具实现对组织的控制，表现为刚性管理，创造出巨大的生产力。有其合理性的一面，也有"见物不见人""重利轻义"等局限性。工具理性的偏颇也引发了巨大的危机，如金融危机、生态危机等，西方管理的目标已经发生偏差。

中国管理哲学诞生于农耕文明，哲学基础是天人合一，研究方法强调经验性、基础性。主张"义"重于"利"，追求社会的稳定、组织的和谐。人性假设倾向于强调人性的性善论、可塑性，主张通过价值规范协调管理人与人之间的关系，使人的内在潜力得到释放，表现为以柔性管理为主。

中西方管理思想主要遵循工具理性、价值理性两条线索展开，二者具有互补性与契合性。构建新的管理理论，必须站在中西管理文明的优秀基因基础之上思考，推动管理文化与管理技术的融合创新。

中国管理 C 模式是东西方管理哲学融合的产物。"七家"文化整合为管理模型奠定了价值论、思维与方法。中国文化自身具有动态性、开放性的特点，具有极强的文化包容性。将中国价值理性所彰显的以人为本、以民为本、社会责任等伦理因素渗透到西方管理工具的各个环节中，实现价值理性对工具理性的统领，管理表现和谐、可持续等基本特点，同时工具理性也使中国管理呈现出可量化、应用性强等特征。中西方管理哲学的融合实现了追求组织利润与伦理的统一。

很多传统中国企业的领导是一个命令者，采用权力高度集中的管理方式，如何通过 C 模式管理来优化此类管理方式？

权力结构作为组织结构的核心，决定了组织的运行效率，进而对组织绩效产生影响。管理活动应与组织所处的具体环境相适应。在企业发展过程中，外部环境、企业成长阶段、企业人员结构变化都会对企业的权力配置提出新的要求。

中国传统文化对集权文化具有积极与消极的双重影响。儒家的"仁政"思想强调"内圣"与"外王"，强调领导者个人在领导活动中决定作用的同时，也对于领导者个人素质提出很高要求，并形成了选贤任能的机制，这样的一整套人才选拔与激励机制对于现代企业同样适用。但如果抛开"仁政"的内核与人才选拔激励机制，则无法保证领导行为的理性化、有效性，极有可能滑向权威主义。

在现代社会，环境复杂多变，过度集权或过度分权都难以有效提升组织整体绩效。传统的人才管理理念可以进一步与西方治理理论相链接，在企业文化统一的前提下，适度发展集权与分权、激励与监督模式。以集权保障组织战略及文化的统一，以选贤任能和分权应对动态复杂的外部变化，两者的结合降低内部交易成本和外部交易成本，促进组织绩效提升。

随着"互联网+"行动计划的开展，越来越多业态发生改变，甚至形成了倒逼改革的机制，例如《专车管理办法》的出台。那么政府在"互联网+"时代应当扮演怎样的角色？

我国处在新旧产业和动能转换时期,"互联网+"是转型的核心动力所带动的经济和社会的升级改造,使整个产业的生态、甚至社会形态发生根本性的变化,政府的角色在于塑造环境、制定规则、提供良好的基础研发等基础设施和公共服务。政府定位必然面临一次系统性的调试。政府的管理和服务手段也当然要与"互联网+"相适应,向信息化转变。

为迎接"互联网+"时代的到来,政府管理在哪些方面做得比较好,哪些方面还需要改进,具体方向是?

国务院发布了《关于积极推进"互联网+"行动的指导意见》,这一关于"互联网+"的顶层设计明确未来三年乃至十年的"互联网+"发展目标,提出包括益民服务、便捷交通、普惠金融、协同制造等11项重点行动,既涵盖了制造业、金融等具体产业,也涉及医疗、教育、交通等民生方面。从国家层面推动部署,显示了国家战略的前瞻性,将引领一场技术性革命。但也对政府信息化建设提出了较高的要求,例如跨部门、跨地区的信息尚未畅通整合,存在"资源共享难、互联互通难、业务协同难"等"三难"问题,利用信息技术推动政府管理创新,将是未来突破方向之一。其次在民意关注与网络舆情监管方面还可以加大力度。

当前中国经济步入新常态,市场在资源配置中起决定性作用,为促进创新创业,政府应怎样发挥其职能?

创新是一个民族进步的灵魂,是一个国家兴旺发达的不竭动力,比较直接的方式是利用税收政策减轻企业总体税负较重等问题,例如研发减免税收、扩大高新技术企业范围、促进企业增加职工培训和实施股权激励等。政府还可以提供科技企业孵化器、公共服务平台、普惠金融建设。创造创新创业环境,以简政放权和公共服务保障体系助力中小企业迅速成长。

您对于"价值家"的商业模式及资源优势有何评论?

价值家是线上线下互动的柔性化价值链,可以利用碎片化时间有效整合,配置数百万专家学者资源并实现资源共享,随时激发头脑风暴模式促进知识流动、思想创新,并可以利用大数据技术持续跟踪知识路径及学习行为特点,实现自主学习的路径分析,促进个性化学习与专业服务,是"互联网+"时代学习型组织建设的有效工具,具有显著的专家优势、技术优势。大规模共享与个性化定制完成了商业模式的平衡,增强了用户体验,促进了可持续发展的同时,具有明显的社会效益。价值家是信息文明成果之一,具有巨大的时代特质、经济价值和社会意义!其模式的创新性、价值再造性、知识经济转化性,无疑将引领信息时代的发展趋势,功在当代,利在千秋。

警务协同，护航京津冀一体化

（《人民日报》2016年2月5日05版）

一体化警务合作机制创新先行先试，既是安全保障，也有引领示范的标杆意义。近日，京津冀三地签订警务协同发展框架协议，着力打造人本型、和谐型、服务型和开放型警务。这是去年中央审议通过《京津冀协同发展规划纲要》之后，京津冀一体化迈出的实质性一步。此举标志着三地的警务合作由松散型向机制化协同转变，将打破原有的公安系统行政边界，为一体化的协调和共享发展探索了一条创新之路。

习近平总书记指出：实现京津冀协同发展是一个重大国家战略，要坚持优势互补、互利共赢、扎实推进，加快走出一条科学持续的协同发展路子。落实这一要求，需要破除以往囿于行政界限，彼此各扫门前雪的现象。与长三角、珠三角等地区相比，京津冀涉及首都安全保障等特殊问题，承担一体化保驾护航作用的警务工作，不仅至关重要，而且要先行一步。面对一体化的新形势，警务管理亟待树立公共治理理念，完善服务型警务模式的创新。

一体化首先是价值和服务标准的一体化。新常态下的社会管理，必然对原有警务管理模式形成挑战。此次以一体化为契机带动的警务合作创新改革，将从协调社会关系、化解矛盾、促进公正入手，对传统管理模式及相应的管理方式方法进行系统改造，推动建立现代警务运行机制，促进信息流、业务流、管理流有机融合，确保打击、防范、管理、控制各环节无缝衔接、良性互动。改革后的警务管理和服务，会更注重群众利益，执法更注重公平正义，警务更注重快速高效。同时，也将更加鲜明地体现忠诚、为民、公正、廉洁的公安核心价值观。

安全是所有价值实现的基本保障。从"共同、综合、合作、可持续"的新安全观出发，三地一体化警务合作将积极探索建立联勤指挥体系、情报信息系统、治安防控网络等警务合作模式，推动数据、标准、审批事项等信息资源跨区域、跨部门、跨领域、跨层次共享模式，努力让数据多"跑腿"。改革将打破警种壁垒，突破各自为政分散开发、重复建设、标准不一、难以共享的瓶颈，形成布局合理、覆盖城乡、维护稳定的虚拟化安全网络。

警务协同发展是政府管理创新、机制创新的重要组成部分。京津冀一体化警务合作框架协议的签订，意味着建立了一系列警务合作的制度框架。在原有项目协作的基础上，此次改革通过科学合理、紧密衔接、整体联动的长效机制及制度设计，进一步健全和完善一体化警务协作机制，拓宽协作空间和范围，加大协作联动力度，确立了"以民为本、科技支撑、社会协同、规范推进"的政府管理一体化创新思路。通过探索建立与区域一体化发展同向同步的地域性新型公共性警务，形成联防、联控、联管、联建的工作格局，一种新型的社会管理模式也呼之欲出。

　　一体化警务合作机制创新先行先试，既是安全保障，也有引领示范的标杆意义。以协议签订统筹推进京津冀警务协同发展，确保区域警务合作可持续发展，不仅为公安事业长远发展提供有力支撑，也为医疗、教育等其他领域在更高水平、更深层次的协同发展提供了有益经验。

防范电话诈骗需要"全流程"屏障

(《人民日报》2016年10月20日评论版05版)

【编者按】中国改革已经进入攻坚期和深水期,意味着从改革的"蓝海"阶段进入"红海"阶段,在以往创造价值、共享价值主体战略的基础上,更加注重解决深层次矛盾和真问题,势必关系到利益格局的调整。

在行政机构改革的同时必须优先进行军改、警改,国家机器既是改革的保障,更是改革的前提!平安中国的提出,即意味着人民问题无小事,人民需求即政治。尤其在社会矛盾进入凸显期,社会稳定进入风险期的背景下,社会、政治、经济、文化、生态全面改革的价值基点之一在于建设平安中国,军队和公安系统担负着维护国家长治久安、保障人民安居乐业、服务经济社会发展的神圣使命,势必成为改革的先行者,大国护航的根本力量。

2016年10月20日,阎雨先生在《人民日报》05评论版发表《防范电信诈骗需要"全流程"屏障》一文,从系统论角度直指电信诈骗要害,如春雷惊梦,为解决电信诈骗类社会问题指明了关键突破口,也为具体实践"平安中国建设"提出了实实在在的落脚点和把手。

阎雨老师始终密切关注中国公安改革,聚焦五大发展理念视阈下的改革关键领域,探索保障大众财产安全的"全流程"优化、跨地域警务一体化协调机制、转作风服务一线等创新发展之路,一年内,在《人民日报》两次发表署名文章,为平安中国积极献言献策。

在中央政治局第三十六次集体学习时,习近平总书记指出,要严密防范网络犯罪特别是新型网络犯罪,维护人民群众利益和社会和谐稳定。电信诈骗作为新型网络犯罪的主要类型,已经引起公安部门的高度重视和严厉打击。日前公安部会同25省区市公安机关,对一起特大侵犯公民个人信息案展开的收网行动中,就抓获201名犯罪嫌疑人,铲除42个信息泄露源头,摧毁9个犯罪团伙。

电信诈骗危害大、难治理,仅2016年上半年,我国电信诈骗发案就达28.7万起,造成损失80余亿元。相较传统犯罪,电信诈骗依托互联网,呈现出跨区域、专业化、成本低、隐蔽性强等特点。一些诈骗犯不仅擅长远程作案,甚至匿身海外,难以追查;还有的形成了专业化诈骗团伙,有组织有分工,以低成本"走数量",和执法部门打游击。一时间,冒充公检法、领导、亲友实施诈骗，假扮客服坑蒙消费者的剧情频繁上演，令人防不胜防。

避免电信诈骗的危害，首先要提高个体防范意识。电信诈骗的最终目标还是钱财，因此，接到陌生电话多想一会儿，填写个人信息多看一会儿，转账汇款多等一会儿，应该成为每个人日常生活的习惯。当然更重要的，是建立跨领域、全流程的打击电信诈骗协同机制，加强执法主体内部和外部统筹，将打击和预防电信诈骗作为系统工程。

跨领域协同，就是在打击电信诈骗的过程中整合执法主体之外的社会资源。电信诈骗中涉及的两个关键要素：个人信息和财产，往往不在执法者直接控制范围内。这就需要电信运营商、掌握海量数据的网站和信息平台、银行、支付平台等负起责任，配合执法者行动，自觉维护用户的信息和财产安全。比如，北京市公安局创新工作机制，强调"专题研究、专门队伍、专案侦查、专门设备""抓好内部合力、整合外部合力"，有效打破了公安机关与上述各领域主体间的壁垒，实现了零距离联动。

全流程协同，则要在执法主体内部形成合力，并且要求执法者熟悉互联网时代特点，主动跟上社会发展节奏。不久前，公安部授权北京市公安局成立的"公安部打击治理电信网络新型违法犯罪查控中心"揭牌，率先开启警务跨部门协同合作模式，构建起警方与银行系统、通信系统之间的深度防控机制。特别是围绕"资金流"这一关键环节，充分运用大数据技术，不仅直接追查到大量犯罪分子，还帮助不少群众挽回经济损失。

针对电信诈骗案件，不仅需要公安机关做好侦查、抓捕工作，也需要检察机关、审判机关在案件进入司法程序后依法履行职责，甚至还需要立法机关完善相关的法律规章，真正实现"从头到脚"无缝衔接。从公安部国庆节前发出的A级通缉令，到最高法召开"惩治电信诈骗犯罪典型案例新闻通气会"，再到越来越多针对"电信诈骗"的立法建议，一个全流程抵御电信诈骗的制度屏障正在逐步形成。

平安中国建设，内涵丰富。无信息泄露之虑、无电信诈骗之忧、无财产不翼而飞之苦，都应属"平安"的题中之义。无论从个体角度对电信诈骗加强戒备、保持警醒，还是在跨领域、全流程的协同机制中对电信诈骗严防死守，都应着眼于大局，落实在个体。百姓平安了，社会才能和谐稳定，国家方可长治久安。

生活中的佛学

——讲座主持辞

但自无心于万物，何妨万物常围绕。

此次活动的举办可谓一波三折，三易场地与时间，多次风云突变，给大家带来诸多不便与困扰，在此向诸位表示歉意。这也说明人间正道是沧桑，烦恼即菩提，逆境修行，也许功德更大。无论如何，笑着面对，不去埋怨。悠然，随心，随性，随缘。

各位学者、老师、同学们，各位同修，大家晚上好！

我是本次报告会主持人阎雨，来自北京大学。

去年别我未名湖，今日逢君清华园。

继去年北大讲学之后，我们今天在水木清华再次迎来我们著名佛学家、大法师——索吉达堪布。索吉达先生是喇荣五明佛学院大堪布，不仅对五部大论精通无碍，对甚深密续也善修善讲。译作系列39册收集于"显密宝库"，著作系列31册收集于"妙法宝库"，讲座系列50册收集于"智悲宝库"，深受人们的珍视与喜爱。从2010年起至今，受邀在哈佛大学、耶鲁大学、哥伦比亚大学及港大、北大、人大等众多著名学府演讲，发起并参与主办多届"世界青年佛学研讨会"，与众多知识分子进行交流，将佛教真理与当今科学结合起来，引导世人正确面对学业、情感、工作、人生。

狂心歇处幻身融，内外根尘色即空；洞彻灵明无挂碍，千差万别一时通。

通则不痛，痛则不通。而在座诸位之所以在烦恼不断，心痛不已，关键在于不通。如何打通身心灵，让生活活泼起来，可爱起来，多彩起来，下边就请各位安坐聆听大德上师索吉达堪布的学术报告《生活中的佛学》。

如有一人未度，切莫自己逃了。

佛说：这是一个婆娑世界，婆娑即遗憾，没有遗憾，给你再多幸福也不会体会快乐。

身心清净方为道，退步原来是向前。

索达吉堪布首先发表"佛教思想对于日常生活、企业经营、科学研究的借鉴意义"的主题演讲。堪布为大家开示人生，提出佛法如同炎热夏日的徐徐清风，可以缓解快节奏生活中的巨大压力，帮助我们清净内心、调节身心平衡、省思未来发展的方向、体味人生的福乐。组织成员众缘和合，彼此之间联系紧密，形成强大的凝聚力，就需要借鉴佛法中的有益思想，培养正知正见的力量，回归审视自心，不断启发智慧，超越我执。

纵观人类文明轨迹，中国文化始终独树一帜，正有一种"以出世的精神做入世事业"的独特精神蕴含其中。出世与入世的完美融合体现了儒释道文化在中华大地的彼此成全，在每一个历史关键时刻更加彼此彰显。尤其在当今纷繁复杂、相对浮躁的社会大潮中，这种精神尤为可贵，也是佛法给予我们的重大启示。

新科技、新理念层出不穷，每个人都会有对未来不确定性的恐惧、对当下社会转型的不适、现实的压力与职场的无奈，当前正处于工业文明与信息文明更替的时代、社会变化急促与改革反复的时代，社会矛盾彼此叠加、集中爆发，佛法可以平心修性，帮助我们领悟成住坏空的真谛，打破认知局限，睿智分析判断发展趋势，佛法中蕴藏的格局与空间与个人不断的精进体悟，是年轻朋友们不断扩大眼界、提高精神境界的绝佳途径。

中华文明的伟大复兴，对中华文明史的研究与书写，已成为学术界一项重要的使命。了解文明兴潜，可以在文明巨变中认清价值发展规律。而中国特色的佛教文化正是世界文明交流、融合与发展的重要成果，充满生命力。将它发扬光大，可以避免"文明冲突"，实现和谐与大同。

索达吉堪布表示，唯有依靠佛法的殊胜加持，敬畏因果，常怀感恩，方能挣脱逆境，减少无意义的忙碌，生活更加从容淡定。世界上不存在十全十美的文明，也不存在一无是处的文明，文明没有高低、优劣之分。秉承平等、谦虚的态度才能够参悟种种文明的奥妙，推动文明共同发展。

只有知行合一，才能深入理解佛法的实义与方便，缩短佛法与现实佛教间的距离，才更有利于佛法的弘布。应秉持"正直舍方便"的精神，从佛教思想的流变中，时时回顾，不忘正法，阐扬佛法真义，有利人间，净化人间！

精进三生路，人生不相负

各位群里的家人，早上好！

我们这个群是一个高知们学术交流的平台，秉承自由之思想，独立之精神进行学术的切磋，希望本群能成为士人的精神家园，学人的一方净土。

我们不反对时政讨论，读书人当以天下为己任，以社稷苍生为念，但作为高知群体，最好的表达当为建设性，我们不仅要看到问题，关键是要有对策与建议！

我们不反对观点辩论，尤其欢迎不同的思想表达，同则不继，和生万物，故和而不同。但争论以理性思考，逻辑铺排，依据事实而开展；纯粹感情表达，情绪宣泄，厌恶平淡，追求新奇，结果腹空而心高，于事无补，于国无益，于己不利。

我们不反对言论风格百花齐放，或慷慨激昂，或静水深流，皆受欢迎，但此群的言论当为独立思辨之采撷，而非道听途说的以讹传讹的张贴，故以思想为基点，以内容为标准，以形式为个性，百花齐放，百家争鸣！

我们不反对学术结社，志同则道合，结党而不营私，学派繁盛，学术必繁荣，School 一词即由此生，古代文明，中有儒墨道法，西有柏拉图与亚里士多德，轴心时代百家争鸣。而今管理之学，惟洋是从，亚当·斯密、弗雷德里克·温斯洛·泰勒、亨利·法约尔、马克斯·韦伯、彼得·德鲁克、亨利·明茨伯格……大师辈出，仿若北斗，照亮夜空。环视神州，仰望星空，了无豆亮，死寂沉静，习近平主席忧心忡忡：中国话语、中国方案、中国模式何日可成？

民族复兴，当以理论突破为要，中国不仅要为世界贡献 GDP，贡献物美价廉的日用品，贡献资本货币，这些固然重要，当今全球，地区分化、文化分裂、宗教冲突、战火四起、政治失败，迷惘困惑的世界迫切需要中国的思想与文化！中华文化特质在"和合"，和合之下万邦和谐，四海咸宁！孔德之容，惟道是从。

中国管理 C 模式应运而生，虽羸弱瘦小，弱不禁风，但有众君呵护，家国情怀，民族使命，自是勇挑重担，星夜兼程！

中华命途多舛，有今日之崛起，当属不易，且行且珍惜。世界需要中国不仅仅是经济的大国，更要是文化的大国，文化才能引领心灵。把握世界机遇，再接再厉，民族复兴有望在我辈在世之日实现，目睹中华文化光荣绽放，世界群贤毕至，万国来朝，争当效仿，华夏文明引领世界，普天之下沐浴中华之风，人人温文尔雅，国国富庶繁华，举世和平安宁。

道不同，不与之谋。如果某君感觉此群保守固执，不能骂得畅快淋漓，杀得江湖风云四起，入群自愿，退群自由，拱手作别，挥挥衣袖，还是朋友。

我平日琐务冗繁，无暇认真审阅群内文章，疏于管理，特委托我的学生及班委的同学照料，他们本身都有本职工作，感谢他们的付出与奉献！也希望他们能在服务形式和内容审核方面精益求精，更上一层楼！

婆娑尘世，人心惟危，寥廓天地，道心惟微；人生修行，惟精惟一，天下大道，允执厥中！

同行有你，风雨不顾，精进三生路，人生不相负！

2017 年 4 月 1 日

效法孔子　兴办书院

很是欢喜在这个特殊的日子里与大家相聚。天不生仲尼，万古如长夜。今日举行祭拜典礼，纪念孔子2571周年诞辰，通过文化寻根，践行文化自信。孔子提出："有教无类""修己已安人"，他开创私家讲学之风，被誉为"万世师表"。

私学之风，旧学新知，文脉传承，悠悠千载，生生不息。

书院作为中国特有的教育组织，集教育、教学、研究于一体，承担着文化传承、民智开化、针砭时弊和科学研究的功能。它萌芽于唐，兴盛于宋，延续于元，全面普及于明清，清末改制为新式学堂，敦隆教化，扶持治道，功不可没。书院是中国人难以磨灭的文化印记，是弘扬优秀传统文化的道场。古代教育模式可以佐现代教育之偏，传承意义关乎民族复兴。

天地君亲师，师道尊严。凡学之道，严师为难。师严然后道尊；道尊然后民知敬学。"斯文有传，学者有师"。"立德立言立功，士先立志；有猷有为有守，学必有师。"

书院是私学之兴，是新思想之源，比如理学与心学，都发端于私学书院。现代书院借鉴传统书院教学模式，更有所突破，注重心灵教育、伦理道德教育、人格教育、素养教育，表现出独立、自主、开放、创新等可贵精神，在很大程度上可以弥补现代西式教学之不足。现代书院传播学术研究成果，发展学术思想，将研究和教育相结合，弘扬国学，应用于现代管理实践。书院"讲会"制度，不拘泥于一家之言，不拘泥于书斋，与学员交流互动，现场教学，文化游学，打破门户与地域限制，躬行践履，教学相长、有教无类，以讲说、启迪、点化等多种形式，传承尊师爱生的优良传统，激发学术创新与服务社会的潜力，培育学子落拓不群的独特气质。

中华民族复兴，书院亦当复兴之，我辈好自努力。

书院内互为师生，共同精进。本次拜师的8人是本人践行古代书院私学的尝试，古为今用，推陈出新，致力于传播优秀传统文化和经典传承，让国学回归大众日常生活，与社会形成良性互动。

今天的拜师仪式，恰逢临近中秋国庆双节，各位专家领导百忙中在此相聚，我诚挚感谢大家的到来，并向大家致以最美好的祝愿，恭祝大家平安顺遂，阖家幸福，吉祥如意！

2020 年 9 月 28 日
在祭孔拜师仪式暨中国管理思想学术报告会上的致辞

安在当下　人生菩提（代跋）

在疫情肆虐的土地，突感生死似乎近在咫尺。

在工业文明高度发达的时代，坚硬的生命竟还抗不过小若尘埃的病毒，科技飞跃，竟尚赶不上病毒的变异。

病毒随着人类进化而进化，随着科技进步而进步，但并不与人类共始终。过去，病毒在人类诞生之前就生存了几十亿年；未来，人类不在，病毒依然会在。这世界没有神，包括人类，也不能封神，但却有道，道即为天，故曰天道。

道法自然，自然即轮回，环环相扣，周而复始。

《周易·系辞上》："形而上者谓之道，形而下者谓之器。"

科技是器，形而下者，科技改变的是人类的生活方式，但并未改变自然的规律，与自然和谐，身心合一，知行合一，人类才有未来。

《庄子·齐物论》说"大知闲闲，小知间间。大言炎炎，小言詹詹"。人世间的真知，不需要长篇大论，需要的是用心体悟，"达摩西来一字无，全凭心意用功夫。若要纸上寻佛法，笔尖蘸干洞庭湖"。

在生与死的抉择中，大无畏的是维护人类存续，生命的平安。

无论是社会还是个人，我们在此：忏悔所有的错失，恳请谅解；忘却所有功德，轻装前进；抛开所有烦恼，人生苦短；深埋哀怨离恨，涅槃更生。

一别两宽，各生欢喜。告别，过去；告别，过去的过去。

过去已过去，未来还未来，活在现在，安在当下，敬畏自然，即为人生菩提。

2020 年 2 月 9 日于石屋